PESSOAS NORMAIS

SALLY ROONEY

Pessoas normais

Tradução
Débora Landsberg

18ª *reimpressão*

Copyright © 2018 by Sally Rooney
Todos os direitos reservados.

*Grafia atualizada segundo o Acordo Ortográfico da Língua Portuguesa de 1990,
que entrou em vigor no Brasil em 2009.*

Título original
Normal People

Capa
© gray318

Ilustração de capa
© Henn Kim

Preparação
Luisa Tieppo

Revisão
Jane Pessoa
Luciana Baraldi

Dados Internacionais de Catalogação na Publicação (CIP)
(Câmara Brasileira do Livro, SP, Brasil)

Rooney, Sally
    Pessoas normais / Sally Rooney ; tradução Débora Landsberg.
— 1ª ed. — São Paulo : Companhia das Letras, 2019.

    Título original: Normal People.
    ISBN 978-85-359-3256-0

    1. Ficção – Literatura irlandesa I. Título.

19-28940   CDD-1r823

Índice para catálogo sistemático:
1. Ficção : Literatura irlandesa   1r823

Cibele Maria Dias – Bibliotecária – CRB-8/9427

Todos os direitos desta edição reservados à
EDITORA SCHWARCZ S.A.
Rua Bandeira Paulista, 702, cj. 32
04532-002 — São Paulo — SP
Telefone: (11) 3707-3500
www.companhiadasletras.com.br
www.blogdacompanhia.com.br
facebook.com/companhiadasletras
instagram.com/companhiadasletras
twitter.com/cialetras

É um dos segredos daquela mudança de estabilidade mental adequadamente nomeada transformação, que para muitos de nós nem céu nem terra trazem qualquer revelação, até que sejamos tocados por alguma pessoa com uma influência peculiar, subjugando-nos à receptividade.

George Eliot, *Daniel Deronda*

Janeiro de 2011

Marianne abre a porta assim que Connell toca a campainha. Ainda está de uniforme escolar, mas já havia tirado o suéter, então estava só com a blusa e a saia, e também não estava mais de sapatos, só de meia-calça.

Ah, oi, ele diz.

Entra.

Ela se vira e atravessa o corredor. Ele a segue, fechando a porta depois de passar. Alguns degraus abaixo, na cozinha, a mãe dele, Lorraine, tira as luvas de borracha. Marianne pula sobre a bancada e pega um pote aberto de creme de chocolate, tinha deixado uma colher de chá dentro dele.

Marianne estava me contando que você recebeu as notas do simulado hoje, diz Lorraine.

Recebemos a de inglês, ele diz. Elas chegam separadas. Você quer ir?

Lorraine dobra as luvas de borracha com cuidado e as guarda debaixo da pia. Depois solta o cabelo. Connell tem a impressão de que ela poderia fazer isso no carro.

E fiquei sabendo que você se saiu muito bem, ela comenta.

Ele foi um dos melhores da sala, diz Marianne.

Isso, diz Connell. Marianne também foi muito bem. Podemos ir?

Lorraine interrompe o desamarrar do avental.

Não sabia que você estava com tanta pressa, ela diz.

Ele enfia as mãos nos bolsos e segura um suspiro irritado, mas faz isso com uma inspiração de ar audível, que ainda é como se fosse um suspiro.

Tenho só que tirar umas roupas da secadora, diz Lorraine. E depois a gente vai. Tudo bem assim?

Ele não diz nada, apenas abaixa a cabeça enquanto Lorraine sai da cozinha.

Quer um pouco disso aqui?, oferece Marianne.

Ela mostra o pote de creme de chocolate. Ele enfia as mãos um pouco mais fundo nos bolsos, como se tentasse guardar seu corpo inteiro ali de uma só vez.

Não, obrigado, ele diz.

Você recebeu as notas de francês hoje?

Ontem.

Ele apoia as costas na geladeira e a observa enquanto ela lambe a colher. Na escola, ele e Marianne fingem não se conhecer. As pessoas sabem que ela mora na mansão branca com uma grande entrada para carros e que a mãe de Connell é faxineira, mas ninguém sabe da relação especial entre os dois fatos.

Tirei 10, ele diz. Quanto você tirou em alemão?

Dez, ela repete. Você está se achando?

Você vai conseguir 10 em tudo, não é?

Ela dá de ombros. Você provavelmente vai, ela diz.

Bom, você é mais inteligente que eu.

Não se sinta mal. Sou mais inteligente que todo mundo.

Marianne está sorrindo. Pratica um desprezo patente pelas

pessoas da escola. Não tem nenhum amigo e passa o intervalo do almoço sozinha, lendo. Muitas pessoas realmente a odeiam. Seu pai morreu quando ela tinha treze anos e Connell ouviu dizer que agora ela tem um transtorno mental ou algo do tipo. É verdade que ela é a pessoa mais inteligente da escola. Ele tem pavor de ficar sozinho com Marianne desse jeito, mas também se pega imaginando coisas que poderia dizer para impressioná-la.

Você não está entre as melhores da turma em inglês, ele ressaltou.

Ela lambe os dentes, despreocupada.

Você poderia me dar umas aulas de reforço, Connell, ela diz.

Ele sente as orelhas ardendo. É provável que esteja apenas sendo falastrona e não sugestiva, mas se está sendo sugestiva, é só para poder rebaixá-lo por associação, já que é considerada nojenta. Usa sapatos feios e sem salto, com a sola grossa, e não passa maquiagem. Já teve quem dissesse que não raspava as pernas nem nada. Uma vez, Connell ficou sabendo que ela havia derramado sorvete de chocolate na roupa no refeitório da escola e ido ao banheiro feminino e tirado a blusa para lavá-la na pia. É uma história bem conhecida sobre Marianne, e todo mundo já ouviu. Se quisesse, ela poderia criar um grande espetáculo dizendo olá a Connell na escola. Te vejo hoje à tarde, ela poderia dizer na frente de todo mundo. Sem dúvida isso o deixaria em uma situação esquisita, o tipo de coisa que ela normalmente parece gostar. Mas Marianne nunca fez isso.

Qual era o assunto da sua conversa com a srta. Neary hoje?, pergunta Marianne.

Ah. Nada. Sei lá. As provas.

Marianne gira a colher dentro do pote.

Ela está a fim de você ou algo assim?, pergunta Marianne.

Connell a observa mexendo a colher. Suas orelhas ainda ardem.

Por que você está falando isso?, ele pergunta.

Meu Deus, você não está tendo um caso com ela, está?

É óbvio que não. Você acha engraçado fazer piada sobre isso?

Desculpa, diz Marianne.

Ela tem uma expressão compenetrada, como se estivesse olhando através dos olhos dele, diretamente para a parte de trás de sua cabeça.

Tem razão, não tem graça, ela diz. Me desculpa.

Ele faz que sim, olha ao redor do cômodo por um tempo, enfia a ponta do sapato em uma fresta entre os azulejos.

Às vezes eu tenho a sensação de que ela é mesmo estranha comigo, ele diz. Mas eu não diria isso a ninguém nem nada.

Até durante a aula eu acho que ela flerta bastante com você.

Você acha mesmo?

Marianne faz que sim. Ele esfrega o pescoço. A srta. Neary é professora de economia. Os sentimentos que ele supostamente tem por ela são muito discutidos na escola. Algumas pessoas até dizem que ele tentou adicionar a professora no Facebook, o que não fez e nunca faria. Na verdade, ele não faz nem diz nada para ela, fica apenas sentado, quieto, enquanto ela, sim, faz e diz coisas para ele. Às vezes pede para Connell ficar depois da aula para falar sobre os rumos da vida dele, e uma vez ela realmente encostou no nó da gravata de seu uniforme. Ele não pode falar com os outros sobre a maneira como a srta. Neary age porque vão achar que está querendo aparecer. Durante a aula, ele se sente constrangido e irritado demais para se concentrar nas tarefas, e só consegue olhar fixo para o livro até os gráficos ficarem turvos.

As pessoas vivem dizendo que eu estou a fim dela ou sei lá o quê, ele diz. Mas a verdade é que não estou, nem de longe. Quer dizer, você não acha que estou dando corda quando ela age daquele jeito, acha?

Não que eu tenha visto.

Ele enxuga a palma das mãos na blusa do uniforme distraidamente. Todo mundo tem tanta certeza de sua atração pela srta. Neary que às vezes ele mesmo duvida dos próprios instintos quanto à questão. E se, em um plano acima ou abaixo de sua percepção, ele de fato a desejar? Ele nem mesmo sabe como seria desejar alguém de verdade. Todas as vezes que transou na vida real foram tão estressantes que a situação toda foi basicamente desagradável, fazendo-o achar que tem alguma coisa de errado com ele, que é incapaz de ter intimidades com mulheres, que tem algum problema de desenvolvimento. Depois do ato, fica ali, deitado, e pensa: detestei tanto que estou passando mal. Será que ele é assim e ponto? Será que a náusea que sente quando a srta. Neary se debruça em sua mesa é, na verdade, sua forma de experimentar a excitação sexual? Como saber?

Se quiser, posso ir falar com o sr. Lyons pra você, diz Marianne. Não vou falar que você me contou nada, posso dizer que percebi tudo sozinha.

Nossa, não. De jeito nenhum. Não fala nada sobre esse assunto pra ninguém, o.k.?

O.k., tudo bem.

Ele a olha para confirmar se está falando sério e, em seguida, assente.

Não é culpa sua se ela age assim com você, diz Marianne. Você não está fazendo nada de errado.

Baixinho, ele diz: Então por que todo mundo acha que eu sou a fim dela?

Vai ver é porque você fica bem vermelho quando ela fala com você. Mas sabe, você fica vermelho com qualquer coisa, é uma característica sua.

Ele solta uma risada curta e infeliz. Obrigado, ele diz.

Bem, você sabe que é.

É, eu sei.

Aliás, você está vermelho agora, diz Marianne.

Ele fecha os olhos, pressiona a língua contra o céu da boca. Escuta Marianne rindo.

Por que você é tão rude com as pessoas?, ele pergunta.

Não estou sendo rude. Não ligo se você fica vermelho, não vou contar pra ninguém.

Você não contar pra ninguém não quer dizer que pode falar o que bem entender.

O.k., ela diz. Desculpa.

Ele se vira e olha para o jardim através da janela. Na verdade, o jardim é mais "dependências". Tem uma quadra de tênis e uma estátua grande de pedra no formato de uma mulher. Ele olha para as "dependências" e aproxima o rosto do bafo frio da vidraça. Quando as pessoas contam a história de Marianne lavando a blusa na pia, agem como se fosse algo engraçado, mas Connell acha que o verdadeiro objetivo da história é outro. Marianne nunca saiu com ninguém da escola, ninguém nunca a viu sem roupa, ninguém sabe sequer se ela gosta de meninos ou de meninas, ela não fala nada para ninguém. As pessoas a levam a mal, e Connell acha que é por isso que espalham essa história, como um jeito de olharem, boquiabertos, para algo que, na verdade, não podem ver.

Não quero brigar com você, ela diz.

A gente não está brigando.

Sei que você provavelmente me odeia, mas você é a única pessoa que fala comigo.

Eu nunca disse que te odeio, ele responde.

Isso chama a atenção dela, e ela levanta a cabeça. Confuso, ele continua desviando o olhar, mas, de relance, ainda consegue ver que ela o observa. Quando conversa com Marianne, ele tem uma sensação de completa privacidade. Poderia contar qualquer coisa a seu respeito, até as coisas estranhas, e ela jamais as repetiria, ele sabe. Estar sozinho com ela é como abrir uma porta para fora da vida normal e fechá-la depois de passar. Não se sente intimidado por Marianne; ela é, na verdade, uma pessoa bem descontraída, mas ele tem medo de ficar perto dela por causa do jeito confuso com que se vê agindo, as coisas que diz e que não diria normalmente.

Umas semanas atrás, enquanto ele estava esperando Lorraine no corredor, Marianne desceu usando um roupão de banho. Era apenas um roupão branco, amarrado do jeito normal. O cabelo dela estava molhado, e sua pele tinha aquele aspecto brilhante, como se tivesse acabado de passar um creme para o rosto. Quando viu Connell, ela hesitou na escada e disse: Não sabia que você estava aqui, desculpa. Talvez estivesse desconcertada, mas não demonstrou muito nem nada. Então voltou para o quarto. Depois que ela se foi, ele continuou no corredor esperando. Sabia que ela devia estar se vestindo no quarto, e as roupas que estivesse usando quando descesse seriam as que havia escolhido usar depois de vê-lo no corredor. De qualquer modo, como Lorraine ficou pronta para ir embora antes que Marianne reaparecesse, nunca chegou a ver que roupas ela tinha botado. Também não ligava muito em saber. Ele não contou para ninguém da escola sobre isso, claro, nem que ele a vira com um roupão de banho, nem que ela parecera desconcertada, ninguém tinha nada a ver com isso.

Bem, eu gosto de você, Marianne diz.

Por alguns segundos ele se cala, e a veemência da privacidade entre eles é bem forte, pressionando-o com uma tensão que é quase física sobre seu rosto e corpo. Então, Lorraine volta à cozinha, amarrando o cachecol no pescoço. Ela dá uma batidinha na porta, apesar de já estar aberta.

Pronto pra ir?, ela pergunta.

Pronto, diz Connell.

Obrigada por tudo, Lorraine, diz Marianne. Até semana que vem.

Connell já está saindo pela porta da cozinha quando a mãe lhe diz: Você sabe dizer tchau, não sabe? Ele se vira para olhar por cima do ombro, mas como descobre que não consegue olhar nos olhos de Marianne, se dirige ao chão. Certo, tchau, ele diz. Connell não espera a resposta.

No carro, a mãe põe o cinto de segurança e balança a cabeça. Você devia ser um pouquinho mais legal com ela, comenta. A vida dela na escola não é fácil.

Ele põe a chave na ignição, olha de relance pelo retrovisor. Eu sou legal com ela, diz.

A verdade é que ela é uma pessoa muito sensível, diz Lorraine.

A gente pode mudar de assunto?

Lorraine faz uma careta. Ele olha pelo para-brisa e finge não ver.

Três semanas depois
(*Fevereiro de 2011*)

Ela se senta diante da penteadeira olhando o rosto no espelho. Seu rosto não tem definição em volta das bochechas e do queixo. É um rosto que parece um dispositivo tecnológico, e seus dois olhos são cursores piscando. Ou é reminiscente da Lua refletida em algo, trêmula e oblíqua. Exprime tudo de uma vez, o que equivale a não exprimir nada. Usar maquiagem nessa ocasião, ela conclui, seria constrangedor. Sem quebrar o contato visual consigo mesma, enfia o dedo em um pote aberto de hidratante labial e o passa na boca.

Lá embaixo, quando tira o casaco do gancho, seu irmão, Alan, surge da sala de estar.

Aonde você vai?, ele pergunta.

Vou sair.

Sair pra onde?

Ela enfia os braços nas mangas do casaco e arruma a gola. Está começando a ficar nervosa e espera que seu silêncio transmita insolência em vez de incerteza.

Só vou dar uma volta, ela diz.

Alan fica parado em frente à porta.

Bem, eu sei que você não está indo encontrar com os seus amigos, ele diz. Porque você não tem nenhum, tem?

Não, não tenho.

Agora ela sorri, um sorriso sereno, na torcida para que esse gesto de submissão o acalme e ele saia da frente da porta. Mas ele diz: Por que você está fazendo isso?

O quê?, ela diz.

Dando esse sorriso esquisito.

Imita o rosto dela, contorcido em um sorriso feio, os dentes à mostra. Apesar de estar sorrindo, a força e o extremismo de sua representação o deixam com cara de bravo.

Você está feliz por não ter amigos?, ele pergunta.

Não.

Ainda sorridente, ela dá dois passos para trás, se vira e vai até a cozinha, onde há uma porta que se abre para o jardim. Alan vai atrás. Ele a segura pelo braço e a afasta da porta com um puxão. Ela sente o maxilar ficando tenso. Os dedos dele apertam seu braço por cima do casaco.

Se você for chorar pra mamãe por causa disso, diz Alan.

Não, diz Marianne, não. Só vou sair pra dar uma volta. Obrigada.

Ele a solta e ela sai pela porta dos fundos, fechando-a depois de passar. Do lado de fora, o ar está muito frio e ela bate os dentes. Dá a volta pela lateral da casa, desce pela entrada para carros e vai para a rua. Seu braço lateja no ponto onde ele a segurou. Ela tira o celular do bolso e escreve uma mensagem, apertando a tecla errada várias vezes, deletando e digitando outra vez. Por fim, envia: A caminho. Antes de guardar o telefone, recebe a resposta: Legal, até já.

* * *

No fim do último semestre, o time de futebol da escola chegou à final de uma competição e todo mundo da classe teve que faltar às três últimas aulas para assistir. Marianne nunca os tinha visto jogar. Não se interessava por esportes e ficava ansiosa em relação à educação física. No ônibus, a caminho do jogo, ficou de fone de ouvido, ninguém falou com ela. Pela janela: gado preto, campos verdes, casas brancas com telhas marrons. O time de futebol estava todo junto no segundo andar do ônibus, bebendo água e trocando tapas nos ombros para aumentar o moral. Marianne tinha a sensação de que sua vida real acontecia em outro lugar, bem distante dali, acontecia sem ela, e não sabia se um dia descobriria onde era e se seria parte dela. Volta e meia tinha essa sensação na escola, mas não era acompanhada por nenhuma imagem específica de qual aparência ou sentimento a vida real poderia ter. Só sabia que, quando começasse, não precisaria mais imaginá-la.

Durante a partida, o tempo permaneceu seco. Tinham sido levados até ali com o objetivo de ficar na beirada do campo e comemorar. Marianne estava perto das traves, com Karen e algumas das outras meninas. Todo mundo, exceto Marianne, parecia conhecer os gritos de torcida da escola de cor, sabe-se lá como, com letras que jamais tinha ouvido. No intervalo, ainda estava zero a zero, e a srta. Keaney distribuiu caixas de suco e barrinhas de cereais. Para o segundo tempo, os times trocaram de lado no campo, e os atacantes da escola jogaram perto de onde Marianne estava. Connell Waldron era o centroavante. Ela o via ali, parado, com seu uniforme de futebol, os shorts brancos reluzentes, a camiseta da escola com o número nove nas costas. Ele tinha ótima postura, melhor do que a de qualquer um dos outros jogadores. Sua silhueta era uma longa linha elegante traçada com um pincel. Quando a bola rolava até a ponta do campo deles, sua orientação era correr e talvez sacudir a mão no ar, e depois voltava a ficar parado. Era prazeroso vê-lo, e ela achava que ele não sabia ou não ligava para onde ela estava. Depois da escola, algum dia, poderia lhe dizer que o assistira, e ele riria dela e a chamaria de esquisita.

Aos setenta minutos, Aidan Kennedy levou a bola até a esquerda do campo e a cruzou para Connell, que deu um chute do canto da grande área, por cima da cabeça dos jogadores de defesa, e ela girou no fundo da rede. Todo mundo gritou, até Marianne, e Karen passou o braço em torno da cintura de Marianne e a apertou. Estavam comemorando juntas, tinham visto algo mágico que havia dissolvido a relação habitual entre elas. A srta. Keaney assobiava e batia os pés. Em campo, Connell e Aidan se abraçaram como irmãos que se reencontram. Connell era lindo. Passou pela cabeça de Marianne o quanto queria vê-lo transando com alguém: não precisava ser ela, poderia ser qualquer um. Seria lindo apenas observá-lo. Sabia que era esse o tipo de pensamento que a tornava diferente das outras pessoas da escola, mais esquisita.

Todos os colegas de Marianne parecem gostar muito da escola e achar isso normal. Usar o mesmo uniforme todo dia, acatar regras arbitrárias o tempo inteiro, ser examinados e monitorados em busca de mau comportamento, isso tudo é normal para eles. Não percebem a escola como um ambiente opressivo. Marianne teve uma briga com o professor de história, o sr. Kerrigan, no ano anterior, porque ele a pegara olhando pela janela durante a aula, e ninguém da sala ficou do lado dela. Para ela, parecia tão obviamente insano que precisasse vestir uma fantasia todas as manhãs e fosse arrebanhada dentro de um prédio enorme todos os dias, e que não tivesse permissão nem para desviar os olhos para onde quisesse, que até seus movimentos oculares estivessem sob a jurisdição das normas escolares. Você não está aprendendo se está olhando pela janela, sonhando acordada, disse o sr. Kerrigan. Marianne, que já tinha perdido a calma àquela altura, retrucou num rompante: Não se iluda, eu não tenho nada para aprender com você.

Connell disse recentemente que se lembrava do incidente, e que na época teve a impressão de que ela fora grosseira com o sr. Kerrigan, que na verdade era um dos professores mais sensatos. Mas entendo o que você está falando, acrescentou Connell. De se sentir meio aprisionada na escola, eu entendo. Ele devia ter te deixado olhar pela janela, nisso eu concordo. Você não estava fazendo mal a ninguém.

Após aquela conversa na cozinha, quando ela disse que gostava dele, Connell passou a ir mais à casa dela. Chegava cedo para buscar a mãe no trabalho e ficava na sala sem falar muito, ou ao lado da lareira com as mãos nos bolsos. Marianne nunca perguntava por que ele vinha. Conversavam um pouco, ou ela falava e ele assentia. Ele disse que ela devia tentar ler *O manifesto comunista*, achava que ia gostar e se ofereceu para anotar o título para que ela não se esquecesse. Eu sei o nome do *Manifesto comunista*, ela disse. Ele deu de ombros, tudo bem. Um instante depois ele acrescentou, sorrindo: Você está tentando parecer superior, mas, tipo, você nem leu. Ela teve que rir, e ele riu porque ela riu. Não conseguiam se olhar enquanto riam, tinham que olhar para os cantos da sala ou para os pés.

Connell parecia entender como ela se sentia em relação à escola; disse que gostava de ouvir suas opiniões. Você já escuta muitas delas nas aulas, ela falou. Sem rodeios, ele retrucou: Você fica de outro jeito nas aulas, você não é assim de verdade. Parecia achar que Marianne tinha acesso a um leque de personalidades diferentes, nas quais entrava sem fazer esforço. Isso a surpreendeu, pois em geral se sentia confinada em uma única personalidade, sempre a mesma, não importando o que fizesse ou dissesse. No passado, tentara ser diferente, como um experimento, mas nunca deu certo. Se era diferente com Connell, a diferença não estava acontecendo dentro dela, na sua personalidade, mas entre eles, na dinâmica. Às vezes ela o fazia rir, mas em outros dias ele estava taciturno, inescrutável e, depois que ele ia embora, ela se sentia eufórica, nervosa, ao mesmo tempo cheia de energia e terrivelmente esgotada.

Ele a seguiu até o escritório na semana anterior, quando ela procurava o exemplar de *Da próxima vez, o fogo* para lhe emprestar. Ele ficou lá parado, inspecionando as estantes de livros, com o primeiro botão da camisa desabotoado e a gravata da escola afrouxada. Marianne achou o livro e o entregou a ele, e Connell se sentou no banco sob a janela para olhar a quarta capa. Marianne se sentou ao lado dele e perguntou se os amigos dele, Eric e Rob, sabiam que ele lia tanto fora da escola.

Eles não teriam interesse nessas coisas, ele disse.

Você está querendo dizer que eles não têm interesse no mundo ao redor deles.

Connell fez a cara que sempre fazia quando ela criticava seus amigos, uma careta inexpressiva. Não da mesma forma, ele disse. Eles têm os interesses deles. Acho que não leriam livros sobre racismo nem nada disso.

Certo, estão ocupados demais se gabando das pessoas com quem andam transando, ela disse.

Ele parou por um instante, como se seus ouvidos tivessem se espichado com esse comentário, mas não soubesse muito bem como rebatê-lo. É, eles meio que fazem isso, ele disse. Não estou defendendo, eu sei que às vezes eles são irritantes.

Não te incomoda?

Ele parou de novo. De modo geral, não, disse. Eles fazem algumas coisas que ultrapassam os limites e que obviamente me irritariam. Mas no final das contas, são meus amigos, sabe? Para você, é diferente.

Ela olhou para ele, mas ele examinava a lombada do livro.

Por que é diferente?, ela perguntou.

Ele deu de ombros, curvando a capa do livro para a frente e para trás. Ela ficou frustrada. Seu rosto e suas mãos estavam quentes. Ele continuava olhando o livro embora àquela altura sem dúvida já tivesse lido o texto da quarta capa inteiro. Ela estava sintonizada com a presença do corpo dele de um jeito microscópico, como se o movimento normal de sua respiração fosse potente o bastante para deixá-la doente.

Sabe aquilo que você falou outro dia de gostar de mim, ele disse. Foi na cozinha que você falou, quando a gente estava conversando sobre a escola.

Sei.

Você quis dizer como amiga ou o quê?

Ela olhou fixo para o próprio colo. Usava uma saia de camurça e à luz da janela via que estava coberta de fiapinhos.

Não, não só como amiga, ela disse.

Ah, o.k. Fiquei na dúvida.

Ele permaneceu sentado ali, assentindo consigo mesmo.

Estou meio confuso sobre o que sinto, ele acrescentou. Acho que na escola seria esquisito se acontecesse alguma coisa entre nós.

Ninguém precisaria saber.

Ele ergueu o olhar para ela, sem rodeios, com atenção total. Ela sabia que ele ia beijá-la, e foi o que fez. Os lábios dele eram macios. A língua dele se mexeu de leve em sua boca. Então acabou e ele se afastou. Ele pareceu se lembrar de que estava segurando o livro e voltou a olhá-lo.

Foi bom, ela disse.

Ele fez que sim, engoliu, olhou para o livro de novo. A atitude dele era tão encabulada, como se fosse uma grosseria dela sequer fazer referência ao beijo, que Marianne caiu na risada. Ele ficou confuso.

O.k., ele disse. Do que é que você está rindo?

Nada.

Você está agindo como se nunca tivesse beijado ninguém.

Bem, nunca tinha, ela disse.

Ele cobriu o rosto com a mão. Ela riu de novo, não conseguia se conter, e então ele riu também. As orelhas de Connell estavam bem vermelhas e ele balançava a cabeça. Depois de alguns segundos se levantou, segurando o livro na mão.

Não sai contando para o pessoal da escola, está bem?, ele disse.

Como se eu falasse com alguém da escola.

Ele saiu do escritório. Sem forças, ela escorregou do banco para o chão, com as pernas esticadas, como uma boneca de pano. Sentada ali, teve a sensação de que Connell vinha visitando sua casa só para testá-la, e que havia passado no teste, e o beijo fora um comunicado que dizia: Você passou. Pensou em como ele riu quando ela disse que nunca tinha beijado ninguém. Outra pessoa rindo daquele jeito seria cruel, mas com ele não foi. Estavam rindo juntos, por conta de uma situação em comum na qual se viram, mas como descrever a situação ou o que havia de engraçado nela, Marianne não sabia direito.

Na manhã seguinte, antes da aula de alemão, ela ficou sentada, vendo os colegas se empurrarem contra os aquecedores, berrando e rindo. Quando a aula começou, escutaram em silêncio a fita cassete de uma alemã falando da festa que havia perdido. *Es tut mir sehr leid*. À tarde começou a nevar, flocos grossos acinzentados que esvoaçavam nas janelas e derretiam no cascalho. Tudo parecia sensorial: o cheiro rançoso das salas de aula, a campainha de estanho que soava entre as aulas, as árvores escuras austeras que eram como aparições em volta da quadra de basquete. O trabalho rotineiro e lento de copiar anotações com canetas de várias cores sobre o papel branco pautado de azul. Connell, como sempre, não falou com Marianne na escola, nem a olhou. Ela o observava do outro lado da sala enquanto ele conjugava verbos, mordendo a ponta da caneta. Do outro canto do refeitório durante o almoço, rindo de alguma coisa com os amigos. O segredo deles pesava por dentro de seu corpo de uma forma prazerosa, comprimindo o osso pélvico quando ela se mexia.

Não o viu depois da escola naquele dia, nem no seguinte. Na tarde de quinta-feira, a mãe dele estava trabalhando de novo e ele chegou cedo para buscá-la. Marianne teve que abrir a porta porque não havia mais ninguém em casa. Ele tinha tirado o uniforme, estava de calça jeans preta e moletom. Quando o viu, seu ímpeto foi de sair correndo e esconder o rosto. Lorraine está na cozinha, ela disse. Então se virou e subiu até o quarto e fechou a porta. Ficou deitada com o rosto virado para baixo na cama, respirando no travesseiro. Quem era esse tal de Connell? Tinha a sensação de que o conhecia intimamente, mas que razão ela tinha para se sentir assim? Só porque ele a beijara uma vez, sem explicações, e depois dissera para não contar para ninguém? Após um ou dois minutos, ouviu uma batida na porta do quarto e se sentou. Entra, ela disse. Ele abriu a porta e, lançando um olhar indagador, como se quisesse saber se era bem-vindo, entrou no quarto e fechou a porta.

Você está chateada comigo?, ele perguntou.

Não. Por que estaria?

Ele deu de ombros. Sem pensar, foi até a cama e se sentou. Ela estava de pernas cruzadas, segurando os tornozelos. Ficaram ali em silêncio por alguns instantes. Então ele deitou na cama com ela. Tocou na perna dela e ela deitou as costas no travesseiro. Atrevidamente, perguntou se ele ia beijá-la outra vez. Ele disse: O que você acha? Ela achou aquilo algo bem enigmático e sofisticado para se dizer. Em todo caso, ele de fato começou a beijá-la. Ela lhe disse que era bom e ele não disse nada. Sentiu que faria qualquer coisa para fazê-lo gostar dela, para fazê-lo dizer em voz alta que gostava dela. Ele enfiou a mão por baixo da blusa do uniforme dela. No ouvido dele, disse: Vamos tirar a roupa? Ele estava com a mão dentro do sutiã dela. De jeito nenhum, ele disse. Seria uma idiotice, a Lorraine está lá embaixo. Ele chamava a mãe assim, pelo nome. Marianne disse: Ela nunca vem aqui em cima. Ele balançou a cabeça e disse: Não, melhor a gente parar. Ele se sentou e olhou para ela.

Por um segundo você ficou com vontade, ela disse.

Não mesmo.

Eu provoquei você.

Ele balançava a cabeça, sorridente. Você é uma pessoa muito estranha, ele constatou.

Agora ela está parada na entrada de carros da casa dele, onde o carro está estacionado. Ele mandou o endereço por mensagem, é o número 33: uma casa geminada com paredes de chapisco, cortinas leves, um minúsculo quintal de concreto. Ela vê uma luz acesa na janela do segundo andar. É difícil acreditar que ele mora ali, em uma casa na qual ela nunca havia entrado ou visto antes. Ela está de suéter preto, saia cinza, lingerie preta barata. Suas pernas foram meticulosamente raspadas, as axilas estão lisas e cobertas de desodorante, e o nariz escorre um pouco. Toca a campainha e escuta os passos dele descendo a escada. Ele abre a porta. Antes de pedir que entre, olha por cima do ombro dela, para se assegurar de que ninguém a viu chegar.

Um mês depois
(*Março de 2011*)

Estão falando de suas inscrições nas faculdades. Marianne está deitada com o cobertor jogado de qualquer jeito sobre o corpo e Connell está sentado com o MacBook dela no colo. Ela já se candidatou a história e ciência política em Trinity. Ele se inscreveu em direito em Galway, mas agora pensa em mudar porque, conforme destacou Marianne, não tem nenhum interesse em direito. Não consegue sequer se imaginar como advogado, usando gravata etc., talvez ajudando a condenar pessoas por crimes. Só se inscreveu nisso porque não conseguiu pensar em mais nada.

Você devia estudar inglês, diz Marianne.

Você acha mesmo ou está brincando?

Acho que devia. É a única matéria que você realmente gosta na escola. E você passa todo o seu tempo livre lendo.

Ele olha o notebook, inexpressivo, e depois para o cobertor amarelo e fino que cobre o corpo dela, criando um triângulo lilás de sombra em seus seios.

Não todo o tempo livre, ele contesta.

Ela sorri. Além do mais, a classe vai ser cheia de meninas, ela diz, então você vai ser o pegador.

É. Mas não sei quanto à perspectiva de emprego.

Ah, quem liga pra isso? A economia está ferrada de qualquer jeito.

A tela do notebook já ficou preta e ele dá batidinhas no *trackpad* para que volte a se iluminar. O site de inscrições na faculdade retribui seu olhar.

Depois da primeira vez que transaram, Marianne passou a noite na casa dele. Ele nunca tinha ficado com uma garota que fosse virgem. No total, tinha transado poucas vezes, e sempre com garotas que depois saíram contando para a escola inteira. Mais tarde, tinha que ouvir sobre seus próprios atos no vestiário: os erros e, muito pior, suas angustiantes tentativas de carinho, performadas em uma imitação exagerada. Com Marianne era diferente, tudo era somente entre eles, até as coisas desajeitadas ou difíceis. Podia fazer ou dizer o que quisesse com ela e ninguém descobriria. Pensar nisso dava a Connell uma sensação vertiginosa, mareada. Quando a tocou naquela noite, ela estava muito molhada, revirou os olhos e disse: Meu Deus, isso. E ela podia dizer essas coisas, ninguém saberia. Ele teve medo de gozar naquele momento, só de tocá-la daquele jeito.

No corredor, na manhã seguinte, ele lhe deu um beijo de despedida e a boca de Marianne estava com um gosto alcalino, como de pasta de dente. Obrigada, ela disse. Depois ela foi embora, antes que ele entendesse por que ela lhe agradecia. Ele pôs os cobertores na máquina de lavar e pegou uma roupa de cama limpa da prensa térmica. Estava pensando como Marianne era uma pessoa reservada, com ideias próprias, a ponto de ir até a sua casa e permitir que ele transasse com ela, e não precisar con-

tar isso a ninguém. Ela simplesmente deixa as coisas acontecerem, como se nada importasse para ela.

Lorraine chegou em casa naquela tarde. Antes de sequer
pousar as chaves na mesa, disse: É a máquina de lavar roupa?
Connell fez que sim. Ela se agachou e pela janela redonda de
vidro olhou para o tambor, onde a roupa de cama dele rodopiava
na espuma.

Não vou perguntar, ela disse.

O quê?

Ela foi encher a chaleira enquanto ele permaneceu encostado na bancada.

Por que seus cobertores estão na máquina, ela disse. Não
vou perguntar.

Ele revirou os olhos só para ter o que fazer com o rosto.
Você sempre pensa o pior, ele disse.

Ela riu, botando a chaleira elétrica na base e apertando o
botão. Me desculpe, ela disse. Eu devo ser a mãe mais permissi-
va da escola. Contanto que você esteja se protegendo, pode fazer
o que quiser.

Ele não disse nada. A chaleira começou a esquentar e ela
tirou uma caneca limpa do armário.

E então?, ela disse. Isso é um sim?

Sim o quê? É óbvio que não transei sem camisinha com
ninguém enquanto você estava fora. Minha nossa.

Então, continua, como é o nome dela?

Ele já tinha saído àquela altura, mas ouvia a risada da mãe
enquanto subia a escada. A vida dele sempre a divertia.

Na escola, na segunda-feira, teve que evitar olhar para Marianne ou interagir com ela de qualquer forma. Carregava o segredo como se fosse algo grande e quente, como uma bandeja
cheia de bebidas quentes que tinha que levar para todo lado e
nunca derramar. Ela agiu como de hábito, como se nunca tives-

se acontecido, lendo seu livro perto dos armários como sempre, entrando em discussões sem sentido. No intervalo para o almoço, na terça-feira, Rob começou a perguntar sobre a mãe de Connell trabalhar na casa de Marianne, e Connell apenas comeu sua comida e tentou não expressar nada.

Você já entrou lá?, Rob perguntou. Na mansão.

Connell sacudiu o pacote de batatinhas e depois espiou dentro dele. Já entrei algumas vezes, ele disse.

Como é por dentro?

Ele deu de ombros. Sei lá, ele disse. Grande, obviamente.

Como ela é em seu habitat natural? Rob perguntou.

Sei lá.

Imagino que ela te veja como um mordomo, não?

Connell enxugou a boca com as costas da mão. Estava engordurada. As batatinhas eram muito salgadas e ele estava com dor de cabeça.

Duvido, Connell disse.

Mas a sua mãe é empregada dela, não é?

Bom, ela é só a faxineira. Só vai lá umas duas vezes por semana, não acho que elas interagem muito.

A Marianne não tem uma sineta que toca para chamar a atenção dela, né? Rob disse.

Connell não falou nada. Àquela altura, não entendia a situação com Marianne. Depois que falou com Rob, disse a si mesmo que estava terminado, tinha transado com ela uma vez para ver como era e não a veria de novo. Enquanto dizia isso tudo a si mesmo, entretanto, escutava outra parte do cérebro, com uma voz diferente, dizendo: Vai, sim. Era uma parte de sua consciência que nunca havia conhecido, essa vontade inexplicável de agir movido por desejos perversos e secretos. Durante a aula, ele se pegou fantasiando com ela naquela tarde, nos fundos da sala de matemática, ou quando deviam estar jogando beisebol. Pensava em sua boca pequena e molhada e de repente perdia o fôlego, e tinha que se esforçar para encher os pulmões.

Naquela tarde, foi à casa dela depois da aula. Durante todo o trajeto, no carro, deixou o rádio tocando bem alto para não ter que pensar no que estava fazendo. Quando foram para o segundo andar, ele não falou nada, deixou que ela falasse. Que gostoso, ela não parava de dizer. Isso é tão gostoso. O corpo dela era todo macio e branco como massa de farinha. Ele parecia caber dentro dela com perfeição. Fisicamente, aquilo parecia certo, e então ele entendeu por que as pessoas faziam insanidades por sexo. Na verdade, entendeu muitas coisas sobre o universo adulto que antes lhe pareciam misteriosas. Mas por que Marianne? Não que ela fosse muito atraente. Algumas pessoas a achavam a garota mais feia da escola. Que tipo de pessoa teria vontade de fazer isso com ela? E no entanto ali estava ele, não importando o tipo de pessoa que era, fazendo. Ela perguntou para ele se estava bom e ele fingiu não ter ouvido. Como ela estava apoiada nas mãos e nos joelhos, ele não tinha como ver sua expressão ou entender o que ela estava pensando. Depois de alguns segundos ela disse em voz bem mais baixa: Estou fazendo alguma coisa errada? Ele fechou os olhos.

Não, ele disse. Eu gosto.

A respiração dela soou irregular. Ele puxou o quadril dela em direção ao seu corpo e depois a soltou um pouco. Ela soltou um ruído como se estivesse engasgada. Ele repetiu o movimento e ela lhe disse que ia gozar. Que bom, ele disse. Ele disse isso como se nada pudesse lhe ser mais normal. A decisão de ir até a casa de Marianne naquela tarde de repente pareceu muito correta e inteligente, talvez a única coisa inteligente que tivesse feito na vida.

Depois que terminaram, ele perguntou o que fazer com a camisinha. Sem tirar o rosto do travesseiro, ela disse: Pode deixar no chão. O rosto dela estava rosado e úmido. Fez o que ela mandou e depois se deitou de costas, olhando para as luminárias. Eu gosto tanto de você, Marianne disse. Connell sentiu uma tristeza prazerosa dominá-lo, que quase o levou às lágrimas. Momentos de dor emocional chegavam assim, sem sentido ou, no mínimo, indecifráveis. Marianne tinha uma vida drasticamente livre, ele percebia. Ele estava imobilizado por várias razões. Ele se importava com o que os outros pensavam dele. Se importava até com o que Marianne pensava, isso agora era óbvio.

Inúmeras vezes tentou escrever suas reflexões sobre Marianne, no afã de achar o sentido delas. É inspirado por um desejo de descrever em palavras exatamente como ela é e fala. Seu cabelo e suas roupas. O exemplar de *No caminho de Swann* que lê na hora do almoço, no refeitório da escola, com uma pintura francesa sombria na capa e a lombada cor de menta. Os dedos longos virando as páginas. Ela não está levando o mesmo tipo de vida que os outros. Age de forma tão cosmopolita às vezes, fazendo-o se sentir um ignorante, mas ela também é muito ingênua. Ele quer entender como a cabeça dela funciona. Se, em silêncio, ele resolve não dizer algo quando estão conversando, Marianne pergunta "o que foi?" dali a um ou dois segundos. Essa questão, "o que foi?", parece conter tantas coisas: não só a atenção forense a seus silêncios, que lhe permite questioná-los para começo de conversa, mas também o desejo de uma comunicação plena, uma impressão de que qualquer coisa não dita é uma interrupção indesejada entre os dois. Ele anota essas coisas, frases longas contínuas com muitas orações subordinadas, às vezes ligadas por pontos e vírgulas esbaforidos, como se quisesse recriar uma cópia precisa de Marianne por escrito, como se pudesse preservá-la completamente para revisão futura. Então vira uma nova página no caderno para não ter que olhar o que fez.

* * *

No que você está pensando?, pergunta Marianne agora.

Ela está ajeitando o cabelo atrás da orelha.

Faculdade, ele diz.

Você devia tentar inglês em Trinity.

Ele encara o site outra vez. Ultimamente, é consumido pela sensação de que na verdade ele é duas pessoas diferentes, e em breve terá que decidir qual pessoa será em tempo integral e deixar para trás a outra pessoa. Tem uma vida em Carricklea, tem amigos. Caso fizesse faculdade em Galway, poderia ficar com o mesmo círculo social, na verdade, e ter a vida que sempre planejou, obtendo um bom diploma, tendo uma namorada legal. As pessoas diriam que se deu bem na vida. Por outro lado, poderia estudar em Trinity como Marianne. A vida seria diferente assim. Começaria a frequentar jantares e entabular conversas sobre a ajuda financeira à Grécia. Poderia trepar com garotas estranhas que se revelariam bissexuais. Já li O carnê dourado, poderia dizer a elas. É verdade, já tinha lido. Depois disso nunca mais voltaria a Carricklea, iria para outro lugar, Londres ou Barcelona. As pessoas não necessariamente achariam que havia se dado bem: alguns talvez imaginassem que havia se dado muito mal, outros se esqueceriam totalmente dele. O que Lorraine acharia? Ela gostaria que ele fosse feliz, e que não ligasse para o que os outros diriam. Mas o velho Connell, o que todos os seus amigos conhecem: essa pessoa estaria morta de certa forma, ou pior, enterrada viva, gritando debaixo da terra.

Assim nós dois estaríamos em Dublin, ele diz. Aposto que você fingiria que não me conhece se a gente se esbarrasse.

De início, Marianne não diz nada. Quanto mais tempo passa calada, mais nervoso ele fica, como se talvez ela realmente fosse fingir não conhecê-lo, e a ideia de estar aquém de sua percepção lhe causa uma sensação de pânico, não apenas quanto a Marianne especificamente mas quanto a seu futuro, quanto ao que lhe é possível.

Então ela diz: Eu jamais fingiria não te conhecer, Connell. O silêncio se torna muito intenso depois disso. Por alguns segundos, ele permanece deitado, imóvel. Claro, ele finge não conhecer Marianne na escola, mas não era sua intenção trazer o assunto à tona. É assim que tem que ser. Se as pessoas descobrissem o que anda fazendo com Marianne, às escondidas, enquanto a ignora todos os dias na escola, a vida dele estaria acabada. Andaria pelo corredor e os olhos das pessoas o seguiriam, como se fosse um serial killer ou algo pior. Os amigos não o consideram uma pessoa desviante, uma pessoa que poderia dizer a Marianne Sheridan, em plena luz do dia, totalmente sóbrio: Tudo bem se eu gozar na sua boca? Com os amigos ele age normalmente. Marianne e ele têm uma vida particular em seu quarto, onde ninguém pode incomodá-los, portanto não existe razão para misturar esses dois mundos. Porém, sabe que perdeu a base na discussão deles e deixou uma brecha para esse assunto surgir, embora não quisesse que fosse assim, e agora tem que falar alguma coisa.

Você não fingiria?, ele pergunta.

Não.

Está bem, vou pôr inglês em Trinity, então.

Sério?, ela diz.

É. Não me importo muito em arrumar um emprego, de qualquer jeito.

Ela lhe lança um sorrisinho, como se sentisse que ganhou a discussão. Ele gosta de lhe dar essa impressão. Por um instante, parece possível manter os dois mundos, as duas versões de sua vida, e se movimentar entre eles como se cruzasse uma porta. Pode ter o respeito de alguém como Marianne e também ser querido na escola, pode formar opiniões e preferências secretas, nenhum conflito tem que surgir, ele nunca precisará escolher uma coisa em detrimento de outra. Com apenas um pouco de subterfúgio pode viver duas existências totalmente distintas, jamais encarando a questão fundamental do que fazer dele mesmo ou de que tipo de pessoa ele é. Essa ideia é tão reconfortante que por alguns segundos evita os olhos de Marianne, querendo preservar a crença só mais um pouquinho. Ele sabe que quando olhar para ela não vai mais conseguir acreditar nisso.

Seis semanas depois
(Abril de 2011)

O nome dela está na lista. Ela mostra a identidade ao recepcionista. Quando entra, o interior está à meia-luz, cavernoso, vagamente arroxeado, com bares longos de ambos os lados e degraus que descem até a pista de dança. O cheiro é de álcool envelhecido e do aro pequenino e achatado de gelo seco. Algumas das outras garotas do comitê de arrecadação de fundos já estão sentadas à mesa, olhando listas. Oi, Marianne cumprimenta. Elas se viram e olham para ela.

Olá, diz Lisa. Não é que você até que fica bonitinha arrumada?

Você está linda, diz Karen.

Rachel Moran não diz nada. Todo mundo sabe que Rachel é a garota mais popular da escola, mas ninguém tem permissão para dizê-lo. Em vez disso, todo mundo tem que fingir não perceber que suas vidas sociais são organizadas hierarquicamente, com certas pessoas no topo, algumas se acotovelando no nível médio e outras lá embaixo. Marianne às vezes se vê no degrau mais baixo da escada, mas em outros momentos se imagina totalmente fora da escada, não impactada por seus mecanismos, já que na realidade não deseja popularidade nem faz nada para que lhe seja conferida. De sua posição privilegiada, não é óbvio quais recompensas a escada oferece, mesmo para quem está no topo. Ela esfrega o braço e diz: Obrigada. Querem beber alguma coisa? Eu vou até o bar de qualquer forma.

Achei que você não bebia, diz Rachel.

Vou querer uma garrafa de West Coast Cooler, Karen diz. Se você realmente puder me trazer uma.

Vinho é a única bebida alcoólica que Marianne já tomou, mas quando vai ao bar resolve pedir uma gim-tônica. O barman olha diretamente para seus seios enquanto ela fala. Marianne não fazia ideia de que os homens de fato faziam essas coisas fora dos filmes e da tevê, e a experiência lhe dá um leve calafrio de feminilidade. Usa um vestido preto opaco que fica justo no corpo. O ambiente continua quase vazio, embora tecnicamente o evento já tenha começado. De volta à mesa, Karen lhe agradece com extravagância pela bebida. Fico te devendo uma, ela diz. Deixa pra lá, diz Marianne, acenando com a mão.

Passado um tempo, as pessoas começam a chegar. A música também começa, um remix martelado de Destiny's Child, e Rachel entrega a Marianne o talão de rifas e explica o sistema de preços. Marianne foi eleita para participar do comitê de arrecadação de fundos do baile de formatura supostamente a título de piada, mas tem que ajudar a organizar os eventos mesmo assim. Talão de rifas à mão, ela continua parada ao lado das outras meninas. Está acostumada a observar essas pessoas de longe, quase de maneira científica, mas esta noite, tendo que puxar conversa e sorrir educadamente, já não é mais uma observadora e sim uma intrusa, e do tipo esquisito. Ela vende alguns bilhetes, pegando o troco de um porta-moedas na bolsa, compra mais drinques, olha para o chão e desvia o olhar com frustração.

Os garotos estão bem atrasados, comenta Lisa.

De todos os garotos possíveis, Marianne sabe a quem ela se refere: Rob, com quem Lisa tem uma relação de idas e vindas, e seus amigos Eric, Jack Hynes e Connell Waldron. O atraso deles não escapou à percepção de Marianne.

Se eles não aparecerem, vou matar o Connell de verdade, declara Rachel. Ele me falou ontem que eles viriam com certeza.

Marianne não diz nada. Rachel volta e meia fala de Connell dessa forma, aludindo a conversas particulares ocorridas entre os dois, como se fossem grandes confidentes. Connell ignora esse comportamento, mas também ignora as indiretas que Marianne dá sobre isso quando estão a sós.

Eles provavelmente estão fazendo um esquenta na casa do Rob, diz Lisa.

Vão estar completamente bêbados quando chegarem, diz Karen.

Marianne pega o celular da bolsa e escreve uma mensagem para Connell: Discussão acalorada aqui com sua ausência como tema. Você está planejando vir? Em trinta segundos ele responde: Sim o Jack acabou de vomitar em tudo então tivemos de botar ele num táxi etc. a caminho já já. como você está se saindo socializando com as pessoas. Marianne responde: Agora sou a nova garota mais popular da escola. Todo mundo está me carregando pela pista de dança gritando meu nome. Ela guarda o celular de volta na bolsa. Nada lhe seria mais excitante neste momento do que dizer: Eles vão vir daqui a pouquinho. Que status apavorante e atordoante lhe dariam neste único momento, que desestabilizante seria, que destrutivo.

Embora Carricklea seja o único lugar em que Marianne tenha vivido, não é uma cidade que conheça muito bem. Ela não sai para beber nos pubs da avenida principal, e antes desta noite nunca tinha estado na única boate da cidade. Nunca tinha visitado o conjunto residencial de Knocklyon. Não sabe qual é o nome do rio que corre, marrom e empapado, ao lado do supermercado e atrás do estacionamento da igreja, levando sacos plásticos finos em sua correnteza, ou para onde esse rio segue. Quem lhe contaria? Só sai de casa para ir à escola, e para a ida forçada à missa aos domingos, e para a casa de Connell quando ninguém está por perto. Sabe quanto tempo leva até a cidade de Sligo — vinte minutos —, mas a localização de outras cidades próximas e o tamanho delas em comparação com Carricklea são um mistério para ela. Coolaney, Skreen, Ballysadare, tem quase certeza de que ficam todas nas redondezas de Carricklea, e os nomes lhe soam familiares de um jeito vago, mas não sabe onde ficam. Nunca entrou no centro poliesportivo. Nunca foi beber na fábrica de chapéus abandonada, embora já tenha passado por ela de carro.

Da mesma forma, é impossível saber quais famílias da cidade são consideradas boas famílias e quais não são. É o que gostaria de saber, só para poder rejeitar a ideia completamente. Ela é de uma boa família e Connell é de uma ruim, até aí ela sabe. Os Waldron são famosos em Carricklea. Um dos irmãos de Lorraine já esteve preso, Marianne não sabe por quê, e outro sofreu um acidente de moto no anel viário alguns anos atrás e quase morreu. E claro, Lorraine engravidou aos dezessete anos e largou a escola para ter o filho. Ainda assim, Connell é considerado um bom partido hoje em dia. É estudioso, joga de centroavante no time de futebol, é bonito, não se mete em brigas. Todo mundo gosta dele. É sossegado. Até a mãe de Marianne diz, em tom de aprovação: Esse moço nem parece um Waldron. A mãe de Marianne é advogada. O pai também era.

Semana passada, Connell mencionou algo chamado "o fantasma". Marianne nunca tinha ouvido falar nisso, teve que lhe perguntar do que se tratava. As sobrancelhas dele se ergueram. O fantasma, ele disse. O território fantasma, Mountain View. Fica tipo, bem atrás da escola. Marianne tinha um conhecimento vago de uma construção no terreno atrás da escola, mas não sabia que havia um conjunto residencial ali agora, ou que ninguém morava nele. O pessoal vai lá pra beber, Connell acrescentou. Ah, disse Marianne. Ela perguntou como era. Ele disse que gostaria de mostrar a ela, mas sempre tinha gente circulando por lá. Ele volta e meia faz comentários displicentes sobre coisas que "gostaria". Gostaria que você não precisasse ir embora, ele diz quando ela está de saída, ou: Gostaria que você pudesse passar a noite aqui. Se realmente quisesse alguma dessas coisas, Marianne sabe, ela aconteceria. Connell sempre consegue o que quer, e depois se lamenta quando o que quer não o deixa feliz.

Em todo caso, ele acabou levando-a para ver o território fantasma. Foram até lá no carro dele uma tarde e ele saiu primeiro para verificar se não havia ninguém por perto antes que ela o seguisse. As casas eram imensas, com fachadas simples de concreto e gramados abandonados na frente. Alguns dos buracos vazios das janelas estavam cobertos por folhas de plástico, que com o vento batiam ruidosamente. Chovia e ela tinha deixado o casaco no carro. Ela cruzou os braços, semicerrando os olhos para mirar os telhados de ardósia molhados.

Quer dar uma olhada lá dentro?, Connell perguntou.

A porta da frente do número 23 estava destrancada. Estava mais sossegado dentro da casa, e mais escuro. O lugar era imundo. Com a ponta do sapato, Marianne cutucou uma garrafa vazia de cidra. Havia guimbas de cigarro espalhadas no chão e alguém tinha arrastado um colchão até a sala de estar, de resto vazia. O colchão estava bem manchado de umidade e do que parecia ser sangue. Bem sórdido, Marianne comentou em voz alta. Connell estava quieto, só olhando ao redor.

Você vem muito aqui?, ela perguntou.

Ele meio que deu de ombros. Não muito, ele disse. Antigamente vinha um pouco, agora já não muito.

Por favor me diz que você nunca transou nesse colchão.

Ele sorriu distraidamente. Não, ele disse. É isso o que você acha que faço no fim de semana, é?

Meio que sim.

Ele não disse nada nesse momento, o que a deixou com uma sensação ainda pior. Ele chutou uma lata amassada de Dutch Gold sem mira certa e fez com que escorregasse rumo à porta de dois batentes.

Deve ter o triplo do tamanho da minha casa, ele disse. O que você acha?

Sentiu-se estúpida por não ter se dado conta do que ele vinha pensando. É provável, ela disse. Não vi lá em cima, obviamente.

Quatro quartos.

Nossa.

Simplesmente vazio, sem moradores, ele disse. Por que não doam se não conseguem vender? Não estou me fazendo de bobo, estou perguntando de verdade.

Ela deu de ombros. Realmente não entendia o motivo.

Tem alguma coisa a ver com o capitalismo, ela disse.

É. Tudo tem, esse é o problema, não é?

Ela fez que sim. Ele olhou para ela como se saísse de um sonho.

Você está com frio?, ele perguntou. Parece que está congelando.

Ela sorriu, esfregou o nariz. Ele abriu o zíper do casaco preto acolchoado e o colocou sobre os ombros dela. Estavam bem próximos. Ela se deitaria no chão e permitiria que ele andasse sobre seu corpo se quisesse, ele sabia disso.

Quando eu saio no fim de semana e tudo o mais, ele disse, não vou atrás de outras meninas nem nada.

Marianne sorriu e disse: Não, imagino que elas é que vão atrás de você.

Ele deu um sorriso largo, olhou para baixo. Você tem uma ideia engraçada de mim, ele disse.

Ela fechou os dedos em volta de sua gravata escolar. Era a primeira vez na vida que podia dizer coisas chocantes e usar uma linguagem obscena, então fazia isso muito. Se eu quisesse que você trepasse comigo aqui, ela disse, você treparia?

A expressão dele não mudou, mas suas mãos se mexeram debaixo do casaco para demonstrar que estava escutando. Após alguns segundos, ele disse: Sim. Se você quisesse, sim. Você vive me levando a fazer coisas esquisitas.

O que você quer dizer com isso?, ela perguntou. Eu não te levo a fazer nada.

Leva, sim. Você acha que tem alguma outra pessoa com quem eu faria esse tipo de coisa? Sério, você acha que mais alguém conseguiria me fazer sair de fininho depois da escola e tal?

O que você quer que eu faça? Que te deixe em paz?

Ele olhou para ela, aparentemente assustado com essa reviravolta na discussão. Balançando a cabeça, ele disse: Se você fizesse isso...

Ela olhou para ele, mas não falou mais nada.

Se eu fizesse isso, e daí?, ela disse.

Sei lá. Quer dizer, se você não quiser mais que a gente saia juntos? Eu ficaria surpreso, sinceramente, porque tenho a impressão de que você curte.

E se eu conhecesse alguém que gostasse mais de mim?

Ele riu. Ela se virou, aborrecida, escapando das mãos dele, passando os braços em torno do peito. Ele disse ei, mas ela não se virou. Estava de frente para o colchão nojento repleto de manchas cor de ferrugem. Com delicadeza, ele chegou por trás e levantou o cabelo dela para beijá-la na nuca.

Desculpa por ter rido, ele disse. Você está me deixando inseguro, falando de não querer mais sair comigo. Achei que você gostava de mim.

Ela fechou os olhos. Eu gosto de você, ela disse.

Bom, se você conhecesse alguém de quem gostasse mais, eu ficaria muito chateado, o.k.? Já que você perguntou. Eu não ficaria feliz. Está bem?

Seu amigo Eric me chamou de sem peito hoje na frente de todo mundo.

Connell parou. Ela sentiu sua respiração. Eu não ouvi, ele disse.

Você estava no banheiro ou sei lá onde. Ele disse que pareço uma tábua de passar.

Puta merda, ele é um imbecil. É por isso que você está de mau humor?

Ela deu de ombros. Connell passou os braços em torno da barriga dela.

Ele só quer te irritar, ele disse. Se achasse que tem a menor chance com você, ele falaria contigo de um jeito bem diferente. Ele acha que você olha pra ele com desprezo.

Ela deu de ombros de novo, mordendo o lábio inferior.

Você não tem com o que se preocupar em relação à sua aparência, disse Connell.

Hum.

Não gosto de você só pelo cérebro, pode acreditar.

Ela riu, sentindo-se boba.

Ele roçou a orelha dela com o nariz e acrescentou: Eu ficaria com saudades se você não quisesse mais me ver.

Você ficaria com saudades de dormir comigo?, ela perguntou.

Ele encostou a mão no osso do quadril dela, balançando-a contra o próprio corpo, e disse baixinho: Ficaria, muito.

Agora a gente pode voltar pra sua casa?

Ele fez que sim. Por alguns segundos, ficaram ali no silêncio, seus braços em volta dela, sua respiração na orelha dela. A maioria das pessoas viveriam suas vidas inteiras, Marianne pensou, sem nunca se sentirem tão próximas de alguém.

Por fim, depois do terceiro gim-tônica, a porta se abre com um baque e os garotos chegam. As garotas do comitê se levantam e começam a zombar deles, repreendendo-os pelo atraso, coisas assim. Marianne hesita, tentando fazer contato visual com Connell, que não retribui. Ele está usando uma camisa branca de botões, o mesmo tênis Adidas que usa em todos os lugares. Os outros garotos também estão de camisa, porém são mais formais, reluzentes, e usam sapatos sociais de couro. Há um cheiro forte, pungente, de loção pós-barba no ar. Eric capta o olhar de Marianne e de repente solta Karen, um movimento tão óbvio que todo mundo também olha ao redor.

Olha só você, Marianne, diz Eric.

Ela não sabe dizer imediatamente se ele está sendo sincero ou tirando sarro. Todos os garotos estão olhando para ela, menos Connell.

Estou falando sério, declara Eric. Vestido bonito, muito sexy.

Rachel cai na risada, se aproxima para dizer algo no ouvido de Connell. Ele desvia levemente o rosto e não ri junto. Marianne sente certa pressão na cabeça que deseja aliviar gritando ou chorando.

Vamos lá dançar, chama Karen.

Nunca vi a Marianne dançando, Rachel comenta.

Bem, agora você vai poder ver, diz Karen.

Karen pega a mão de Marianne e a puxa para a pista de dança. Está tocando uma música de Kanye West, a que tem um sample de Curtis Mayfield. Marianne continua segurando o talão com os bilhetes da rifa em uma mão, e sente a outra úmida dentro da mão de Karen. A pista de dança está cheia e o baixo lhe causa arrepios que atravessam os sapatos e sobem pelas pernas. Karen apoia o braço no ombro de Marianne, embriagada, e diz no ouvido dela: Não liga pra Rachel, ela está de péssimo humor. Marianne concorda com a cabeça, mexendo o corpo no ritmo da música. Agora sentindo-se bêbada, ela se vira para revistar o ambiente, querendo saber onde está Connell. Ela logo o vê, parado no alto da escada. Ele a observa. A música está tão alta que vibra dentro do seu corpo. Em volta dele, os outros conversam e riem. Ele apenas olha para ela sem dizer nada. Sob o olhar dele, seus movimentos parecem amplificados, escandalosos, e o peso do braço de Karen no seu ombro é sensual e quente. Ela balança o quadril para a frente e passa a mão à toa pelo cabelo.

No ouvido dela, Karen diz: Ele está o tempo todo de olho em você.

Marianne olha para ele e depois de volta para Karen, sem se manifestar, tentando fazer com que seu rosto não diga nada.

Agora você entende por que a Rachel está irritada com você, diz Karen.

Ela sente o cheiro do drinque de vinho com soda no bafo de Karen quando ela fala, enxerga suas obturações. Gosta tanto dela neste momento. Elas dançam um pouco mais e depois voltam para cima juntas, de mãos dadas, agora sem fôlego, sorrindo sem motivo. Eric e Rob fingem travar uma discussão. Connell vai em direção a Marianne de forma quase imperceptível, e seus braços se tocam. Ela tem vontade de pegar a mão dele e chupar a ponta de seus dedos um por um.

Rachel se vira para ela e diz: Que tal você tentar vender uns bilhetes da rifa em algum momento?

Marianne sorri, e o sorriso que surge é presunçoso, quase sarcástico, e ela diz: Está bem.

Acho que esses caras aqui talvez queiram comprar alguns, diz Eric.

Ele assente para a porta, onde alguns sujeitos mais velhos acabaram de chegar. Eles não deveriam estar ali, o pessoal da boate disse que seria só para quem tivesse ingressos. Marianne não sabe quem são, talvez irmãos ou primos de alguém, ou apenas homens de vinte e poucos anos que gostam de interagir com estudantes arrecadadores de fundos. Eles percebem Eric acenando e se aproximam. Marianne procura na bolsa a bolsinha de dinheiro para o caso de quererem comprar bilhetes de rifa.

Como vão as coisas, Eric?, diz um dos homens. Quem é essa sua amiga?

Esta é a Marianne Sheridan, Eric apresenta. Você deve conhecer o irmão dela, imagino. O Alan, ele deve ter sido da turma do Mick.

O homem apenas faz que sim, olhando Marianne de cima a baixo. Ela se sente indiferente à atenção dele. A música está alta demais para que consiga entender o que Rob diz no ouvido de Eric, mas Marianne tem a impressão de que tem a ver com ela.

Deixa eu te pagar uma bebida, diz o homem. O que você está bebendo?

Não, obrigada, diz Marianne.

O homem passa o braço em volta de seus ombros nesse momento. Ele é bem alto, ela repara. Mais alto que Connell. Os dedos dele roçam seu braço à mostra. Ela tenta afastá-lo encolhendo os ombros, mas ele não a larga. Um dos amigos dele cai na risada e Eric ri junto.

Que vestido bonito, diz o homem.

Você poderia me largar?, ela pede.

Bem decotado aí, né?

Em um só movimento ele desce a mão do ombro e aperta a

carne de seu seio direito na frente de todo mundo. Ela instantaneamente se desvencilha dele, puxando o vestido até a clavícula,
sentindo o rosto ser tomado pelo sangue. Seus olhos ardem e ela
sente dor no local onde ele a apertou. Os outros riem pelas costas dela. Ela os ouve. Rachel está rindo, um barulho agudo e
aflautado nos ouvidos de Marianne.

Sem se virar, Marianne sai porta afora, deixa que ela bata
depois de passar. Agora está no corredor da chapelaria e não se
lembra se a saída é para a direita ou para a esquerda. Seu corpo
inteiro treme. A atendente da chapelaria pergunta se ela está bem.
Marianne já não sabe mais o grau de sua embriaguez. Dá alguns
passos em direção à porta da esquerda, apoia as costas na parede e
começa a escorregar até ficar sentada no chão. O peito dói onde o
homem o apertou. Ele não estava de brincadeira, queria machucá-la. Agora ela está no chão abraçando os joelhos contra o peito.

Lá em cima, a porta do salão se abre outra vez e Karen aparece, com Eric e Rachel e Connell vindo atrás. Veem Marianne
no chão e Karen corre até ela, enquanto os outros três ficam pa-
rados, talvez sem saber o que fazer ou não querendo fazer nada.
Karen se curva diante de Marianne e pega sua mão. Os olhos de
Marianne estão inflamados e ela não sabe para onde olhar.

Você está bem?, Karen pergunta.

Estou, diz Marianne. Desculpa. Acho que eu bebi demais.

Deixa ela, diz Rachel.

Aqui, olha, foi só uma brincadeirinha, diz Eric. O Pat na
verdade é um cara bem sensato, você só precisa conhecer ele
direito.

Eu achei engraçado, diz Rachel.

Com isso, Karen se vira bruscamente e olha para eles. Por
que é que vocês estão aqui se acharam tanta graça?, ela pergunta. Por que você não entra e vai aproveitar com seu melhor amigo Pat? Se você acha tão engraçado assim abusar de meninas
mais novas?

Como que a Marianne é *nova?*, diz Eric.

Todo mundo estava rindo, diz Rachel.

Não é verdade, rebate Connell.

Todo mundo olha para ele. Marianne olha para ele. Seus olhares se cruzam.

Você está bem, não está?, ele pergunta.

Ah, você quer dar um beijinho pra ela sarar?, diz Rachel.

O rosto dele está vermelho, e ele leva a mão à testa. Todo mundo continua a observá-lo. A parede está gelada contra as costas de Marianne.

Rachel, ele diz, que tal você ir à merda?

Karen e Eric trocam um olhar, olhos arregalados, Marianne os vê. Connell nunca fala ou age assim na escola. Em todos esses anos ela nunca o viu se comportar com um pingo de agressividade sequer, mesmo quando provocado. Rachel apenas meneia a cabeça e volta para dentro da boate. A porta bate com força nas dobradiças. Connell continua esfregando a testa por um instante. Karen murmura alguma coisa para Eric, Marianne não sabe o quê. Então Connell olha para Marianne e diz: Quer ir pra casa? Estou de carro, eu te levo. Ela faz que sim. Karen a ajuda a se levantar do chão. Connell põe as mãos no bolso como que para se impedir de tocar nela por acidente. Desculpa por ter causado essa confusão, Marianne diz a Karen. Estou me sentindo uma idiota. Não estou acostumada a beber.

Não é culpa sua, diz Karen.

Obrigada por ser tão legal, Marianne diz.

Elas apertam a mão uma da outra de novo. Marianne segue Connell até a saída e pela lateral do hotel, rumo ao lugar onde o carro dele está estacionado. Está escuro e frio ali fora, com o som da música da boate pulsando vagamente atrás deles. Ela entra no banco de passageiro e põe o cinto. Ele fecha a porta do motorista e enfia a chave na ignição.

Desculpa por ter causado essa confusão, ela repete.

Você não fez nada, diz Connell. Sinto muito que os outros tenham sido tão idiotas. Eles só acham o Pat o máximo porque ele dá umas festas na casa dele de vez em quando. Parece que, se você dá festa em casa, tudo bem incomodar as pessoas, sei lá.

Doeu de verdade. O que ele fez.

Connell não diz nada. Só aperta o volante com as mãos. Ele olha para o colo e exala rapidamente, quase como uma tosse. Desculpa, ele diz. Então dá partida no carro. Passam alguns minutos em silêncio, Marianne esfriando a testa contra a janela.

Você quer ir lá pra minha casa um pouco?, ele diz.

A Lorraine não está lá?

Ele dá de ombros. Batuca os dedos no volante. Ela já deve estar na cama, ele diz. Quer dizer, a gente podia só fazer hora antes de eu te levar em casa. Tudo bem se você não quiser.

E se ela ainda estiver acordada?

Sinceramente, ela é bem tranquila em relação a esse tipo de coisa. Tipo, eu acho de verdade que ela não ligaria.

Marianne olha pela janela a cidade que passa. Entende o que ele está dizendo: que não liga caso a mãe fique sabendo deles. Talvez ela já saiba.

A Lorraine parece ser uma ótima mãe, Marianne comenta.

É. Eu acho que é.

Ela deve ter orgulho de você. Você é o único garoto da escola que se saiu bem como adulto.

Connell dá uma olhadela para ela. Como assim me saí bem?, ele pergunta.

Do que você está falando? Todo mundo gosta de você. E, ao contrário da maioria, você é uma boa pessoa.

Ele faz uma cara que ela não sabe interpretar, meio que levantando as sobrancelhas, ou enrugando a testa. Quando chegam à casa dele, todas as janelas estão escuras e Lorraine está na cama. No quarto de Connell, ele e Marianne se deitam juntos, aos sussurros. Ele diz que ela é linda. Ela nunca tinha ouvido isso, embora às vezes suspeite disso em segredo, mas é diferente ouvir essas palavras vindas de outra pessoa. Ela leva a mão dele a seu peito, ao lugar dolorido, e ele a beija. O rosto dela está úmido, ela esteve chorando. Ele beija o pescoço dela. Você está bem?, ele pergunta. Quando ela faz que sim, ele alisa o cabelo dela e diz: Tudo bem ficar chateada, sabe? Ela se deita com a cara no peito dele. Ela se sente um pedacinho mole de pano retorcido e gotejante.

Você nunca bateria numa garota, bateria?, ela pergunta.

Nossa, não. Claro que não. Por que é que você está perguntando isso?

Sei lá.

Você acha que eu sou do tipo que sai batendo em mulher?, ele diz.

Ela afunda a cara no peito dele. Meu pai batia na minha mãe, ela conta. Por alguns segundos, que parece um tempo inacreditavelmente longo, Connell se cala. Então ele diz: Nossa. Eu sinto muito. Não sabia disso.

Tudo bem, ela diz.

Ele batia em você?

Às vezes.

Connell se cala de novo. Ele se curva e beija sua testa. Eu jamais machucaria você, o.k.?, ele diz. Nunca. Ela assente e não diz nada. Você me faz muito feliz, ele diz. Sua mão se move pelo cabelo dela, e ele acrescenta: Eu te amo. Não estou falando só por falar, amo mesmo. Os olhos dela se enchem de lágrimas outra vez e ela os fecha. Até nas lembranças ela achará este momento insuportavelmente intenso, e tem consciência disso agora, enquanto ele acontece. Nunca se achou digna de ser amada por alguém. Mas agora tem uma vida nova, da qual este é o primeiro momento, e mesmo depois que muitos anos se passarem, ela ainda vai pensar: Sim, foi aí o começo da minha vida.

Dois dias depois
(*Abril de 2011*)

Ele fica de pé ao lado da cama enquanto a mãe sai para procurar uma das enfermeiras. Você está só com isso?, sua avó diz.

Hum?, diz Connell.

Você está só com esse casaquinho?

Ah, ele diz. É.

Você vai congelar. Vai acabar vindo parar aqui.

A avó havia escorregado no estacionamento do supermercado naquela manhã e caído sobre o quadril. Não é idosa como os outros pacientes, tem apenas cinquenta e oito anos. A mesma idade da mãe de Marianne, pensa Connell. De qualquer modo, parece que o quadril da avó está meio estropiado e talvez quebrado, e Connell teve que levar Lorraine até a cidade de Sligo para visitá-la no hospital. Na cama do outro lado da enfermaria, alguém tosse.

Estou bem, ele diz. Está quente lá fora.

A avó suspira, como se o comentário que ele faz sobre o clima lhe causasse dor. É provável que cause, pois tudo o que ele faz é doloroso para ela, pois o odeia por estar vivo. Ela o olha de cima a baixo com uma expressão crítica.

Bom, você sem dúvida não puxou a sua mãe, né?, ela diz.

É, ele diz. Não.

Fisicamente, Lorraine e Connell têm tipos diferentes. Lorraine é loura e tem um rosto suave, sem feições bruscas. Os garotos da escola a consideram atraente, o que dizem a Connell com frequência. Ela provavelmente é atraente, e daí, isso não o ofende. Connell tem cabelo escuro e traços fortes, como o desenho que um artista faz de um criminoso. Ele sabe, no entanto, que o argumento da avó não tem a ver com sua aparência física e deve ser entendido como um comentário sobre sua paternidade. Portanto, o.k., ele não tem nada a dizer sobre o assunto.

Ninguém além de Lorraine sabe quem é o pai de Connell. Ela diz que ele pode lhe perguntar a qualquer momento que queira saber, mas ele realmente não liga para isso. Nas noites em que saem, os amigos às vezes levantam a questão do seu pai, como se fosse algo profundo e significativo de que só possam falar quando estão bêbados. Connell acha isso deprimente. Ele nunca pensa no homem que engravidou Lorraine, por que pensaria? Os amigos parecem ser muito obcecados pelos próprios pais, obcecados em imitá-los ou ser diferentes deles sob aspectos específicos. Quando brigam com os pais, as discussões parecem sempre significar uma coisa na superfície mas ocultar outro sentido secreto. Quando Connell briga com Lorraine, em geral é por conta de algo como deixar a toalha molhada no sofá, e é só isso, é mesmo sobre a toalha, ou no máximo a possibilidade de que Connell seja basicamente desleixado em suas atitudes, pois ele quer que Lorraine o veja como uma pessoa responsável apesar do hábito de deixar toalhas espalhadas, e Lorraine diz que, se é tão importante para ele ser considerado responsável, ele devia demonstrar através de atos, esse tipo de coisa.

Ele levou Lorraine até a zona eleitoral para votar no fim de fevereiro, e no caminho ela perguntou em quem ele votaria. Um dos candidatos independentes, ele disse vagamente. Ela riu. Não me diga, ela disse. Declan Bree, o comunista. Connell, impassível, continuou olhando para a pista. Um pouquinho mais de comunismo faria bem ao nosso país, se você quer saber minha opinião, ele disse. De soslaio, viu Lorraine sorrir. Vamos lá, camarada, ela disse. Fui eu que te criei com os bons princípios socialistas, lembra? É verdade que Lorraine tem princípios. Ela se interessa por Cuba e pela causa da libertação palestina. No final, Connell votou mesmo em Declan Bree, que acabou saindo na quinta contagem. Duas das cadeiras foram para Fine Gael e a outra para Sinn Féin. Lorraine disse que aquilo era uma desgraça. Trocar um grupo de criminosos por outro, ela disse. Ele mandou mensagem para Marianne: fg no governo, puta merda. Ela respondeu: O partido de Franco. Ele teve que pesquisar o que isso significava.

Na outra noite, Marianne lhe disse que achava que ele havia se dado bem como pessoa. Disse que ele era legal e que todo mundo gostava dele. Ele se pegou pensando muito nisso. Era uma coisa boa de ter nos pensamentos. *Você é uma pessoa legal e todo mundo gosta de você.* Para se testar, tentaria não pensar nisso por um tempo, e depois voltaria a pensar de novo para ver se ainda o deixava com uma sensação boa, e deixou. Por algum motivo, queria poder contar a Lorraine o que ela dissera. Sentia que isso a reconfortaria de algum modo, mas quanto a quê? Que seu único filho não era uma pessoa desprezível, no final das contas? Que não tinha desperdiçado a vida dela?

E ouvi falar que você vai embora para a Trinity, a avó diz.

É, se eu conseguir a pontuação.

O que enfiou Trinity na sua cabeça?

Ele dá de ombros. Ela ri, mas é uma risada escarnecedora. Ah, é bom o bastante pra você, ela diz. Você vai estudar o quê?

Connell resiste ao ímpeto de tirar o celular do bolso e olhar a hora. Inglês, ele responde. As tias e os tios estão todos muito impressionados com sua decisão de pôr Trinity como primeira opção, o que o deixa constrangido. Ele vai tentar obter a bolsa de permanência integral se conseguir entrar, mas mesmo assim terá que trabalhar em período integral no verão e pelo menos meio expediente durante o semestre letivo. Lorraine diz que não quer que ele trabalhe demais durante a faculdade, quer que se concentre nos estudos. Ele fica se sentindo mal, porque inglês não é um diploma de verdade com que se consegue um emprego, é tipo uma piada, e então acha que devia ter se inscrito em direito, afinal.

Lorraine volta à enfermaria. Seus sapatos fazem um barulho uniforme, estrepitoso, no piso frio. Ela começa a falar com a avó dele sobre o clínico que está de licença e sobre o dr. O'Malley e o raio-X. Ela repassa toda essa informação com muito cuidado, anotando as coisas mais importantes em um papelzinho. Por fim, depois que a avó beija o rosto dele, os dois vão embora da enfermaria. Ele desinfeta as mãos no corredor e Lorraine espera. Em seguida, descem a escada e saem do hospital rumo ao sol claro, úmido.

Após a arrecadação de fundos da outra noite, Marianne lhe contou um negócio sobre a família. Ele não soube o que falar. Começou a dizer que a amava. Simplesmente aconteceu, assim como afastamos a mão quando a encostamos em algo quente. Ela estava chorando e tal, e ele falou sem pensar. Era verdade? Ele não sabia o suficiente para ter certeza. De início, pensou que devia ser verdade, já que tinha dito, e por que mentiria? Mas então lembrou que realmente mentia vez ou outra, sem planejar nem saber o porquê. Não era a primeira vez que sentia o anseio de dizer a Marianne que a amava, fosse ou não verdade, mas era a primeira vez que cedia e dizia. Reparou no longo tempo que ela levou para responder alguma coisa, e como seu silêncio o incomodara, como se ela não fosse retribuir a declaração, e quando ela disse, ele se sentiu melhor, mas talvez isso não significasse nada. Connell gostaria de saber como as outras pessoas conduziam suas vidas particulares, para que pudesse copiar seus exemplos.

Na manhã seguinte, acordaram com o barulho das chaves de Lorraine na porta. Estava claro lá fora, sua boca estava seca, e Marianne estava se sentando e vestindo a roupa. Ela só disse o seguinte: Desculpa. Me desculpa. Deviam ter adormecido sem querer. Ele tinha planejado deixá-la em casa na noite anterior. Ela calçou os sapatos e ele se vestiu também. Lorraine estava no corredor com duas sacolas plásticas de compras quando chegaram à escada. Marianne usava o vestido da véspera, o preto com alças.

Oi, querida, disse Lorraine.

O rosto de Marianne estava branco como uma folha de papel. Desculpa pela intromissão, ela disse.

Connell não tocou nela ou falou com ela. Seu peito doía. Ela saiu pela porta da frente, dizendo: Tchau, desculpa, obrigada, desculpa de novo. Ela fechou a porta antes de ele sequer descer a escada.

Lorraine contraiu os lábios como se tentasse se segurar para não rir. Você podia me ajudar com as compras, ela pediu. Ela lhe entregou uma das sacolas. Ele a seguiu cozinha adentro e pôs a sacola na mesa sem olhar o que havia dentro dela. Esfregando o pescoço, ficou observando a mãe desembrulhar e guardar as coisas.

Qual é a graça?, ele perguntou.

Ela não precisava sair correndo desse jeito só porque eu cheguei em casa, disse Lorraine. Eu fico muito feliz quando a encontro, você sabe como eu adoro a Marianne.

Ele ficou olhando a mãe dobrar e guardar a sacola plástica reutilizável.

Você achava que eu não sabia?, ela perguntou.

Ele fechou os olhos por alguns segundos e os abriu de novo. Deu de ombros.

Bem, eu sabia que alguém estava vindo aqui à tarde, declarou Lorraine. E eu trabalho na casa dela, você sabe disso.

Ele fez que sim, incapaz de se manifestar.

Você deve gostar mesmo dela, comentou Lorraine.

Por que você está dizendo isso?

Não é por isso que você vai pra Trinity?

Ele levou as mãos ao rosto. Lorraine estava rindo a esta altura, ele a escutava. Agora você está me fazendo não querer ir pra lá, ele disse.

Ah, para com isso.

Ele olhou na sacola de compras que havia deixado na mesa e pegou um pacote de espaguete. Timidamente, ele o levou ao armário ao lado da geladeira e guardou junto com as outras massas.

Então, a Marianne é sua namorada?, perguntou Lorraine.

Não.

O que isso quer dizer? Você está transando com ela mas ela não é sua namorada?

Agora você está se intrometendo na minha vida, ele disse. Não gosto disso, não é da sua conta.

Ele voltou à sacola e pegou uma caixa de ovos, que pôs na bancada ao lado do óleo de girassol.

É por causa da mãe dela?, indagou Lorraine. Você acha que ela vai fazer cara feia pra você?

O quê?

Porque é bem capaz, sabe?

Fazer cara feia pra mim?, disse Connell. Que louco, o que foi que eu fiz?

Imagino que ela nos considere um pouquinho abaixo do nível dela.

Ele fitou a mãe do outro lado da cozinha enquanto ela guardava uma caixa de flocos de milho de marca genérica no armário. A ideia de que a família de Marianne se considerasse superior a ele e a Lorraine, boa demais para se vincular a eles, nunca tinha lhe passado pela cabeça. Percebeu, para sua própria surpresa, que a ideia o deixava furioso.

Ué, ela acha que nós não somos bons o suficiente para eles?, ele disse.

Sei lá. Quem sabe a gente não descobre?

Ela não liga de você limpar a casa deles, mas não quer o seu filho andando com a filha dela? Que piada. Isso é coisa do século XIX, na verdade estou é rindo.

Você não parece estar rindo, disse Lorraine.

Acredite, eu estou. Acho hilariante.

Lorraine fechou o armário e se virou para olhá-lo com certa curiosidade.

Então por que todo esse mistério?, ela perguntou. Se não for por causa da Denise Sheridan. A Marianne tem um namorado ou algo do tipo e você não quer que ele descubra?

Você está se intrometendo demais com essas perguntas.

Então ela tem namorado mesmo.

Não, ele rebateu. Mas essa é a última pergunta sua que eu vou responder.

As sobrancelhas de Lorraine se mexeram, mas ela não falou nada. Ele amassou a sacola plástica vazia na mesa e ficou ali parado, com a sacola amassada na mão.

Você não vai contar pra ninguém, né?, ele perguntou.

Essa história está começando a ficar meio suspeita. Por que é que eu não posso contar pra ninguém?

Sentindo-se bem sem coração, ele respondeu: Porque não

traria nenhum benefício pra você e causaria muito aborrecimento pra mim. Ele pensou um instante e acrescentou com astúcia: E pra Marianne.

Meu Deus, exclamou Lorraine. Acho que nem eu quero saber.

Ele continuou esperando, com a impressão de que ela não tinha prometido inequivocamente não contar a ninguém, e ela ergueu os braços, exasperada, e disse: Tenho assuntos mais interessantes para fofocar do que a sua vida sexual, está bem? Não se preocupe.

Ele subiu a escada e se sentou na cama. Não sabia quanto tempo havia passado enquanto ficou ali parado. Pensava na família de Marianne, na ideia de que ela era boa demais para ele, e também no que ela lhe contara na noite anterior. Ouvira de garotos da escola que às vezes as meninas inventavam histórias sobre elas mesmas para chamar a atenção, dizendo que coisas ruins aconteceram e tal. E chamava bastante a atenção a história que Marianne lhe contara, de que o pai batia nela quando era pequena. Além do mais, o pai já tinha morrido, portanto não estava ali para se defender. Connell entendia que era possível que Marianne tivesse mentido para ganhar a sua compaixão, mas também sabia, com tanta clareza quanto sabia de qualquer coisa, que ela não mentira. Na verdade, sentiu que ela havia se segurado para não lhe contar como era terrível a situação. Ele ficou desconfortável por ter essa informação sobre ela, por estar vinculado a ela desse jeito.

Isso foi no dia anterior. Esta manhã ele chegou cedo na escola, como sempre, e Rob e Eric começaram a comemorar de mentira quando ele foi guardar os livros no armário. Largou a mochila no chão, ignorando os dois. Eric passou o braço sobre o ombro dele e disse: Anda, conta pra gente. Conseguiu dar uma volta naquele dia? Connell tateou o bolso em busca da chave do armário e encolheu os ombros para se desvencilhar de Eric. Muito engraçado, ele disse.

Soube que vocês estavam muito à vontade quando saíram juntos, declarou Rob.

Aconteceu alguma coisa?, Eric perguntou. Fala a verdade.

É óbvio que não, disse Connell.

Por que seria óbvio?, Rachel perguntou. Todo mundo sabe que ela é a fim de você.

Rachel estava sentada no parapeito da janela com as pernas balançando devagar para a frente e para trás, compridas e pretas retintas nas meias-calças opacas. Connell não olhou para ela. Lisa estava sentada no chão, apoiada nos armários, terminando a lição de casa. Karen ainda não estava lá. Gostaria que Karen chegasse.

Aposto que a carona dele foi divertida, disse Rob. De qualquer forma, ele nunca vai contar pra gente.

Eu não pensaria mal de você por isso, disse Eric, ela não fica feia quando se esforça.

É, ela só é ruim da cabeça, disse Rachel.

Connell fingiu procurar alguma coisa no armário. Um suor branco e ralo havia irrompido de suas mãos e sob a gola.

Vocês estão sendo maldosos, disse Lisa. O que ela fez para vocês?

A pergunta é o que ela fez com o Waldron, rebateu Eric. Olha só ele se escondendo no armário. Anda, bota pra fora. Você ficou com ela?

Não, ele disse.

Bem, sinto muito por ela, declarou Lisa.

Eu também, disse Eric. Acho que você devia recompensar a garota, Connell. Acho que você devia convidá-la para o baile.

Todos caíram na gargalhada. Connell fechou o armário e saiu, segurando a bolsa sem firmeza na mão direita. Ouviu os outros o chamarem, mas não se virou. Quando chegou ao banheiro, se fechou em uma cabine. As paredes amarelas o oprimiam e seu rosto estava encharcado de suor. Não parava de pensar em si mesmo dizendo para Marianne na cama: Eu te amo. Foi aterrorizante, como assistir a si mesmo cometendo um crime terrível em um vídeo de um circuito interno de tevê. E em breve ela estaria na escola, guardando os livros na bolsa, sorrindo sozinha, sem nunca saber de nada. *Você é uma pessoa legal e todo mundo gosta de você.* Ele respirou fundo, desconfortavelmente, e então vomitou.

Ele dá seta para a esquerda ao sair do hospital para voltar à N16. Uma dor se alojou atrás de seus olhos. Eles percorrem a área comercial com margens de árvores escuras os cercando de ambos os lados.

Você está bem?, pergunta Lorraine.

Estou.

Você está com uma cara.

Ele inspira de tal modo que o cinto de segurança empurra um pouquinho suas costelas, e então expira.

Chamei a Rachel para o baile, ele diz.

O quê?

Chamei a Rachel Moran para ir comigo ao baile de formatura.

Estão prestes a passar por um posto e Lorraine dá uma batidinha rápida na janela e diz: Pare aqui. Connell olha para lá, confuso. O quê?, ele diz. Ela bate na janela de novo, com mais força, as unhas estalando no vidro. Pare aí, ela diz outra vez. Ele dá seta, olha no retrovisor e depois estaciona e desliga o carro. Ao lado do posto, alguém lava uma van com mangueira, a água escoando como dois rios escuros.

Você quer alguma coisa da loja?, ele pergunta.

Com quem a Marianne vai ao baile?

Connell aperta o volante sem pensar. Sei lá, ele diz. Você não me fez parar aqui só pra gente discutir, né?

Então pode ser que ninguém a chame, diz Lorraine. E ela não vá.

É, pode ser. Sei lá.

Durante a caminhada de volta do almoço, hoje, ele ficou propositalmente para trás. Sabia que Rachel o veria e esperaria com ele, sabia disso. E quando o fez, ele cerrou os olhos quase até fechá-los, para que o mundo adquirisse um colorido cinza-esbranquiçado e disse: Ei, você já tem com quem ir ao baile? Ela disse que não. Perguntou se ela não queria ir com ele. Então tá, ela disse. Tenho que admitir, eu esperava um pouco mais de romantismo. Ele não respondeu, porque parecia que ele havia acabado de pular de um precipício e caído na própria morte, e estava contente em estar morto, nunca mais queria estar vivo.

A Marianne sabe que você vai com outra pessoa?, pergunta Lorraine.

Ainda não. Vou falar pra ela.

Lorraine tampa a boca com a mão para ele não ver sua expressão: talvez esteja surpresa, ou preocupada, ou à beira de passar mal.

E você não acha que devia ter chamado ela?, pergunta. Já que você trepa com ela todo dia depois da aula.

Que linguajar indigno.

As narinas de Lorraine se dilatam, esbranquiçadas, quando ela inspira. Como você quer que eu fale?, ela diz. Imagino que eu deveria dizer que você tem usado ela só para transar, seria mais preciso?

Será que você não pode se acalmar um pouco? Ninguém está usando ninguém.

Como foi que você fez para ela ficar de boca fechada sobre isso? Você falou que ia acontecer alguma coisa ruim se ela te dedurasse?

Nossa, ele exclama. É óbvio que não. Nós entramos em um acordo, o.k.? Agora você está fazendo tempestade em copo d'água.

Lorraine assente para si mesma, olhando para além do para-brisa. Nervoso, ele espera que ela diga alguma coisa.

As pessoas da escola não gostam dela, né?, diz Lorraine. Então imagino que você tenha ficado com medo do que falariam de você, se descobrissem.

Ele não responde.

Bem, vou te falar o que eu tenho a dizer sobre você, diz Lorraine. Eu acho você um ridículo. Estou com vergonha de você.

Ele enxuga a testa com a manga da blusa. Lorraine, ele diz.

Ela abre a porta do passageiro.

Aonde você vai?, ele pergunta.

Vou de ônibus pra casa.

Como assim? Que tal você agir como uma pessoa normal?

Se eu ficar neste carro, vou falar coisas de que vou me arrepender.

O que foi?, ele diz. Por que te interessa se eu vou com alguém ou não vou, hein? Você não tem nada a ver com isso.

Ela abre a porta e sai do carro. Você tem andado tão estranha, ele diz. Ela bate a porta com força como resposta. Ele fecha as mãos dolorosamente no volante, mas fica quieto. O carro é meu, porra!, ele poderia dizer. Eu falei que você podia bater a porta, falei? Lorraine já está longe, a bolsa batendo no quadril com o ritmo de seus passos. Fica observando até ela virar a esquina. Durante dois anos e meio ele trabalhou depois da escola em uma oficina para comprar o carro, e só o usa para levar a mãe para lá e para cá porque ela não tem carteira. Podia ir atrás dela, baixar o vidro, berrar para ela voltar para o carro. Quase tem vontade de fazer isso, mas ela simplesmente o ignoraria. Ele prefere continuar sentado no banco do motorista, a cabeça encostada no apoio, escutando a própria respiração estúpida. Uma gralha no átrio cata um pacote de biscoitinhos descartado. Uma família sai da loja com sorvete nas mãos. O cheiro de gasolina penetra no interior do carro, pesado como uma dor de cabeça. Ele liga o motor.

Quatro meses depois
(*Agosto de 2011*)

Ela está no jardim, usando óculos escuros. O clima está bom já faz alguns dias, e os braços dela estão ficando com sardas. Escuta a porta dos fundos se abrir, mas não se mexe. A voz de Alan chama do pátio: A Annie Kearney está querendo quinhentos e setenta! Marianne não responde. Tateia o gramado ao lado da espreguiçadeira procurando o protetor solar, e quando se senta para passá-lo, percebe que Alan está ao telefone.

Alguém da sua turma conseguiu seiscentos, viu!, ele berra.

Ela derrama um pouco de protetor na palma da mão esquerda.

Marianne!, Alan chama. Eu falei que alguém conseguiu seis notas máximas!

Ela assente. Esfrega o protetor devagar no braço direito, até que fique reluzente. Alan está tentando saber quem conseguiu os seiscentos pontos. Marianne sabe na hora quem deve ser, mas não fala nada. Aplica um pouco de protetor no braço esquerdo e depois, em silêncio, torna a se deitar na espreguiçadeira, o rosto virado para o sol, e fecha os olhos. Atrás de suas pálpebras ondas de luz se movem em verde e vermelho.

Ela não tomou café da manhã nem almoçou hoje, tirando as duas xícaras de café com leite adoçado. Está com pouco apetite este verão. Quando acorda de manhã, abre o notebook no travesseiro ao lado e espera os olhos se adaptarem ao brilho retangular da tela para poder ler as notícias. Lê longas matérias sobre a Síria e depois pesquisa as vertentes ideológicas dos jornalistas que as escreveram. Lê longas matérias sobre a crise da dívida pública na Europa e amplia a tela para ler as letrinhas dos gráficos. Depois disso, geralmente volta a dormir ou entra no banho, ou às vezes se deita e se faz gozar. O resto do dia segue um padrão similar, com variações mínimas: às vezes abre as cortinas, às vezes não; outras vezes toma o café da manhã, ou talvez apenas café, que leva para tomar lá em cima, no quarto, para não ter que ver a família. Esta manhã foi diferente, é claro.

Olha só, Marianne, diz Alan. É o Waldron! Connell Waldron conseguiu seiscentos pontos!

Ela não se mexe. Ao telefone, Alan diz: Não, ela conseguiu só quinhentos e noventa. Eu diria que ela está furiosa agora que alguém foi melhor que ela. Você está furiosa, Marianne? Ela o ouve, mas não se manifesta. Sob as lentes dos óculos escuros suas pálpebras parecem gordurentas. Um inseto passa zumbindo perto de sua orelha e vai embora.

O Waldron está aí com você?, diz Alan. Deixa eu falar com ele.

Por que é que você está chamando o Connell de "Waldron" como se ele fosse seu amigo?, Marianne pergunta. Você mal o conhece.

Alan ergue os olhos do telefone, com um sorriso malicioso. Eu conheço ele bem, declara. Eu o vi na festa do Eric na última vez.

Ela se arrepende de ter falado. Alan está andando de um lado para outro do pátio, ela escuta o som arenoso de seus passos se aproximando pelo gramado. Alguém do outro lado da linha começa a falar, e Alan adquire um sorriso radiante, forçado. Como você está agora?, ele pergunta. Mandou bem, parabéns. A voz de Connell está baixa, então Marianne não escuta. Alan continua sorrindo aquele sorriso penoso. Ele sempre fica assim perto de outras pessoas, retraído e servil.

É, Alan diz. Ela foi bem, sim. Não tão bem quanto você! Ela tirou quinhentos e noventa. Quer que eu passe o telefone pra ela?

Marianne olha para cima. Alan está brincando. Ele acha que Connell vai dizer que não. Não consegue imaginar nenhuma razão para Connell querer falar ao telefone com Marianne, uma fracassada sem amigos; sobretudo nesse dia especial. Mas ele diz que sim. O sorriso de Alan vacila. É, ele diz, não esquenta a cabeça. Ele estende o telefone para que Marianne o pegue. Marianne faz que não. Os olhos de Alan se arregalam. Ele sacode a mão na direção dela. Aqui, ele diz. Ele quer falar com você. Ela volta a fazer que não. Alan empurra o telefone contra o peito dela com brutalidade. Ele está esperando você na linha, Marianne, diz Alan.

Não quero falar com ele, ela diz.

O rosto de Alan adquire uma expressão selvagem de fúria, com a parte branca dos olhos aparecendo por inteiro. Ele enfia o telefone com mais força no esterno dela, machucando-a. Dá um oi, ele diz. Ela escuta a voz de Connell murmurando no aparelho. O sol refulge no rosto dela. Ela pega o telefone da mão de Alan e, com um movimento do dedo, finaliza a ligação. Alan está de pé ao lado da espreguiçadeira, encarando-a. Por um instante, não há som no jardim. Então, em voz baixa, ele diz: Que porra foi essa que você acabou de fazer?

Eu não queria falar com ele, ela retruca. Eu te falei.

Ele queria falar com você.

É, eu sei que ele queria.

Está um dia excepcionalmente claro, e a sombra de Alan na grama tem um jeito vívido, nítido. Ela continua segurando o telefone, solto na palma da mão, esperando o irmão aceitá-lo de volta.

Em abril, Connell lhe disse que levaria Rachel Moran ao baile. Marianne estava sentada de lado na cama dele naquele momento, agindo com muita frieza e comicidade, o que o deixou sem jeito. Disse que não era "romântico", e que ele e Rachel eram só amigos.

Que nem nós dois somos só amigos, disse Marianne.

Bom, não, ele disse. É diferente.

Mas você está ficando com ela?

Não. Quando eu teria tempo pra isso?

Você quer?, perguntou Marianne.

Não sou muito chegado na ideia. Não acho que sou tão insaciável assim, na verdade, e já tenho você.

Marianne fitou as unhas.

Foi uma piada, declarou Connell.

Não entendi que parte foi piada.

Eu sei que você está puta comigo.

Não me importo, ela disse. Só acho que se quer ficar com ela, você devia me contar.

É, e eu vou contar, se um dia quiser. Você está dizendo que essa é a questão, mas eu sinceramente não acho que seja.

Marianne estourou: Então é o quê? Ele apenas a encarou. Ela voltou a fitar as unhas, enrubescida. Ele não disse nada. Passado um tempo, ela riu, pois não era totalmente desprovida de humor, e era óbvio que era meio engraçada a selvageria com que a humilhara, e sua inabilidade de se desculpar ou sequer admitir o que tinha feito. Ela foi para casa e direto para a cama, onde dormiu direto durante treze horas.

Na manhã seguinte ela abandonou a escola. Não seria possível voltar, independente de como examinasse a situação. Ninguém mais a chamaria para o baile, isso estava claro. Tinha organizado as arrecadações de fundos, reservado o local, mas não poderia comparecer ao evento. Todo mundo saberia, e alguns até ficariam contentes, e mesmo aos mais solidários só restaria sentir uma terrível vergonha alheia. Preferiu ficar em casa, no quarto, o dia inteiro, de cortinas fechadas, estudando e dormindo em horários estranhos. A mãe ficou furiosa. Portas foram batidas. Em duas ocasiões, o jantar de Marianne foi jogado na lata de lixo. Porém, era uma mulher adulta e ninguém poderia obrigá-la a vestir o uniforme e se sujeitar a ser alvo de encaradas ou cochichos.

Uma semana após largar a escola ela entrou na cozinha e viu Lorraine ajoelhada no chão, limpando o forno. Lorraine se ajeitou um pouco e enxugou a testa com a parte do punho exposto acima da luva de borracha. Marianne engoliu em seco.

Oi, querida, disse Lorraine. Fiquei sabendo que faz uns dias que você não vai na aula. Está tudo bem?

Sim, estou bem, disse Marianne. A verdade é que não vou voltar para a escola. Concluí que consigo fazer mais coisa quando fico em casa estudando.

Lorraine assentiu e disse: Faça o que achar melhor. Então voltou a esfregar o interior do forno. Marianne abriu a geladeira à procura do suco de laranja.

Meu filho falou que você está ignorando os telefonemas dele, Lorraine acrescentou.

Marianne parou e o silêncio na cozinha soava alto em seus ouvidos, como o ruído branco de água corrente. Sim, ela disse. Imagino que eu esteja mesmo.

Bom pra você, Lorraine disse. Ele não te merece.

Marianne sentiu um alívio tão grande e súbito que quase lhe pareceu pânico. Pôs o suco de laranja na bancada e fechou a geladeira.

Lorraine, ela disse, você podia pedir a ele pra não vir mais aqui? Tipo, se ele tiver que te buscar ou coisa assim, tudo bem se ele não entrar em casa?

Ah, no que me diz respeito, ele está permanentemente barrado. Você não precisa se preocupar com isso. Estou meio que com vontade de expulsar ele da minha casa.

Marianne sorriu, sentindo-se constrangida. Ele não fez nada tão ruim assim, ela disse. Quer dizer, em comparação com as outras pessoas da escola, ele foi bem legal, para ser sincera.

Com isso, Lorraine se levantou e tirou as luvas. Sem se pronunciar, passou os braços ao redor de Marianne e lhe deu um abraço bem apertado. Com uma voz esquisita, entrecortada, Marianne disse: Está tudo bem. Estou bem. Não se preocupe comigo.

Era verdade o que dissera de Connell. Ele não tinha feito nada de ruim. Nunca havia tentado iludi-la, fazendo-a pensar que era socialmente aceitável: ela mesma se iludira. Ele apenas a usara como uma espécie de experimento particular, e sua disposição para ser usada provavelmente o chocara. No final, ele sentia dó dela, mas ela também lhe causava repulsa. De certa forma, ela sente pena dele agora, pois tem que conviver com o fato de que transou com ela, por sua livre escolha, e gostou. Isso diz mais sobre ele, a pessoa supostamente comum e saudável, do que sobre ela. Ela nunca mais voltou à escola, a não ser para fazer as provas. A essa altura as pessoas andavam dizendo que ela estivera no hospital psiquiátrico. Nada disso importava agora, de qualquer jeito.

* * *

Você está chateada por ele ter se saído melhor que você?, diz o irmão.

Marianne ri. E por que não rir? Sua vida ali em Carricklea estava encerrada, e uma vida nova começaria ou não. Em breve estaria guardando coisas em malas: casacos de lã, saias, seus dois vestidos de seda. Um conjunto de xícaras de chá e pires com flores. Um secador de cabelo, uma frigideira, quatro toalhas de algodão brancas. Uma cafeteira. Os objetos de uma nova existência.

Não, ela diz.

Por que você não quis dar um oi pra ele, então?

Pergunta pra ele. Se você é tão amigo dele, pergunta pra ele. Ele sabe.

Alan fecha a mão esquerda em um punho. Não importa, acabou. Ultimamente, Marianne circula por Carricklea e pensa como é linda num clima ensolarado, nuvens brancas como pó de giz acima da biblioteca, longas avenidas margeadas por árvores. O arco de uma bola de tênis no ar azul. Carros desacelerando diante dos sinais de trânsito com as janelas baixadas, a música balindo dos alto-falantes. Marianne se pergunta como seria se sentir integrada ali, andar pela rua cumprimentando as pessoas e sorrindo. Sentir que a vida acontecia ali, naquele lugar, e não em outro local, longe dali.

O que isso significa?, diz Alan.

Pergunta pro Connell Waldron por que não nos falamos mais. Liga pra ele se quiser, eu gostaria de saber o que ele tem a dizer.

Alan morde o nó do dedo indicador. Seu braço está tremendo. Em apenas algumas semanas Marianne vai morar com pessoas diferentes, e a vida vai ser diferente. Mas ela mesma não vai ser diferente. Será a mesma pessoa, presa no próprio corpo. Não existe lugar aonde possa ir que a liberte disso. Um lugar diferente, pessoas diferentes, o que importa? Alan tira o nó do dedo da boca.

Como se ele desse a mínima pra isso, diz Alan. Já acho uma surpresa ele saber seu nome.

Ah, nós éramos bem próximos, na verdade. Você pode perguntar pra ele sobre isso também, se quiser. Mas talvez você fique meio desconfortável.

Antes que Alan possa reagir, escutam alguém chamando de dentro da casa e uma porta se fechando. A mãe deles chegou em casa. Alan olha para cima, sua expressão muda, e Marianne sente o próprio rosto se mexendo involuntariamente. Ele olha para ela. Você não devia mentir sobre as pessoas, ele diz. Marianne assente, não diz nada. Não conta pra mamãe sobre isso, ele diz. Marianne balança a cabeça. Não, ela concorda. Mas não teria importância se ela contasse para a mãe, na verdade. Denise decidiu muito tempo atrás que é aceitável que homens usem de agressividade contra Marianne como forma de expressão. Quando criança, Marianne resistia, mas agora simplesmente se desliga, como se não tivesse relevância para ela, o que de certo modo é verdade. Denise considera isso um sintoma da personalidade frígida e detestável da filha. Acredita que Marianne não tem "calor humano", que para ela é a capacidade de implorar o amor de gente que a odeia. Alan volta para dentro. Marianne ouve a porta do pátio deslizar e se fechar.

Três meses depois
(*Novembro de 2011*)

Connell não conhece ninguém na festa. A pessoa que o convidou não é a mesma que abriu a porta e, dando de ombros com indiferença, deixou que ele entrasse. Ainda não tinha visto a pessoa que o convidara, alguém chamado Gareth, que está na sua turma de Teoria Crítica. Connell sabia que ir a uma festa sozinho seria má ideia, mas ao telefone Lorraine disse que seria uma boa ideia. Não vou conhecer ninguém, ele lhe disse. E ela rebateu com paciência: Você não vai conhecer ninguém se não sair para encontrar as pessoas. Agora ele está ali, sozinho em um ambiente abarrotado sem saber se deve tirar o casaco. Parece praticamente escandaloso ficar ali parado na solidão. Tem a sensação de que todo mundo ao seu redor está incomodado com sua presença e tentando não olhar muito para ele.

Por fim, justamente quando resolve ir embora, Gareth entra. O alívio intenso de Connell ao ver Gareth desencadeia outra onda de autodepreciação, pois não conhece nem mesmo Gareth muito bem ou gosta muito dele. Gareth estende a mão e desesperadamente, bizarramente, Connell se pega apertando-a. É uma fase ruim de sua vida adulta. As pessoas os observam apertando a mão um do outro, Connell tem certeza. Que bom te ver, cara, diz Gareth. Bom te ver. Gostei da mochila, bem anos 90. Connell está usando uma mochila azul-marinho completamente lisa, sem características que a distinguissem das outras várias mochilas da festa.

Hum, ele diz. Bom, valeu.

Gareth é uma dessas pessoas populares que são engajadas em grupos universitários. Frequentou uma das mais importantes escolas particulares de Dublin e as pessoas sempre o cumprimentam no campus, tipo: Ei, Gareth! Gareth, oi! Eles o saudavam lá do Front Square, só para vê-lo acenar para eles. Connell já viu isso acontecer. As pessoas gostavam de mim, ele teve vontade de dizer como se fosse brincadeira. Eu era do time de futebol da minha escola. Ninguém acharia graça dessa piada ali.

Quer um drinque?, oferece Gareth.

Connell está com um pacote de seis latas de cidra, mas reluta em fazer qualquer coisa que chame a atenção para sua mochila, para evitar que Gareth se sinta instigado a tecer mais comentários sobre ela. Valeu, ele diz. Gareth se dirige até a mesa no canto da sala e volta com uma garrafa de Corona. Serve?, pergunta Gareth. Connell o fita por um instante, se perguntando se a questão é irônica ou genuinamente servil. Incapaz de decidir, Connell diz: Serve, sim, obrigado. O pessoal da faculdade é assim, num minuto é de uma presunção desagradável e no outro se rebaixa para exibir seus bons modos. Ele bebe a cerveja enquanto Gareth o observa. Sem nenhum sarcasmo aparente, Gareth sorri e diz: Aproveita.

É assim que são as coisas em Dublin. Todos os colegas de Connell têm sotaques idênticos e carregam um MacBook do mesmo tamanho debaixo do braço. Nas aulas, expressam suas opiniões com empolgação e conduzem debates improvisados.

Sem conseguir formar opiniões tão claras ou exprimi-las com alguma força, no começo Connell teve um sentimento de inferioridade esmagadora em relação aos outros estudantes, como se acidentalmente tivesse feito um upgrade para um nível intelectual bem acima do dele, no qual precisava se esforçar para compreender as premissas mais básicas. Aos poucos, começou de verdade a se questionar por que todas as discussões em sala de aula eram tão abstratas e sem detalhes textuais, até que, uma hora, ele se deu conta de que a maioria das pessoas, de fato, não estava lendo os textos. Estavam indo à faculdade todos os dias para travar debates acalorados sobre livros que não tinham lido. Ele agora entende que os colegas de classe não são como ele. É fácil para eles ter opiniões e expressá-las com segurança. Não se preocupam com a possibilidade de parecer ignorantes ou convencidos. Não são pessoas burras, mas tampouco são tão mais inteligentes que ele. Só se movem pelo mundo de um jeito diferente, e é provável que ele nunca as entenda de verdade, e sabe que eles também jamais o entenderão ou ao menos tentarão entender.

Ele tem poucas aulas por semana, então preenche o resto do tempo lendo. À noite, fica até tarde na biblioteca, lendo textos pedidos pelos professores, romances, crítica literária. Sem amigos para almoçar, lê enquanto come. Nos finais de semana, quando tem jogo, olha as notícias do time e retoma a leitura em vez de assistir às partidas. Uma noite, a biblioteca começou a ser fechada justamente quando chegou a um trecho de *Emma* em que parece que o sr. Knightley vai se casar com Harriet, e ele teve que fechar o livro e voltar andando para casa em um estado de estranha agitação emocional. Está achando graça de si mesmo, se deixando levar pelo drama dos romances desse jeito. Parece intelectualmente frívolo se preocupar com pessoas ficcionais se casando. Mas é isso: a literatura o comove. Um de seus professores chama essa sensação de "o prazer de ser tocado pela grande arte". Nessas palavras, parece quase sexual. E de certo modo, o que Connell sente quando o sr. Knightley beija a mão de Emma não é totalmente assexual, embora sua relação com a sexualidade seja indireta. Isso sugere a Connell que a mesma imaginação que ele usa como leitor é também necessária para entender as pessoas de verdade, e para se tornar íntimo delas.

Você não é de Dublin, né?, pergunta Gareth.

Não. De Sligo.

Ah, é? A minha namorada é de Sligo.

Connell não sabe direito o que Gareth espera que ele diga sobre isso.

Ah, ele reage debilmente. Que bom.

As pessoas em Dublin geralmente mencionam o Oeste da Irlanda nesse tom de voz esquisito, como se fosse um país estrangeiro, mas sobre o qual se consideram grandes conhecedores. No Workmans, certa noite, Connell disse a uma garota que era de Sligo e ela fez uma cara engraçada e disse: É, você tem jeito de ser, sim. Cada vez mais parece que Connell é atraído por esse tipo de gente arrogante. Às vezes, em uma festa, no meio de uma multidão de mulheres sorridentes de vestidos justos e batons perfeitamente aplicados, seu colega de apartamento, Niall, aponta para uma pessoa e diz: Aposto que você acha ela bonita. E é sempre uma garota sem peito usando sapatos feios e fumando um cigarro com um ar desdenhoso. E Connell tem que admitir que, sim, ele a acha bonita, e talvez até tente conversar com ela e acabe voltando para casa se sentindo ainda pior que antes.

Sem jeito, percorre o ambiente com o olhar e diz: Você mora aqui, né?

É, diz Gareth. Nada mal para uma residência universitária, né?

Não. É ótima, na verdade.

Onde você está morando?

Connell responde. É em um flat perto da faculdade, logo depois de Brunswick Place. Ele e Niall dividem um quarto pequeno, com duas camas de solteiro empurradas contra paredes opostas. Compartilham a cozinha com dois estudantes de Portugal, que nunca estão em casa. O flat tem alguns problemas de umidade e não raro fica tão frio durante a noite que Connell vê a própria respiração no escuro, mas pelo menos Niall é uma boa pessoa. Ele é de Belfast, e também acha as pessoas de Trinity esquisitas, o que é reconfortante. Connell meio que conhece os amigos de Niall àquela altura, e conhece a maioria de seus colegas de classe, mas ninguém com quem teria uma conversa propriamente dita.

Na sua cidade, a timidez nunca pareceu ser um grande obstáculo para sua vida social porque todo mundo já sabia quem ele era e nunca houve a necessidade de se apresentar ou criar impressões sobre sua personalidade. Na verdade, sua personalidade era como algo externo, gerenciado pelas opiniões dos outros, em vez de algo que ele fizesse ou produzisse individualmente. Agora tem a sensação de invisibilidade, de insignificância, sem reputação que o torne atraente a alguém. Apesar de sua aparência física não ter mudado, ele se sente objetivamente mais feio do que antes. Tornou-se muito consciente das próprias roupas. Todos os caras de sua sala usam as mesmas jaquetas de lona enceradas e calças de sarja cor de ameixa, não que Connell tenha algum problema com a ideia de que os outros se vistam como quiserem, mas ele se sentiria um idiota usando essas coisas. Ao mesmo tempo, forçam-no a perceber que suas roupas são baratas e fora de moda. Seus únicos sapatos são um par velho de tênis Adidas, que ele usa para ir a todos os lugares, até para a academia.

Ele ainda volta para casa nos finais de semana, pois trabalha na oficina nas tardes de sábado e nas manhãs de domingo. A maioria das pessoas da escola foi embora da cidade a essa altura, para fazer faculdade ou trabalhar. Karen está morando em Castlebar com a irmã, Connell não a vê desde que se formaram. Rob e Eric estão estudando administração em Galway e parecem nunca estar na cidade. Tem alguns finais de semana em que Connell não encontra com absolutamente ninguém da escola. Ele passa a noite em casa, sentado, vendo tevê com a mãe. Como é morar sozinha?, ele perguntou a ela na semana anterior. Ela sorriu. Ah, é fantástico, ela disse. Ninguém larga a toalha no sofá. Não tem louça suja na pia, é ótimo. Ele assentiu, sem humor. Ela lhe deu um empurrãozinho de brincadeira. O que você quer que eu diga?, ela pergunta. Que eu choro até dormir todo dia? Ele revirou os olhos. Óbvio que não, murmurou. Ela lhe disse que estava feliz por ele ter se mudado, que achava que seria bom. O que tem de bom em me mudar?, ele questionou. Você passou a vida inteira morando aqui e se deu bem. Ela o olhou embasbacada. Ah, e você pretende me enterrar aqui, não é?, ela disse. Nossa, eu tenho só trinta e cinco anos. Ele tentou não sorrir, mas achou engraçado. Eu poderia me mudar daqui amanhã, muito obrigada, ela acrescentou. Isso me pouparia de olhar para a sua cara triste todo fim de semana. Ele teve que rir nesse momento, não conseguiu evitar.

Gareth está falando alguma coisa que Connell não consegue ouvir. *Watch the Throne* está tocando bem alto através de dois minúsculos alto-falantes. Connell se inclina um pouco para a frente, em direção a Gareth, e diz: O quê?

Minha namorada, você precisa conhecê-la, diz Gareth. Vou te apresentar.

Feliz por interromper a conversa, Connell segue Gareth pela porta principal e pela escada da entrada. O edifício fica de frente para as quadras de tênis, que ficam trancadas durante a noite e estão sinistramente sossegadas no vazio, avermelhadas sob os postes de luz. Nos degraus, algumas pessoas fumam e conversam.

Ei, Marianne, diz Gareth.

Ela ergue os olhos do cigarro no meio da frase. Está usando uma jaqueta cotelê por cima de um vestido, e o cabelo está meio preso atrás. Sua mão, segurando o cigarro, parece longa e etérea sob a luz.

Ah, certo, diz Connell. Oi.

No mesmo instante, inacreditavelmente, o rosto de Marianne irrompe em um sorriso gigantesco, exibindo os dentes tortos da frente. Ela está de batom. Todo mundo a observa agora. Ela estava falando, mas parou para encará-lo.

Meu Deus, ela diz. Connell Waldron! Você saiu diretamente da cova.

Ele tosse e, no pânico de parecer normal, pergunta: Quando foi que você começou a fumar?

Para Gareth, para os amigos, ela acrescenta: Estudamos juntos na escola. Fixando o olhar em Connell de novo, aparentando uma alegria radiante, ela diz: Bom, como você está? Ele dá de ombros e murmura: Tudo bem, tranquilo. Ela olha para ele como se seus olhos tivessem uma mensagem a passar. Quer tomar alguma coisa?, ela oferece. Ele mostra a garrafa que Gareth lhe deu. Vou te arrumar um copo, ela diz. Vem, entra. Ela sobe os degraus na direção dele. Por cima do ombro, diz: Um segundinho. Desse comentário, e do jeito como ela estava na escada, ele deduz que todas aquelas pessoas da festa são amigas dela, ela tem vários amigos e está feliz. Então a porta da frente se fecha e eles estão no corredor, a sós.

Ele a segue até a cozinha, que está vazia e higienicamente sossegada. Superfícies azul-petróleo que combinam entre si e utensílios etiquetados. A janela fechada reflete o interior iluminado, azul e branco. Ele não precisa de copo, mas ela pega um do armário e ele não reclama. Tirando a jaqueta, ela pergunta de onde ele conhece Gareth. Connell explica que fazem algumas matérias juntos. Ela pendura a jaqueta nas costas da cadeira. Está usando um vestido midi cinza, em que seu corpo parece estreito e delicado.

Parece que todo mundo conhece ele, ela diz. Ele é extrovertido.

Ele é uma daquelas celebridades da faculdade, diz Connell.

Isso a faz rir, e é como se tudo estivesse bem entre os dois, como se eles vivessem em um universo ligeiramente diferente em que nada de ruim aconteceu, mas de repente Marianne tem um namorado descolado e Connell é a pessoa solitária e impopular.

Ele adoraria ser, diz Marianne.

Ele parece estar em um monte de comitês de coisas.

Ela sorri e o fita com os olhos semicerrados. Seu batom é bem escuro, uma cor de vinho, e está com maquiagem nos olhos.

Senti saudades de você, ela diz.

A objetividade, vinda tão cedo e de forma tão inesperada, faz com que ele enrubesça. Ele começa a entornar a cerveja no copo para desviar a atenção.

É, de você também, ele diz. Fiquei meio que preocupado quando você largou a escola e tudo. Fiquei bem triste, sabe?

Bom, nós não ficávamos muito juntos no horário de aulas.

Não. É. Obviamente.

E você e a Rachel?, pergunta Marianne. Ainda estão juntos?

Não, terminamos no verão.

Em um tom de voz falso o bastante para quase soar sincero, Marianne diz: Ah. Que pena.

Depois que Marianne largou a escola, em abril, Connell entrou em um período de desânimo. Professores conversaram com ele sobre isso. A orientadora pedagógica disse a Lorraine que estava "preocupada". O pessoal da escola provavelmente também falava disso, ele não sabia. Não conseguia encontrar forças para agir normalmente. No almoço, se sentava no mesmo lugar de sempre, mastigava tristes porções de comida, sem ouvir os amigos quando falavam. Às vezes nem percebia quando chamavam seu nome, e tinham que jogar algo nele ou lhe cutucar a cabeça para chamar a sua atenção. Todo mundo devia saber que havia algo de errado com ele. Sentia uma vergonha debilitante do tipo de pessoa que havia se tornado, e tinha saudades da forma como Marianne o fazia se sentir, e saudades da companhia dela. Ligava para ela o tempo inteiro, mandava mensagens todos os dias, mas ela nunca respondia. Sua mãe disse que ele estava proibido de visitar a casa dela, embora ele não achasse que faria isso de qualquer forma.

Durante um tempo, ele tentou superar, bebendo demais e tendo relações sexuais apreensivas, desconcertantes, com outras garotas. Em uma festa na casa de alguém, em maio, dormiu com a irmã de Barry Kenny, Sinead, que tinha vinte e três anos e era formada em fonoaudiologia. Depois, se sentiu tão mal que vomitou e teve que dizer a Sinead que estava bêbado, apesar de não estar. Não havia ninguém com quem conversar sobre a situação. Sentia uma solidão angustiante. Tinha sonhos recorrentes de estar com Marianne outra vez, abraçando-a tranquilamente, como fazia quando estavam cansados, e conversando com ela em voz baixa. Então se lembrava do que tinha acontecido e despertava se sentindo tão deprimido que não conseguia mexer nem um único músculo do corpo.

Uma noite, em junho, chegou em casa bêbado e perguntou a Lorraine se ela via Marianne muito no trabalho.

Às vezes, disse Lorraine. Por quê?

E ela está bem ou não está?

Já te falei que eu acho que ela está abalada.

Ela não responde a nenhuma das minhas mensagens nem nada do tipo, ele disse. Quando ligo pra ela, se ela vê que sou eu, não atende.

Porque você feriu os sentimentos dela.

É, mas é meio que uma reação exagerada, não é?

Lorraine deu de ombros e tornou a olhar para a tevê.

Você acha que é?, ele perguntou.

Acho o quê?

Acha que é uma reação exagerada, o que ela está fazendo?

Lorraine continuou olhando direto para a tevê. Connell estava embriagado, não se lembra do que ela assistia. Devagar, ela disse: A Marianne é uma pessoa muito frágil, sabia? E você fez uma coisa bem aproveitadora e magoou a menina. Então talvez seja até bom que você esteja se sentindo mal por isso.

Eu não falei que me sentia mal, ele disse.

Ele e Rachel tinham começado a sair em julho. Todo mundo da escola sabia que ela gostava dele, e ela parecia interpretar a ligação dos dois como uma conquista pessoal. Quanto à relação deles, de fato, ela acontecia principalmente antes das festas, quando Rachel fazia a maquiagem e reclamava dos amigos e Connell ficava sentado perto tomando umas latinhas. Às vezes, ele olhava o celular enquanto ela falava, e ela dizia: Você não está nem *ouvindo*. Ele detestava a forma como agia perto dela, porque ela tinha razão, na verdade ele não ouvia, mas quando ouvia, não gostava de nada que ela dizia. Ele só transou com Rachel duas vezes, nenhuma delas foi boa, e quando ficavam deitados juntos na cama, ele sentia uma dor opressora no peito e na garganta que dificultava sua respiração. Imaginara que ficando com ela se sentiria menos solitário, mas só conferiu à sua solidão um novo toque de teimosia, como se tivesse se plantado dentro dele e fosse impossível de matar.

Por fim, a noite do baile chegou. Rachel usou um vestido

extravagantemente caro e Connell ficou parado diante do jardim enquanto a mãe dela tirava fotos dos dois. Rachel não parava de mencionar que ele iria para Trinity, e o pai dela lhe mostrou alguns clubes de golfe. Depois foram ao hotel e jantaram. Todo mundo se embebedou e Lisa desmaiou antes da sobremesa. Por debaixo da mesa, Rob mostrou a Eric e Connell fotos de Lisa nua no celular dele. Eric riu e tocou em partes do corpo de Lisa na tela com os dedos. Connell ficou olhando para o celular e disse baixinho: Meio errado mostrar isso para as pessoas, né? Com um suspiro alto, Rob bloqueou o celular e o guardou de volta no bolso. Você tem sido uma bicha fresca com tudo ultimamente, ele disse.

À meia-noite, desleixado por causa da bebida, mas hipocritamente enojado com a embriaguez de todo mundo ao seu redor, Connell saiu do salão e atravessou um corredor rumo ao jardim dos fumantes. Acendeu um cigarro e estava começando a arrancar algumas das folhas baixas de uma árvore próxima quando a porta deslizou e Eric saiu para se juntar a ele. Eric deu uma risada cúmplice ao vê-lo, e então se sentou em um vaso de flores virado e também acendeu um cigarro.

Uma pena que a Marianne não tenha vindo, no final das contas, Eric disse.

Connell assentiu, detestando ouvir a menção ao nome dela e relutante em deleitá-lo com qualquer reação.

O que é que estava acontecendo?, perguntou Eric.

Connell o encarou em silêncio. Um feixe de luz branca vinha da lâmpada sobre a porta e iluminava o rosto de Eric com uma palidez fantasmagórica.

Como assim?, perguntou Connell.

Com você e com ela.

Connell mal reconheceu a própria voz quando disse: Não sei do que você está falando.

Eric sorriu e seus dentes reluziram, úmidos, sob a luz.

Você acha que a gente não sabe que você estava trepando com ela?, ele perguntou. Claro que todo mundo sabe.

Connell parou e deu outro trago no cigarro. Essa provavelmente era a coisa mais horripilante que Eric poderia lhe dizer, não porque terminasse com sua vida, mas porque não terminava. Soube então que o segredo pelo qual havia sacrificado sua própria felicidade e a felicidade de outra pessoa foi banal desde o princípio, e inútil. Ele e Marianne poderiam ter passeado pelos corredores da escola de mãos dadas, e qual seria a consequência? Nenhuma, na verdade. Ninguém se importava.

Justo, disse Connell.

Quanto tempo durou?

Sei lá. Um tempo.

E qual foi a história aí?, indagou Eric. Você entrou nisso só pela piada, né?

Você me conhece.

Ele apagou o cigarro e voltou para dentro para pegar o paletó. Depois disso foi embora sem se despedir de ninguém, inclusive de Rachel, que terminou com ele pouco depois. E foi assim, as pessoas se mudaram, ele se mudou. A vida deles em Carricklea, que tinham imbuído de tanto drama e importância, terminou desse jeito, sem conclusão, e jamais seria retomada, jamais da mesma forma.

É, bem, ele diz a Marianne. Eu não combinava muito com a Rachel, acho que não.

Marianne sorri nesse momento, um sorrisinho evasivo. Hum, ela murmura.

O que foi?

Eu provavelmente podia ter te avisado disso.

É, você devia ter me avisado, ele declara. Na verdade, você não estava respondendo às minhas mensagens na época.

Bom, eu me senti meio que abandonada.

Também me senti um pouco abandonado, sabia?, diz Connell. Você sumiu. E eu nunca tive nada com a Rachel até muito tempo depois disso, aliás. Não que isso importe agora nem nada, mas não tive.

Marianne suspira e mexe a cabeça de um lado para o outro, hesitante.

Essa não foi exatamente a razão por que larguei a escola, ela diz.

Certo. Imagino que você tenha ficado melhor fora de lá.

Foi mais uma coisa de gota d'água.

É, ele diz. Fiquei me perguntando se não tinha sido isso mesmo.

Ela volta a sorrir, um sorriso torto, como se estivesse flertando. Sério?, ela diz. Vai ver você é telepático.

Eu pensava mesmo que conseguia ler sua mente de vez em quando, Connell diz.

Na cama, você está querendo dizer.

Ele dá um gole no copo. A cerveja está fria, mas o copo está em temperatura ambiente. Antes desta noite, ele não sabia como Marianne reagiria caso um dia a encontrasse na faculdade, mas agora lhe parece inevitável, e é claro que seria assim. É claro que ela falaria de um jeito engraçadinho sobre a vida sexual deles, como se fosse uma piada fofa entre os dois e não uma coisa embaraçosa. E de certo modo ele gosta disso, gosta de saber como agir perto dela.

É, Connell diz. E depois. Mas vai ver que é normal.

Não é.

Ambos sorriem, um sorriso meio reprimido de satisfação. Connell põe a garrafa vazia na bancada e olha para Marianne. Ela alisa o próprio vestido.

Você está ótima, ele diz.

Eu sei. É bem típico de mim, entrei na faculdade e me tornei bonita.

Ele cai na risada. Nem quer rir, mas tem algo nessa dinâmica estranha entre eles que o leva a isso. "Típico de mim" é um jeito bem Marianne de falar, meio que debochando de si e ao mesmo tempo acenando para um entendimento mútuo entre os dois, o entendimento de que ela é especial. Seu vestido é decotado na frente, mostrando suas clavículas pálidas como dois hifens brancos.

Você sempre foi bonita, ele diz. Sei disso melhor do que ninguém, sou um cara superficial. Você é muito bonita, é linda.

Agora ela não ri. Faz uma expressão engraçada com o rosto e tira o cabelo da testa.

Ah, bom, ela diz. Fazia um tempo que eu não escutava essa.

O Gareth não fala que você é linda? Será que ele está ocupado demais com, tipo, teatro amador ou coisa assim?

Debates. E você está sendo muito cruel.

Debates?, repete Connell. Nossa, não me diga que ele está envolvido nesse negócio nazista, está?

Os lábios de Marianne se tornam uma linha fina. Connell não lê muito os jornaizinhos do campus, mas ainda assim ficou sabendo que o grupo de debatedores convidou um neonazista para dar uma palestra. Está em todas as redes sociais. Saiu até uma matéria no *Irish Times*. Connell não comentou em nenhuma das discussões no Facebook, mas curtiu vários comentários pedindo que o convite fosse retirado, provavelmente o ato político mais estridente que já realizou na vida.

Bom, a gente não pensa igual em todas as coisas, ela diz.

Connell ri, sentindo-se feliz por alguma razão ao vê-la sendo tão atipicamente fraca e inescrupulosa.

Achei que eu tivesse errado por sair com a Rachel Moran, ele declara. O seu namorado nega o Holocausto.

Ah, ele só gosta de liberdade de expressão.

É, que bom. Graças a Deus existem os brancos moderados. Conforme acredito que o dr. King escreveu uma vez.

Ela ri então, com sinceridade. Seus dentes pequenos aparecem de novo e ela levanta a mão para cobrir a boca. Ele engole um pouco mais da bebida e absorve sua expressão doce, da qual sentiu saudades, e lhe parece uma cena legal entre os dois, embora seja provável que mais tarde odeie tudo o que falou para ela. Está bem, ela diz, nós dois fracassamos em termos de pureza ideológica. Connell pensa em dizer: Espero que ele seja muito bom de cama, Marianne. Ela sem dúvida acharia graça. Por algum motivo, provavelmente timidez, ele não diz. Ela o fita de olhos entreabertos e diz: Você anda saindo com alguém problemático no momento?

Não, ele diz. Nem mesmo alguém bom.

Marianne dá um sorriso curioso. Está achando difícil conhecer gente nova?, ela pergunta.

Ele dá de ombros e então faz que sim, vagamente. Meio diferente da nossa cidade, não é?, ele diz.

Tenho amigas que eu poderia te apresentar.

Ah, é?

É, agora eu tenho, ela diz.

Não sei se eu faria o tipo delas.

Eles se olham. Ela está um pouco ruborizada, e o batom está um pouco borrado no lábio inferior. Seu olhar o inquieta como antigamente, como se olhar no espelho, ver algo que não guarda segredos de você.

O que você quer dizer com isso?, ela diz.

Sei lá.

O que tem pra não gostar em você?

Ele sorri e olha dentro do copo. Se Niall visse Marianne, diria: Nem precisa falar nada. Você gosta dela. É verdade que ela faz o tipo de Connell, talvez seja até o modelo originário do tipo: elegante, cara de tédio, passando uma impressão de total auto-confiança. Connell sente-se atraído por ela, ele assume. Depois desses meses longe de casa, a vida parece muito maior, e seus dramas pessoais, menos relevantes. Ele não é mais a mesma pessoa ansiosa e reprimida que era na escola, quando a atração que sentia por ela lhe era aterrorizante, como um trem se aproximando, e Connell a atirou sob ele. Sabe que ela está agindo de um jeito engraçadinho e reticente por querer lhe mostrar que não guarda rancor. Ele poderia dizer: Eu peço mil desculpas pelo que te fiz, Marianne. Ele sempre achou que, caso voltasse a vê-la, seria isso o que diria. De algum modo ela não parece admitir tal possibilidade, ou talvez ele esteja sendo covarde, ou as duas coisas.

Não sei, ele diz. Boa pergunta, eu não sei.

Três meses depois
(*Fevereiro de 2012*)

Marianne se senta no banco da frente do carro de Connell e fecha a porta. Seu cabelo está sujo e ela põe os pés no banco para amarrar o cadarço. Ela cheira a licor de fruta, não de um jeito ruim, mas também não totalmente bom. Connell entra e dá partida no carro. Ela olha para ele.

Você está de cinto?, ele pergunta.

Ele está olhando pelo retrovisor como se fosse um dia normal. Na verdade, é a manhã seguinte a uma festa na casa de alguém em Swords e Connell não estava bebendo e Marianne sim, então não tem nada de normal. Ela põe o cinto de segurança, obediente, para mostrar que eles ainda são amigos.

Desculpa por ontem à noite, ela diz.

Ela tenta pronunciar isso de um jeito que transmita várias coisas: um pedido de desculpas, um constrangimento doloroso, um constrangimento fingido adicional que serve para ironizar e diluir o de tipo doloroso, a noção de que sabe que será perdoada ou de já ter sido, o desejo de não "fazer tempestade em copo d'água".

Esquece, ele diz.

Bom, me desculpe.

Está tudo bem.

Connell está saindo da garagem. Parece ter deixado o incidente para lá, mas por alguma razão isso não a satisfaz. Marianne quer que ele reconheça o que aconteceu antes que ele a deixe seguir em frente, ou talvez ela só queira sofrer em excesso.

Não foi adequado, ela diz.

Olha, você estava muito bêbada.

Isso não é desculpa.

E bem transtornada, ele diz, o que eu só descobri depois.

É. Me senti uma agressora.

Agora ele ri. Ela puxa os joelhos contra o peito e segura os cotovelos com as mãos.

Você não me agrediu, ele diz. Essas coisas acontecem.

O que aconteceu foi o seguinte. Connell levou Marianne à casa de um amigo em comum para uma festa de aniversário. Tinham se programado para passar a noite lá e Connell a levaria de volta na manhã seguinte. No caminho, escutaram Vampire Weekend e Marianne bebeu gim de um cantil prateado e falou do governo Reagan. Você está ficando bêbada, Connell disse no carro. Você tem um rosto bonito, sabia?, ela disse. Outras pessoas já me disseram isso, inclusive, sobre o seu rosto.

Por volta da meia-noite, Connell já tinha se perdido em algum canto da festa e Marianne havia encontrado suas amigas, Peggy e Joanna, no galpão. Estavam bebendo uma garrafa de Cointreau juntas e fumando. Peggy estava usando uma jaqueta de couro surrada e calça de linho listrada. O cabelo estava solto sobre os ombros, e ela jogava-o para o lado o tempo todo e passava a mão entre as mechas. Joanna estava sentada, de meias, em cima de um pequeno congelador. Usava uma roupa larga e comprida que parecia um vestido de grávida, com uma blusa por baixo. Marianne estava encostada na máquina de lavar e tirou o cantil de gim do bolso. Peggy e Joanna estavam conversando sobre moda masculina, e principalmente sobre a noção de estilo de seus amigos homens. Marianne estava contente só por estar ali, deixando que a máquina de lavar amparasse boa parte do peso do seu corpo, bochechando o gim dentro da boca e ouvindo as amigas falarem.

Tanto Peggy como Joanna estudam história e ciência política com Marianne. Joanna já está planejando sua monografia de conclusão de curso sobre James Connolly e o Congresso Irlandês de Sindicatos. Ela sempre indica livros e artigos, que Marianne lê ou meio que lê ou lê resumos sobre. As pessoas veem Joanna como uma pessoa séria, o que ela é, mas também é muito engraçada. Peggy não "entende" o humor de Joanna, porque o carisma de Peggy é mais do tipo assustador e sexy do que cômico. Em uma festa antes do Natal, Peggy fez uma carreira de cocaína para Marianne no banheiro de Declan, um amigo delas, e Marianne realmente a cheirou, ou cheirou uma boa parte, em todo caso. Não teve nenhum grande impacto no ânimo dela, a não ser pelo fato de ter passado dias se sentindo ora empolgada com o que havia feito e ora culpada. Não tinha contado a Joanna. Sabe que Joanna reprovaria, a própria Marianne também reprova, mas quando Joanna reprova as coisas ela não vai em frente e as faz mesmo assim.

Joanna quer ser jornalista, enquanto Peggy não parece querer trabalhar com nada. Até o momento isso não foi um problema, porque conhece muitos homens que gostam de bancar seu estilo de vida, comprar bolsas e drogas caras. Ela prefere homens um pouco mais velhos, que trabalham em bancos de investimento ou escritórios de contabilidade, homens de vinte e sete anos que têm muita grana e namoradas advogadas cheias de sensatez em casa. Uma vez, Joanna perguntou a Peggy se ela imaginava que um dia poderia ser a moça de vinte e sete anos cujo namorado passa a noite fora cheirando cocaína com uma adolescente. Peggy não ficou nem um pouco ofendida, achou aquilo muito engraçado. Disse que, de qualquer forma, a essa altura, ela estaria casada com um oligarca russo, e que não ligava para quantas namoradas ele teria. Isso faz com que Marianne se pergunte o que ela mesma vai fazer depois da faculdade. Quase nenhum dos caminhos lhe parece definitivamente fechado, nem mesmo o caminho do casamento com um oligarca. Quando sai à noite, os homens berram as obscenidades mais ultrajantes na rua para ela, portanto é óbvio que não têm vergonha de desejá-la, muito pelo contrário. E na faculdade é comum ela sentir que não existem limites para o que seu cérebro é capaz de fazer, consegue sintetizar tudo o que coloca nele, é como ter uma máquina potente dentro da cabeça. A verdade é que tem tudo para dar certo. Ela não faz ideia do que vai fazer da vida.

No galpão, Peggy perguntou onde estava Connell.

Lá em cima, disse Marianne. Acho que está com a Teresa.

Connell estava saindo com uma amiga delas, Teresa. Marianne não tem nenhum problema real com Teresa, mas com frequência se pega incentivando Connell a falar mal dela sem nenhum motivo, o que ele se recusa a fazer.

Ele usa roupas legais, comentou Joanna.

Na verdade *não*, rebateu Peggy. Quer dizer, ele até tem um estilo, mas veste agasalhos na maior parte do tempo. Duvido que ele tenha um terno.

Joanna buscou os olhos de Marianne novamente, e dessa vez ela retribuiu. Peggy, observando, tomou uma golada teatral de Cointreau e enxugou os lábios com a mão que usava para segurar a garrafa. O que foi?, ela disse.

Bom, ele não é de uma origem razoavelmente operária?, disse Joanna.

Que sensibilidade exagerada, disse Peggy. Não posso criticar a roupa de uma pessoa por conta do status socioeconômico dela? Credo.

Não, não foi isso o que ela quis dizer, declarou Marianne.

Porque você sabe, nós somos bem legais com ele, disse Peggy.

Marianne percebeu que não conseguia olhar para nenhuma das amigas. Quem é "nós"?, queria dizer. Preferiu tirar a garrafa de Cointreau da mão de Peggy e tomou dois goles, mornos e repulsivamente doces.

Por volta das duas horas da madrugada, depois de ficar extremamente embriagada e Peggy convencê-la a dividirem um baseado no banheiro, ela viu Connell no terceiro andar da casa. Não tinha mais ninguém lá em cima. Ei, ele disse. Ela se apoiou na parede, bêbada e querendo chamar a atenção dele. Ele estava no alto da escada.

Você sumiu com a Teresa, ela disse.

Foi?, ele disse. Interessante. Você está completamente fora de si, né?

Você está cheirando a perfume.

A Teresa não está aqui, declarou Connell. Digo, ela não veio na festa.

Então Marianne riu. Sentiu-se uma idiota, mas de um jeito bom. Vem cá, ela chamou. Ele se aproximou e parou na frente dela.

O que foi?, ele disse.

Você gosta mais dela do que de mim?, perguntou Marianne.

Ele ajeitou uma mecha de cabelo atrás da orelha dela.

Não, ele disse. Para falar a verdade, não conheço ela muito bem.

Mas ela é melhor de cama do que eu?

Você está bêbada, Marianne. Se estivesse sóbria, nem iria querer saber da resposta para essa pergunta.

Então não é a resposta que eu queria, ela disse.

Ela estava travando esse diálogo de uma forma basicamente linear, enquanto tentava, ao mesmo tempo, desabotoar um dos botões da camisa de Connell, nem mesmo de um jeito sexy, mas só porque estava bêbada e chapada. Além do mais, ainda não tinha conseguido desabotoar totalmente o primeiro botão.

Não, é claro que é a resposta que você quer, ele disse.

Então ela o beijou. Ele não se retraiu como se estivesse horrorizado, mas recuou com bastante firmeza e disse: Não, poxa.

Vamos lá pra cima, ela diz.

É. A gente já está lá em cima.

Quero que você trepe comigo.

Ele fez uma espécie de expressão carrancuda, que se ela estivesse sóbria a induziria a fingir que estava apenas brincando.

Não hoje, ele disse. Você está completamente bêbada.

Esse é o único motivo?

Ele olhou para ela de cima. Ela reprimiu um comentário que vinha guardando sobre o formato da boca dele, a perfeição que era, porque queria que ele respondesse à pergunta.

É, ele disse. Só por isso.

Então se não fosse por isso você faria.

Você deveria ir dormir.

Eu posso te dar umas drogas, ela disse.

Você nem... Marianne, você nem tem drogas. Essa é só uma das partes erradas do que você está dizendo. Vai dormir.

Me dá só um beijo.

Ele a beijou. Foi um beijo bom, mas amigável. Então ele deu boa-noite e desceu com leveza, seu corpo leve e sóbrio andando em linha reta. Marianne foi procurar o banheiro, onde bebeu água direto da torneira até sua cabeça parar de doer e depois adormeceu no chão. Foi onde ela acordou há vinte minutos, quando Connell pediu a uma das garotas que fosse atrás dela.

Agora ele está passando as estações de rádio enquanto aguardam em uma série de sinais de trânsito. Acha uma música de Van Morrison e a deixa tocar.

De qualquer forma, peço desculpas, Marianne diz de novo. Eu não estava tentando deixar as coisas esquisitas com a Teresa.

Ela não é minha namorada.

Tudo bem. Mas foi um desrespeito com a nossa amizade.

Eu nem tinha entendido que você era próxima dela, ele diz.

Estou falando da minha amizade com você.

Ele olha para ela. Ela aperta os braços ao redor dos joelhos e enfia o queixo no ombro. Ultimamente, ela e Connell têm se visto bastante. Em Dublin, podem andar juntos por ruas longas e majestosas pela primeira vez, seguros de que ninguém que passar por eles os conhece ou se importa com quem são. Marianne mora sozinha em um apartamento de um quarto que é da sua avó, e no fim da tarde ela e Connell se sentam na sala de estar e tomam vinho juntos. Ele reclama com ela, aparentemente sem reservas, sobre a dificuldade de fazer amigos em Trinity. Outro dia, ele se deitou no sofá dela, girou a borra do vinho na taça e disse: O pessoal daqui é muito esnobe. Mesmo se gostassem de mim, sinceramente não gostaria de ser amigo deles. Ele largou a taça e olhou para Marianne. É por isso que é fácil pra você, aliás, ele disse. Porque você é de uma família rica, então as pessoas gostam de você. Ela franziu a testa e assentiu, e então Connell caiu na risada. Estou brincando, ele disse. Seus olhares se encontraram. Ela queria rir, mas não sabia se a piada não era ela.

Ele sempre vai às festas dela, apesar de dizer que não entende muito bem seu grupo de amigos. As amigas gostam bastante dele, e por alguma razão se sentem muito à vontade sentadas em seu colo durante as conversas e bagunçando seu cabelo com carinho. Os amigos não o receberam com a mesma simpatia. Ele é tolerado, por causa de sua ligação com Marianne, mas não é considerado especialmente interessante por si só. Ele nem é inteligente!, um dos amigos exclamou outra noite, quando Connell não estava presente. Ele é mais inteligente que eu, retrucou Marianne. Ninguém soube o que dizer. É verdade que Connell fica quieto em festas, teimosamente quieto, até, e não se interessa em exibir quantos livros leu ou de quantas guerras sabe. Mas Marianne sabe, no fundo, que não é por isso que as pessoas o acham burro.

Como é que foi um desrespeito com a nossa amizade?, ele pergunta.

Acho que seria difícil continuarmos amigos se começássemos a dormir juntos.

Ele faz uma expressão sorridente e maliciosa. Confusa, ela esconde o rosto no braço.

Seria?, ele diz.

Não sei.

Bom, tudo bem.

Uma noite, no subsolo do Bruxelles, dois dos amigos de Marianne estavam jogando uma partida desastrada de bilhar enquanto os outros ficavam em volta, bebendo e assistindo. Depois que Jamie venceu, ele disse: Quem quer jogar contra o ganhador? E Connell soltou a cerveja com calma e disse: Está bem, vamos. Jamie fez uma sucéssão de tacadas, mas não encaçapou nada. Sem entabular absolutamente nenhuma conversa, Connell havia encaçapado quatro das bolas amarelas em seguida. Marianne caiu na risada, mas Connell estava inexpressivo, aparentemente concentrado. No breve intervalo depois da sua vez, bebeu em silêncio e ficou observando Jamie mandar uma bola vermelha girar pela tabela. Então Connell esfregou o giz bruscamente para dar sua deixa e retomou a encaçapada das três últimas amarelas. Havia algo muito satisfatório na forma como examinava a mesa e alinhava as tacadas, e no beijo silencioso do giz contra a superfície lisa da bola branca. As garotas todas estavam sentadas ao redor, vendo-o dar as tacadas, vendo-o se debruçar na mesa com seu rosto severo, silencioso, iluminado pela lâmpada de teto. Parece uma propaganda de Coca Diet, disse Marianne. Todo mundo riu, até mesmo Connell. Quando restava somente uma bola preta, ele apontou para a caçapa mais alta à direita e, em tom agradável, disse: Certo, Marianne, você está assistindo? Então a encaçapou. Todo mundo aplaudiu.

Em vez de voltar para casa naquela noite, Connell foi ficar na dela. Ficaram deitados na cama, olhando o teto e conversando. Até então, sempre tinham evitado discutir o que acontecera entre eles no ano anterior, mas naquela noite, Connell disse: Os seus amigos sabem de nós?

Marianne hesitou. O que de nós?, acabou dizendo.

O que aconteceu na escola e tudo o mais.

Não, eu acho que não. Talvez tenham percebido alguma coisa, mas nunca contei pra eles.

Por alguns segundos, Connell se calou. Ela estava sintonizada com o silêncio dele na escuridão.

Você sentiria vergonha se eles descobrissem?, ele perguntou.

Em certos sentidos, sim.

Ele se virou nesse momento, então não estava mais olhando para o teto, mas de frente para ela. Por quê?, ele perguntou.

Porque foi humilhante.

Você está falando, tipo, o jeito como eu te tratei.

Bom, é, ela confirmou. E o fato de eu ter tolerado.

Cuidadosamente, tateou em busca da mão dela sob a colcha e ela deixou que ele a segurasse. Um arrepio percorreu seu maxilar e ela tentou fazer com que sua voz soasse leve e bem-humorada.

Você em algum momento cogitou me convidar para o baile?, ela perguntou. É uma coisa boba, mas tenho a curiosidade de saber se você pensou nisso.

Para ser franco, não. Gostaria de ter pensado.

Ela assentiu. Continuou olhando o teto preto, engolindo em seco, preocupada com a possibilidade de que ele lesse sua expressão.

Você teria dito sim?, ele perguntou.

Ela assentiu de novo. Tentou revirar os olhos para a própria resposta, mas a atitude lhe pareceu feia e autocomiserativa em vez de engraçada.

Eu te peço mil desculpas, ele disse. Eu errei aí. E sabe, parece que o pessoal da escola sabia de nós, de qualquer forma. Não sei se você ficou sabendo disso.

Ela se apoiou nos cotovelos e o fitou na escuridão.

Sabia do quê?, ela disse.

Que a gente estava saindo e tudo mais.

Eu não contei pra ninguém, Connell, eu juro por Deus.

Ela o viu estremecer mesmo na escuridão.

Não, eu sei, ele declarou. A questão é que não teria importância nem se você contasse para as pessoas. Mas eu sei que você não contou.

Eles foram péssimos em relação a isso?

Não, não. O Eric só mencionou isso no baile, que as pessoas sabiam. Ninguém ligava, na verdade.

Houve outro breve momento de silêncio entre eles.

Eu me sinto culpado por todas aquelas coisas que eu te falei, Connell acrescentou. De como seria péssimo se alguém descobrisse. É óbvio que era mais coisa da minha cabeça do que tudo. Quer dizer, não existia nenhum motivo para as pessoas se importarem. Mas eu meio que fico ansioso em relação a essas coisas. Não que eu esteja inventando desculpas, mas acho que projetei um pouco da ansiedade em você, se é que isso faz sentido. Sei lá. Ainda penso muito nisso, no motivo de eu ter me comportado dessa forma tão escrota.

Ela apertou a mão dele e ele retribuiu com tanta força que quase a machucou, e esse pequeno gesto de desespero da parte dele a fez sorrir.

Eu te perdoo, ela disse.

Obrigado. Eu acho que aprendi com a situação. E espero ter mudado, sabe, como pessoa. Mas sinceramente, se mudei, foi por sua causa.

Continuaram de mãos dadas debaixo da colcha, mesmo depois de adormecerem.

Quando chegam ao apartamento dela, agora, Marianne pergunta se ele não quer entrar. Ele diz que precisa comer alguma coisa, e ela diz que tem comida de café da manhã na geladeira. Eles sobem juntos. Connell começa a olhar a geladeira enquanto ela vai tomar um banho. Ela tira a roupa toda, liga a pressão do chuveiro no máximo e passa quase vinte minutos no banho. Então se sente melhor. Quando sai, enrolada em um roupão branco, o cabelo secado com a toalha, Connell já comeu. O prato dele está limpo e ele está conferindo o e-mail. O ambiente cheira a café e fritura. Ela vai na sua direção, e ele enxuga a boca com as costas da mão, como se de repente estivesse nervoso. Ela para na frente da cadeira dele e, olhando para cima, para ela, Connell desamarra o nó do roupão. Já faz quase um ano. Ele encosta os lábios na pele dela, e ela se sente sagrada, como um santuário. Então vem pra cama, ela diz. Ele vai com ela.

Depois ela liga o secador de cabelo e ele entra no banho. Em seguida ela se deita de novo, escutando o som do encanamento. Ela está sorrindo. Quando Connell sai, se deita ao lado dela, eles se encaram, e ele a toca. Hum, ela diz. Eles transam de novo, sem falar muito. Depois ela se sente em paz e quer dormir. Ele beija suas pálpebras fechadas. Não é assim com as outras pessoas, ela diz. É, ele diz. Eu sei. Ela sente as coisas que ele não está lhe dizendo. Não sabe dizer se ele está contendo o desejo de se afastar dela ou o desejo de se tornar mais vulnerável de alguma forma. Ele beija seu pescoço. Os olhos dela estão pesando. Acho que nós vamos ficar bem, ele diz. Ela não sabe ou não consegue se lembrar do que ele está falando. Ela cai no sono.

Dois meses depois
(Abril de 2012)

Ele acabou de voltar da biblioteca. Marianne levou amigos para casa mas eles estão de saída, tirando os casacos dos ganchos no corredor, quando Connell chega. Peggy é a única ainda sentada à mesa, esvaziando uma garrafa de rosé em uma taça enorme. Marianne está limpando a bancada com um pano molhado. A janela sobre a pia da cozinha mostra um retângulo de céu, azul-jeans. Connell se senta à mesa e Marianne pega uma cerveja da geladeira e a abre para ele. Ela pergunta se ele está com fome, e ele diz que não. Faz calor lá fora e a sensação do frio da garrafa é boa. As provas deles começam em breve, e ele geralmente fica na biblioteca até o homem passar tocando o sino para avisar que estão fechando.

Posso perguntar só uma coisinha?, diz Peggy.

Ele percebe que ela está bêbada e que Marianne quer que ela vá embora. Ele também gostaria que ela fosse.

Claro, diz Marianne.

Vocês dois estão trepando, né?, Peggy diz. Tipo, vocês dormem juntos.

Connell não fala nada. Passa o dedão no rótulo da garrafa da cerveja, tentando achar um canto para descascar. Não faz ideia do que Marianne vai inventar: algo engraçado, ele imagina, algo que faça Peggy rir e se esquecer da pergunta. Na realidade, inesperadamente, Marianne diz: Ah, sim. Ele sorri sozinho. O canto do rótulo se separa da garrafa sob seus dedos.

Peggy ri. Está bem, ela diz. Bom saber. Está todo mundo especulando, aliás.

Bom, é, diz Marianne. Mas não tem nada de novo nisso, a gente ficava na escola.

Sério?, Peggy diz.

Marianne está se servindo de um copo d'água. Quando se vira, segurando o copo, ela olha para Connell.

Espero que você não se importe de eu dizer isso agora, ela diz.

Ele dá de ombros, mas está sorrindo para ela, e ela sorri de volta. Eles não divulgam muito a relação, mas os amigos dele sabem. Ele não gosta de demonstrações públicas, só isso. Marianne uma vez perguntou se ele tinha "vergonha" dela, mas estava brincando. Engraçado, ele disse. O Niall acha que eu me gabo demais de você. Ela adorou saber disso. Ele não exatamente se gaba tanto dela em si, embora por acaso Marianne seja bastante popular e muitos outros homens queiram dormir com ela. Talvez se gabe dela de vez em quando, mas em uma boa medida.

Na verdade, vocês dois formam um casal muito fofo, diz Peggy.

Obrigado, diz Connell.

Não falei em casal, diz Marianne.

Ah, diz Peggy. Você está querendo dizer que vocês não são exclusivos? Legal. Eu queria tentar um namoro aberto com o Lorcan, mas ele foi totalmente contra.

Marianne arrasta a cadeira para longe da mesa e se senta. Os homens são possessivos, ela diz.

Pois é!, diz Peggy. É uma loucura. Achava que eles adorariam a ideia de ter várias parceiras diferentes.

De modo geral, percebo que os homens estão muito mais preocupados com a restrição das liberdades das mulheres do que com o exercício da liberdade pessoal deles mesmos, declara Marianne.

É verdade?, Peggy pergunta a Connell.

Ele olha para Marianne com uma ligeira anuência, preferindo que ela continue. Ele passou a considerar Peggy a amiga expansiva que sempre interrompe. Marianne tem outros amigos, mais preferíveis, mas eles nunca ficam até tão tarde ou falam tanto.

Quer dizer, quando você olha a vida que os homens estão realmente levando, é triste, diz Marianne. Eles controlam o sistema social todo e não são capazes de inventar nada melhor para eles mesmos? Eles nem sequer se divertem.

Peggy ri. Você está se divertindo, Connell?, ela pergunta.

Hum, ele diz. Num grau suficiente, eu diria. Mas concordo com o argumento.

Você preferiria viver sob um matriarcado?, pergunta Peggy.

Difícil saber. Eu faria uma tentativa, de qualquer forma, para ver como é.

Peggy continua rindo, como se Connell estivesse agindo com uma espirituosidade inacreditável. Você não acha o privilégio masculino uma maravilha?, ela diz.

É como a Marianne estava falando, ele rebate. Não é essa maravilha toda. Quer dizer, é o que é, não me divirto muito com isso.

Peggy dá um sorriso cheio de dentes. Se eu fosse homem, ela diz, teria umas três namoradas. Se não mais.

O último canto do rótulo se destaca da garrafa de cerveja de Connell. Sai mais fácil quando a garrafa está gelada, pois a condensação dissolve a cola. Ele põe a cerveja na mesa e passa a dobrar o rótulo em um quadradinho. Peggy continua falando, mas não parece importante escutá-la.

As coisas estão indo muito bem entre ele e Marianne no momento. Depois que a biblioteca se fecha, à noite, ele volta andando para o apartamento dela, e às vezes compra comida ou uma garrafa de vinho de quatro euros no caminho. Quando o clima está bom, o céu parece estar a quilômetros de distância, e pássaros atravessam o ar e a luminosidade sem limites lá no alto. Quando chove, a cidade se recolhe, se reúne na névoa; carros andam mais devagar, os faróis brilhando sombriamente, e os rostos que passam estão rosados de frio. Marianne prepara o jantar, espaguete ou risoto, e depois ele lava a louça e arruma a cozinha. Ele limpa as migalhas que caem debaixo da torradeira e ela lê piadas do Twitter. Em seguida, vão para a cama. Ele gosta de ir bem fundo dentro dela, devagar, até a respiração dela ficar alta e penosa, e ela agarra a fronha com uma das mãos. O corpo dela lhe parece tão pequeno e tão aberto. Assim?, ele diz. E ela faz que sim com a cabeça e às vezes soca a mão no travesseiro, soltando leves arquejos sempre que ele se mexe.

As conversas que se seguem são gratificantes para Connell, volta e meia sofrendo reviravoltas inesperadas e instigando-o a exprimir ideias que nunca havia formulado conscientemente. Falam dos romances que ele está lendo, da pesquisa que ela faz, do momento histórico exato que vivem atualmente, da dificuldade de observar tal momento em curso. Vez por outra tem a sensação de que ele e Marianne são como patinadores artísticos, improvisando as discussões com tamanha destreza e com uma sincronia tão perfeita que surpreende os dois. Ela se joga graciosamente no ar e sempre, sem saber como vai fazer isso, ele a segura. Saber que provavelmente vão transar de novo antes de dormir talvez torne a conversa mais prazerosa, e ele desconfia de que a intimidade das discussões, não raro indo e voltando do conceitual ao pessoal, também melhore o sexo. Na última sexta-feira, quando estavam deitados ali, ela disse, depois: Essa foi intensa, não foi? Ele lhe disse que sempre achava muito intenso. Mas estou querendo dizer que foi praticamente romântico, declarou Marianne. Acho que a certa altura eu estava começando a ter sentimentos por você. Ele sorriu para o teto. É só reprimir todas essas coisas, Marianne, ele disse. É o que eu faço.

Marianne sabe como ele se sente de verdade em relação a ela. Só porque fica tímido na frente dos amigos dela não significa que a coisa entre eles não seja séria — ela é sim. De vez em quando, ele se preocupa com a possibilidade de não ter sido claro o bastante sobre esse quesito, e depois de deixar essa preocupação se intensificar ao longo de um dia, mais ou menos, se perguntando como abordar o assunto, ele finalmente diz algo manso como: Você sabe que eu gosto muito de você, não sabe? E seu tom soa quase irritado por alguma razão, e ela apenas ri. Marianne tem muitas outras alternativas românticas, como todo mundo sabe. Estudantes de ciência política que aparecem nas festas dela com garrafas de Moët e histórias sobre os verões na Índia. Membros do comitê dos grupos universitários, que usam black tie com frequência, e que inexplicavelmente acreditam que o funcionamento interno das organizações estudantis são interessantes para pessoas normais. Caras que têm o hábito de tocar em Marianne de um jeito casual durante as conversas, ajeitando seu cabelo ou pondo a mão nas suas costas. Uma vez, quando estava ridiculamente embriagado, Connell perguntou a Marianne por que aquela gente estava tão tátil com ela, que disse: Você não encosta em mim, então ninguém mais pode? Isso o deixou com um humor tenebroso.

Ele já não vai mais para a cidade natal nos finais de semana porque Sophie, uma amiga deles, arrumou um emprego novo para ele no restaurante de seu pai. Connell simplesmente passa o fim de semana no escritório no segundo andar respondendo a e-mails e anotando reservas em uma enorme agenda de couro. Algumas subcelebridades ligam, como pessoas que aparecem no canal RTÉ e coisas assim, mas na maioria das noites de dias úteis o salão fica deserto. Connell acha óbvio que o negócio está passando por uma hemorragia financeira e terá que ser fechado, mas foi tão fácil arranjar o emprego que ele não consegue conceber nenhuma ansiedade real a respeito dessa possibilidade. Se e quando estiver desempregado, um dos outros amigos ricos de Marianne vai arrumar outra função para ele exercer. Gente rica se protege, e ser o melhor amigo e possível parceiro sexual de Marianne elevou Connell ao posto de rico adjacente: alguém para quem se organiza festas surpresa de aniversário e trabalhos tranquilos são oferecidos do nada.

Antes de o semestre terminar, teve que fazer uma apresentação em aula sobre *A morte de Artur*, e enquanto falava suas mãos tremiam e ele não conseguia desviar os olhos das folhas impressas para ver se alguém realmente estava prestando atenção. Sua voz oscilou diversas vezes e teve a sensação de que, se não estivesse sentado, teria caído no chão. Só depois descobriu que a apresentação foi considerada muito impressionante. Um dos colegas de classe até mesmo disse na cara dele, depois, que ele era "um gênio", em tom desdenhoso, como se gênios fossem pessoas um tanto desprezíveis. É de conhecimento geral na classe daquele ano que Connell recebeu a nota mais alta em todas as disciplinas, menos em uma, e ele gosta de ser visto como inteligente, no mínimo porque torna suas interações com os outros mais coerentes. Gosta quando alguém está se esforçando para se lembrar do nome de um livro ou de um autor e ele consegue dizê-lo prontamente, não se exibindo, só se lembrando mesmo. Gosta quando Marianne diz aos amigos — pessoas cujos pais são juízes ou ministros do governo, pessoas que frequentaram escolas extremamente caras — que Connell é a pessoa mais inteligente que "eles vão conhecer na vida".

E você, Connell?, diz Peggy.

Ele não estava prestando atenção, e só o que pode responder é: O quê?

Tentado pela ideia de ter várias parceiras?, ela pergunta.

Ele olha para ela. Ela está com uma expressão engenhosa no rosto.

Ah, ele diz. Sei lá. Como assim?

Você tem a fantasia de ter seu próprio harém?, diz Peggy. Achei que fosse uma coisa universal dos homens.

Ah, entendi. Não, não mesmo.

Quem sabe só duas, então, diz Peggy.

Duas o quê, duas mulheres?

Peggy olha para Marianne e solta uma risadinha com ruído travesso. Marianne beberica a água com tranquilidade.

Podemos se você quiser, diz Peggy.

Espera, desculpa, diz Connell. Podemos o quê?

Bem, você pode chamar como quiser, ela diz. Um ménage, sei lá.

Ah, ele diz. E ri da própria estupidez. Certo, ele diz. Certo, desculpa. Ele dobra o rótulo outra vez, sem saber o que mais dizer. Perdi essa, ele acrescenta. Ele não pode fazer isso. Não está indeciso sobre querer fazer ou não, ele realmente não pode. Por alguma razão, e não consegue explicá-la para si mesmo, acha que talvez pudesse trepar com Peggy na frente de Marianne, embora fosse ser esquisito, e não necessariamente agradável. Mas não poderia, ele imediatamente tem certeza, jamais fazer qualquer coisa com Marianne com Peggy assistindo, ou com qualquer um dos amigos assistindo, ou com qualquer pessoa no mundo. Sente-se envergonhado e confuso só de pensar. É algo que não entende nele mesmo. Pois a privacidade entre ele e Marianne ser invadida por Peggy, ou por qualquer outra pessoa, destruiria algo dentro dele, uma parte de sua individualidade, que não parece ter nome e que ele nunca tentou identificar. Dobra o rótulo úmido de cerveja mais uma vez para que fique pequenino e bem dobradinho. Humm, ele diz.

Ah, não, diz Marianne. Sou introvertida demais. Teria vontade de morrer.

Peggy diz: Sério? Diz isso em um tom de voz agradável, interessado, como se ela estivesse tão feliz discutindo a introversão de Marianne quanto estaria participando de sexo grupal. Connell tenta não externar nenhum alívio.

Tenho tudo quanto é tipo de problema, declara Marianne. Muito neurótica.

Peggy elogia a aparência de Marianne de um jeito rotineiro, afeminado, e pergunta quais são os problemas dela.

Marianne belisca o lábio inferior e então diz: Bom, não me sinto digna de amor. Acho que eu tenho um tipo pouco amável de... Eu tenho uma certa frieza, sou difícil de gostar. Ela gesticula com uma de suas mãos longas e finas no ar, como se estivesse só chegando perto do que quer dizer em vez de realmente acertar em cheio.

Não acredito nisso, diz Peggy. Ela é fria com você?

Connell tosse e diz: Não.

Ela e Marianne continuam conversando e ele gira o rótulo dobrado entre os dedos, ansioso.

Marianne foi passar uns dias em casa nessa semana, e ao voltar para Dublin na noite anterior, pareceu quieta. Viram *Os guarda-chuvas do amor* juntos no apartamento dela. No fim, Marianne chorou, mas virou o rosto para dar a impressão de que não estava chorando. Isso incomodou Connell. O filme tinha um final muito triste, mas não via motivos para choro. Você está bem?, ele perguntou. Ela fez que sim de rosto virado, então ele conseguia ver o tendão branco de seu pescoço saltando.

Ei, ele disse. Tem alguma coisa te fazendo mal?

Ela fez que não, mas não se virou. Foi fazer uma xícara de chá para ela e quando foi servi-la, ela já tinha parado de chorar. Ele tocou no cabelo dela e ela deu um sorriso fraco. A personagem do filme havia engravidado inesperadamente, e Connell tentava se lembrar quando tinha sido a última menstruação de Marianne. Quanto mais pensava nisso, mais tempo parecia ter se passado. Por fim, em pânico, ele disse: Ei, você não está grávida nem nada disso, né? Marianne riu. Os nervos dele se acalmaram.

Não, ela disse. Fiquei menstruada hoje de manhã.

O.k. Poxa, que bom.

O que você faria se eu estivesse?

Ele sorriu, inspirou ar pela boca. Meio que depende do que você gostaria de fazer, ele disse.

Confesso que eu ficaria um pouquinho tentada a levar adiante. Mas eu não faria isso com você, fica tranquilo.

Sério? Qual seria a tentação? Desculpa se é uma falta de sensibilidade perguntar.

Não sei, ela diz. De certo modo, gosto da ideia de algo tão drástico acontecer comigo. Eu gostaria de frustrar as expectativas dos outros. Você acha que eu seria uma mãe ruim?

Não, você seria ótima, é óbvio. Você é ótima em tudo o que faz.

Ela sorriu. Você não teria que participar, ela declara.

Bem, eu te apoiaria, independente do que você decidisse.

Ele não sabia por que estava dizendo que a apoiaria, já que basicamente não tinha renda sobrando e não tinha perspectiva de ter. Tinha a impressão de que era o que devia falar, só isso. Na verdade, nunca tinha pensado nisso. Marianne lhe parecia o tipo de pessoa objetiva que providenciaria o procedimento sozinha, e no máximo talvez ele a acompanhasse no avião.

Imagina só o que não falariam em Carricklea, ela disse.

Ah, é. Lorraine jamais me perdoaria.

Marianne ergueu os olhos rapidamente e disse: Por quê, ela não gosta de mim?

Não, ela te adora. Estou falando que ela não me perdoaria por fazer isso com você. Ela te adora, fica tranquila. Você sabe disso. Ela acha que você é boa demais para mim.

Marianne sorriu de novo, e tocou no rosto dele com a mão. Ele gostou disso, então se aproximou um pouco dela e acariciou a pálida face inferior de seu punho.

E a sua família?, ele perguntou. Acho que ela também jamais me perdoaria.

Ela deu de ombros, deixou a mão cair no colo.

Eles sabem que a gente está saindo?, ele perguntou.

Ela fez que não. Desviou o olhar, pôs a mão na bochecha.

Não que você precise contar pra eles, ele disse. Vai ver que eles me reprovam. É possível que queiram você saindo com um médico ou advogado ou coisa assim, né?

Acho que eles não ligam muito para o que eu faço.

Ela tampou o rosto usando as mãos esticadas por um instante, e então esfregou o nariz com vigor e fungou. Connell sabia que ela tinha uma relação estremecida com a família. Ele começou a perceber isso quando ainda estavam na escola, e não lhe pareceu anormal, já que Marianne tinha uma relação estremecida com todo mundo. O irmão dela, Alan, era alguns anos mais velho, e tinha o que Lorraine chamava de "personalidade fraca".

Sinceramente, era difícil imaginá-lo mantendo-se firme em uma discussão com Marianne. Mas agora ambos são adultos e ela quase nunca volta para casa, ou vai e volta assim, distraída e amuada, dizendo que teve uma briga com a família outra vez, e sem querer falar do assunto.

Você discutiu com eles de novo, não foi?, Connell perguntou.

Ela fez que sim. Eles não gostam muito de mim, ela disse.

Eu sei que provavelmente te parece que não, ele disse. Mas no final das contas são sua família, eles te amam.

Marianne não falou nada. Não fez que sim nem que não, ficou apenas sentada. Logo depois foram para a cama. Como ela estava com cólica e disse que talvez doesse fazer sexo, apenas a tocou até ela gozar. Então ela ficou de bom humor e soltou gemidos exuberantes e disse: Meu Deus, isso foi tão bom. Ele levantou da cama e foi lavar as mãos no banheiro da suíte, um cômodo pequeno com azulejos rosa, um vaso de planta no canto e potinhos de cremes para o rosto e perfumes por todos os lados. Enxaguando as mãos debaixo da torneira, perguntou a Marianne se ela estava se sentindo melhor. E da cama ela disse: Estou me sentindo maravilhosa, obrigada. No espelho, ele notou um pouquinho de sangue no seu lábio inferior. Devia ter passado a mão ali sem querer. Esfregou com a parte molhada do nó de seus dedos, e do quarto Marianne disse: Imagine só como vou ficar amargurada quando você conhecer outra pessoa e se apaixonar. Volta e meia faz piadas desse tipo. Ele secou as mãos e apagou a luz do banheiro.

Não sei, ele disse. Do meu ponto de vista, este esquema está ótimo.

Bem, dou o melhor de mim.

Ele voltou para a cama, se deitou ao lado dela e lhe beijou o rosto. Ela estava triste antes, depois do filme, mas agora estava feliz. Estava nas mãos de Connell fazê-la feliz. Era algo que ele poderia simplesmente dar a ela, como dinheiro ou sexo. Com os outros ela parecia ser muito independente e distante, mas com Connell era diferente, era outra pessoa. Era o único que a conhecia desse jeito.

Por fim, Peggy termina o vinho e vai embora. Connell se senta à mesa enquanto Marianne a leva até a porta. A porta de fora se fecha e Marianne volta para a cozinha. Enxágua o copo de água e o deixa virado no escorredor de pratos. Está esperando que ela olhe para ele.

Você salvou a minha vida, ele declara.

Ela se vira, sorridente, desenrolando as mangas.

Eu também não teria gostado, ela diz. Teria feito se você quisesse, mas dava para ver que não queria.

Ele olha para ela. Fica olhando até ela dizer: O que foi?

Você não deveria fazer coisas que não quer fazer, ele diz.

Ah, não foi isso o que eu quis dizer.

Ela levanta as mãos para o ar como se a questão fosse irrelevante. Em um sentido direto ele entende que é. Tenta agir de modo mais calmo, já que, de qualquer forma, não se pode dizer que esteja irritado com ela.

Bem, foi uma boa intervenção da sua parte, ele diz. Muito atenciosa com as minhas preferências.

Tento ser.

É, você é. Vem cá.

Ela vai se sentar ao lado dele e ele lhe toca o rosto. De repente, tem a terrível impressão de que poderia bater na cara dela, com bastante força, até, e ela ficaria ali sentada, deixando. A ideia o amedronta tanto que ele afasta a cadeira e se levanta. Suas mãos tremem. Não sabe por que pensou nisso. Talvez queira fazer isso. Mas se sente enjoado.

O que é que houve?, ela pergunta.

Ele sente uma espécie de formigamento nos dedos e não consegue respirar direito.

Ah, não sei, ele diz. Não sei, desculpa.

Eu fiz alguma coisa?

Não, não. Desculpa. Tive uma coisa esquisita... Estou me sentindo esquisito. Sei lá.

Ela não se levanta. Mas se levantaria, não é, se ele dissesse para ela se levantar. O coração dele está acelerado e ele sente tontura.

Você está se sentindo mal?, ela pergunta. Você ficou pálido.

Olha, Marianne. Você não é fria, sabe? Você não é assim, de jeito nenhum.

Ela lhe lança um olhar estranho, contorcendo o rosto. Bem, talvez frieza seja a palavra errada, ela diz. Não importa.

Mas você não é difícil de gostar. Entende? Todo mundo gosta de você.

Eu não expliquei bem. Esquece isso.

Ele assente. Ainda não consegue respirar normalmente. Bom, o que você queria dizer?, ele pergunta. Ela o olha agora e enfim se levanta. Você está numa palidez mórbida, ela comenta. Está sentindo fraqueza? Ele diz que não. Ela pega na mão dele e diz que está úmida. Ele faz que sim, está com a respiração ofegante. Baixinho, Marianne diz: Se eu fiz alguma coisa que te chateou, peço mil desculpas. Ele força uma risada e recolhe a mão. Não, fui tomado por uma sensação estranha, ele declara. Não sei o que me deu. Já estou bem.

Três meses depois
(*Julho de 2012*)

Marianne está lendo o verso de um pote de iogurte no supermercado. Com a outra mão, segura o celular, através do qual Joanna lhe conta uma história do trabalho. Quando Joanna entra em uma narrativa, consegue realmente fazer um monólogo detalhado, então Marianne não se preocupa se desvia a atenção da conversa por uns segundos para ler o pote de iogurte. Faz um dia quente lá fora, ela está usando uma blusa leve e saia, e o gelo do corredor do freezer lhe causa arrepios nos braços. Não tem motivo para estar no supermercado, a não ser o de que não querer estar na casa de sua família, e não há muitos lugares onde uma pessoa solitária passe despercebida em Carricklea. Não pode ir tomar um drinque sozinha, ou tomar um café na avenida principal. Até o supermercado esgotará sua utilidade quando as pessoas notarem que não está de fato comprando produtos, ou quando ela se deparar com um conhecido e tiver que fingir uma conversa.

O escritório está metade vazio, portanto nada é feito, Joanna está dizendo. Mas continuam me pagando, então não ligo.

Como Joanna agora tem emprego, a maioria das conversas delas acontecem pelo telefone, embora as duas morem em Dublin. Marianne só está passando o fim de semana na sua cidade, mas esses são os únicos dias de folga de Joanna. Ao telefone, Joanna volta e meia descreve o escritório, os vários personagens que trabalham nele, os dramas que surgem entre eles, e é como se ela fosse cidadã de um país que Marianne nunca visitou, o país do trabalho remunerado. Marianne põe o iogurte de volta no freezer e pergunta a Joanna se ela não acha estranho ser paga pelas horas que fica no trabalho — trocar, em outras palavras, blocos de seu tempo extremamente limitado neste planeta pela invenção humana conhecida como dinheiro.

É um tempo que você nunca mais vai ter de volta, Marianne acrescenta. Quer dizer, o tempo é real.

O dinheiro também é real.

Bom, mas o tempo é mais real. O tempo consiste em física, o dinheiro é só uma construção social.

Sim, mas eu continuo viva no trabalho, diz Joanna. Continuo sendo eu, continuo tendo experiências. Você não está trabalhando, o.k., mas o tempo está passando para você também. Você também nunca vai ter ele de volta.

Mas posso decidir o que fazer com ele.

No que me arrisco a dizer que a sua tomada de decisão também é uma construção social.

Marianne ri. Ela se afasta do corredor do freezer em direção às guloseimas.

Não compro a ideia da moralidade do trabalho, ela declara. Alguns trabalhos talvez, mas você está só passando papelada de um lado pro outro do escritório, não está contribuindo para a humanidade.

Não falei nada de moralidade.

Marianne pega um pacote de frutas secas e o examina, mas como tem uva-passa, ela o põe de volta no lugar e pega outro.

Você acha que eu te julgo por ser tão ociosa?, pergunta Joanna.

No fundo, acho. Você julga a Peggy.

A Peggy tem a mente ociosa, é diferente.

Marianne estala a língua como se repreendesse Joanna pela crueldade, mas sem muito empenho. Está lendo o verso de um pacote de maçã seca.

Não gostaria que você virasse uma Peggy, diz Joanna. Gosto de você do jeito que você é.

Ah, a Peggy não é tão ruim assim. Estou indo para o caixa do supermercado, então vou desligar.

Está bem. Pode me ligar amanhã depois do negócio se quiser conversar.

Valeu, diz Marianne. Você é uma boa amiga. Tchau.

Marianne se dirige ao caixa automático, pegando uma garrafa de chá gelado no caminho e carregando a maçã seca. Quando chega à fileira de máquinas automáticas, vê Lorraine esvaziando uma cesta de produtos diversos. Lorraine para quando vê Marianne e diz: Olha só quem é! Marianne segura a fruta seca contra a costela e diz oi.

Como você tem andado?, pergunta Lorraine.

Bem, obrigada. E você?

O Connell me contou que você está entre as melhores da classe. Ganhando prêmios e tudo o mais. Não me surpreende, é claro.

Marianne sorri. Seu sorriso parece viscoso e infantil. Ela aperta o pacote de fruta seca, sente a crepitação em sua mão úmida, e passa o código de barras pela máquina. As luzes do supermercado são branco-cloro e ela está sem maquiagem.

Ah, ela diz. Não é nada demais.

Connell surge do canto, claro que surge. Está segurando um pacote de seis saquinhos de batatinhas, sabor sal e vinagre.

Está de camiseta branca e com uma daquelas calças de moletom com listras nas laterais. Os ombros parecem mais largos agora. E ele olha para ela. Estava no supermercado o tempo inteiro; talvez tenha até chegado a vê-la no corredor do freezer e passado por ela às pressas para evitar o contato visual. Talvez tivesse escutado enquanto falava ao telefone.

Olá, diz Marianne.

Ah, oi. Não sabia que você estava na cidade.

Ele lança um olhar para a mãe, passa as batatinhas na máquina e as põe na área de ensacamento. Sua surpresa ao ver Marianne parece ser genuína, ou pelo menos sua relutância em olhar ou falar com ela.

Soube que você é muito popular lá em Dublin, Lorraine diz. Viu, estou sabendo de todas as fofocas de Trinity agora.

Connell não ergue os olhos. Está passando os outros produtos do carrinho: uma caixa de saquinhos de chá, um saco de pão de fôrma.

É gentileza do seu filho, tenho certeza, diz Marianne.

Ela pega a carteira e paga a compra, que custou três euros e oitenta e nove centavos. Lorraine e Connell estão colocando as compras em sacolas de plástico reutilizáveis.

Que tal te darmos uma carona para casa?, Lorraine diz.

Ah, não, diz Marianne. Vou andando. Mas obrigada.

Andando!, diz Lorraine. Pela Blackfort Road? Não faz isso. A gente te leva.

Connell pega as duas sacolas plásticas no braço e espicha a cabeça em direção à porta.

Vamos, diz ele.

Marianne não o vê desde maio. Ele se mudou para a cidade natal depois das provas e ela permaneceu em Dublin. Ele disse que queria ver outras pessoas, e ela disse: Tudo bem. Agora, como ela nunca foi namorada dele de fato, não é nem mesmo a ex-namorada dele. Ela não é nada. Todos entram no carro juntos, Marianne sentada no banco de trás, enquanto Connell e Lorraine conversam sobre alguém que conheciam que faleceu, mas é uma pessoa idosa e por isso não é tão triste. Marianne olha pela janela.

Bom, estou muito feliz de ter esbarrado com você, diz Lorraine. É ótimo te ver tão bem.

Ah, obrigada.

Quanto tempo você vai ficar por aqui?

Só o fim de semana, diz Marianne.

Por fim, Connell dá seta na entrada do bairro de Foxfield e para em frente à casa dele. Lorraine desce. Connell dá uma olhada para Marianne pelo retrovisor e diz: Ei, vem aqui pra frente, vem? Não sou taxista. Sem dar nem um pio, Marianne obedece. Lorraine abre o porta-malas do carro e Connell se contorce no banco. Deixa as sacolas, ele diz. Eu levo lá pra dentro quando voltar. Ela levanta as mãos como quem se rende, fecha a porta e se despede deles com um aceno.

O trajeto da casa de Connell à de Marianne é curto. Ele entra à esquerda ao sair do bairro rumo à rotatória. Apenas alguns meses antes ele e Marianne ficavam acordados a noite inteira conversando e transando. Ele puxava as cobertas de cima dela de manhã e subia em cima dela com um sorrisinho do tipo: Ah, ei, olá. Eram melhores amigos. Ele lhe disse isso, quando ela perguntou quem era o melhor amigo dele. Você, ele declarou. Então, no fim de maio, ele lhe disse que iria passar o verão em casa.

Como andam as coisas?, ele pergunta.

Bem, obrigada. Como você está?

Estou bem, é.

Ele troca a marcha com um gesto dominante da mão.

Você continua trabalhando na oficina?, ela pergunta.

Não, não. Você está falando do lugar onde eu trabalhava? Ele fechou.

É?

É, ele diz. Não, estou trabalhando no Bistrô. Aliás, sua mãe esteve lá uma noite dessas com o, humm. O namorado dela ou sei lá o que ele é.

Marianne assente. Estão passando pelos campos de futebol. Um véu fino de chuva começa a cair no para-brisa e Connell liga os limpadores, que criam um ritmo mecânico no percurso de um lado para outro.

Quando Connell foi para casa durante o recesso de primavera, perguntou a Marianne se ela não mandaria fotos dela pelada para ele. Eu deleto quando você quiser, óbvio, ele disse. Você pode supervisionar. A ideia sugeria a Marianne todo um ritual erótico de que nunca tinha ouvido falar. Por que eu ia querer que você deletasse?, ela perguntou. Estavam conversando pelo telefone, Connell em casa, em Foxfield, e Marianne deitada na cama no Merrion Square. Ele explicou brevemente a política das nudes, não mostrar aos outros, deletar quando solicitado, e assim por diante.

Você recebe essas fotos de muitas garotas?, ela perguntou.

Bom, não tenho nenhuma agora. E eu nunca pedi nenhuma antes, mas às vezes a gente tem a oportunidade de mandar algumas.

Ela perguntou se ele retribuiria mandando fotos de si, e ele fez um ruído de "humm".

Não sei, ele disse. Você ia mesmo querer uma foto do meu pinto?

Comicamente, ela sentiu a boca ficar molhada.

Ia, ela disse. Mas se você me mandasse uma, sinceramente eu nunca apagaria, então talvez seja melhor não me mandar.

Ele riu, então. Não, não ligo se você vai deletar ou não, ele disse.

Ela descruzou os tornozelos. Quer dizer, eu vou levar para o túmulo, ela disse. Tipo, provavelmente vou olhar para ele até o fim da minha vida.

Ele gargalhou de verdade. Marianne, ele disse, não sou religioso, mas às vezes acho que Deus fez você para mim.

O centro poliesportivo passa rápido pela janela do lado do motorista em meio ao borrão da chuva. Connell torna a olhar para Marianne, depois se volta para a pista.

E agora você está com o tal do Jamie, né?, ele diz. Ouvi falar.

É.

Ele não é um cara feio.

Ah, ela diz. Bom, o.k. Valeu.

Ela e Jamie estão juntos faz algumas semanas. Ele tem certas propensões. Eles têm certas propensões em comum. Às vezes, no meio da tarde, ela se lembra de algo que Jamie disse ou fez com ela, e toda energia se esvai por completo, então seu corpo lhe parece uma carcaça, um troço imensamente pesado e terrível que ela tem que carregar consigo.

É, diz Connell. Uma vez eu ganhei dele em uma partida de bilhar. Você não deve se lembrar.

Eu lembro.

Connell assente e acrescenta: Ele sempre gostou de você. Marianne olha fixo à frente pelo para-brisa do carro. É verdade, Jamie sempre gostou dela. Uma vez, mandou uma mensagem insinuando que Connell não a levava a sério. Ela mostrou a mensagem a Connell e eles riram do assunto. Estavam juntos na cama naquele momento, o rosto de Connell iluminado pela tela do celular. Você devia ficar com alguém que te leve a sério, dizia a mensagem.

E você, está saindo com alguém?, ela pergunta.

Na verdade, não. Nada sério.

Abraçando o estilo de vida de solteiro.

Você me conhece, ele diz.

Eu conhecia.

Ele franze a testa. Essa foi meio filosófica, ele diz. Não mudei muito nos últimos meses.

Eu também não. Na verdade, é. Não mudei nada.

Uma noite em maio, Sophie, a amiga de Marianne, deu uma festa para comemorar o fim das provas. Os pais dela estavam na Sicília ou algum lugar assim. Connell ainda tinha uma prova para fazer na época, mas, como não estava preocupado, também foi à festa. Todos os amigos deles estavam lá, em parte porque Sophie tinha uma piscina aquecida no porão. Passaram boa parte da noite em roupas de banho, entrando e saindo da água, bebendo e conversando. Marianne se sentou na beirada com um copo de plástico com vinho, enquanto os outros jogavam na piscina. Parecia implicar em uns se sentarem nos ombros dos outros e tentarem se derrubar na água. Sophie subiu nos ombros de Connell para a segunda rodada, e disse em um tom carinhoso: Que belo torso forte você tem. Marianne ficou olhando, meio embriagada, admirando Sophie e Connell juntos, as mãos dele nas canelas lisas e marrons dela, e sentindo uma estranha nostalgia de um momento que já estava no processo de acontecer. Sophie olhou para ela naquela hora.

Não precisa se preocupar, Marianne, ela falou. Não vou roubar ele.

Marianne imaginou que Connell fosse desviar o olhar para dentro da água, fingindo não ouvir, mas na verdade olhou para ela e sorriu.

Ela não está preocupada, ele disse.

Ela não entendeu o que ele queria dizer com aquilo, na verdade, mas sorriu e em seguida o jogo começou. Sentia-se feliz por estar cercada de gente de que gostava, que gostava dela. Sabia que se quisesse falar, todo mundo provavelmente se viraria e escutaria com genuíno interesse, e isso também a alegrava, embora não tivesse absolutamente nada para falar.

Depois que o jogo acabou, Connell foi até ela, de pé na água onde as pernas dela balançavam. Ela olhou para ele com uma expressão benigna. Eu estava te admirando, ela disse. Ele tirou o cabelo molhado da testa. Você vive me admirando, ele disse. Ela chutou a perna na direção dele com delicadeza e ele pôs a mão em volta do tornozelo dela e o acariciou com os dedos. Você e a Sophie formam um time atlético, ela disse. Ele continuou acariciando a perna dela debaixo d'água. A sensação era muito boa. Os outros o chamavam para a outra ponta, queriam fazer outra partida. Valeu, ele disse. Vou tirar uma folga nessa rodada. Então saltou para a beirada da piscina, ao lado dela. O corpo dele reluzia, molhado. Ele pôs a mão no piso frio atrás dela para se equilibrar.

Vem cá, ele disse.

Ele passou o braço na cintura dela. Ele nunca, jamais tinha tocado nela na frente de alguém. Os amigos nunca tinham visto os dois assim, ninguém tinha. Na piscina, os outros continuavam esguichando e berrando.

Isso é bom, ela disse.

Ele virou a cabeça e beijou seu ombro nu. Ela riu de novo, chocada e satisfeita. Ele voltou a olhar para água e depois olhou para ela.

Agora você está feliz, ele disse. Está sorrindo.

Tem razão, estou feliz.

Ele assentiu na direção da piscina, onde Peggy tinha acabado de cair na água e as pessoas riam.

É assim que a vida é?, Connell disse.

Ela olhou para o rosto dele, mas não soube dizer pela expressão dele se estava contente ou triste. Como assim?, ela perguntou. Mas ele apenas deu de ombros. Alguns dias depois ele avisou que passaria o verão fora de Dublin.

Você não me falou que estava na cidade, ele diz agora.

Ela faz que sim, lentamente, como se estivesse ponderando, como se só agora lhe ocorresse que de fato não havia contado a Connell que estava na cidade, e aquele fosse um pensamento interessante.

Então, agora nós não somos mais amigos?, ele diz.

Claro que somos.

Você não responde muito as minhas mensagens.

É bem verdade que ela vem ignorando Connell. Teve que contar às pessoas o que houve entre eles, que ele havia rompido com ela e se mudado, e foi um tormento. Foi Marianne quem apresentou Connell a todo mundo, que disse a todos a ótima companhia que ele era, como era sensível e inteligente, e ele havia retribuído ficando no apartamento dela quase todas as noites durante três meses, tomando a cerveja que ela comprava para ele, e de repente lhe dando um fora. Isso fazia com que parecesse uma idiota. Peggy fez pouco-caso da história, claro, dizendo que homem era tudo igual. Joanna parecia não ver nenhuma graça na situação, só achava desconcertante e triste. Não parava de perguntar o que cada um tinha dito especificamente durante o término, e então se calava, como se estivesse reconstituindo a cena na cabeça para tentar entendê-la.

Joanna queria saber se Connell conhecia a família de Marianne. Todo mundo em Carricklea se conhece, Marianne disse. Joanna fez que não e disse: Mas o que eu quero saber é se ele sabe como eles são. Marianne não conseguiu responder. Tem a sensação de que nem ela sabe como é a família, que nunca é convincente nas tentativas de descrevê-la, que oscila entre exagerar o comportamento dos parentes, o que lhe gera culpa; ou minimizá-lo, o que também lhe provoca culpa, mas uma culpa diferente, mais voltada para dentro. Joanna acredita saber como é a família de Marianne, mas como poderia saber, como alguém poderia, se a própria Marianne não sabe? É claro que Connell não é capaz de saber. Ele é um cara equilibrado, criado em um lar amoroso. Simplesmente pressupõe que todo mundo é ótimo e não sabe de nada.

Achei que você pelo menos me mandaria uma mensagem se viesse para casa, ele diz. É meio esquisito esbarrar em você sem saber antes que você estava nas redondezas.

Nesse momento, lembra que deixou um cantil no carro de Connell no dia que foram a Howth, em abril, e que nunca o pegou de volta. Talvez ainda esteja no porta-luvas. Ela olha o compartimento, mas não sente que pode abri-lo, pois ele perguntaria o que ela estava fazendo, e ela teria de falar na viagem a Howth. Foram nadar no mar naquele dia e depois estacionaram o carro dele em um lugar escondido e transaram no banco de trás. Seria um descaramento lembrá-lo daquele dia agora que estão de novo juntos no carro, apesar de querer muito o cantil de volta, ou talvez a questão não seja o cantil, talvez só queira lembrá-lo de que uma vez ele trepou com ela no banco de trás do carro onde estão agora, ela sabe que ele ficaria vermelho, e talvez queira forçá-lo a ficar vermelho como uma demonstração sádica de poder, mas isso não faria seu estilo, então ela não diz nada.

O que é que você está fazendo na cidade, de qualquer forma?, ele pergunta. Está só visitando a sua família?

É a missa de aniversário de morte do meu pai.

Ah, ele diz. Ele dá uma olhada nela, depois volta a olhar

através do para-brisa. Desculpa, ele acrescenta. Não tinha me dado conta. Quando é, amanhã de manhã?

Ela faz que sim. Dez e meia, ela diz.

Eu sinto muito, Marianne. Que idiotice a minha.

Tudo bem. A verdade é que eu não queria vir pra casa por causa disso, mas minha mãe meio que insistiu. Não sou muito de missa.

Não, ele diz. É.

Ele tosse. Ela olha fixo pelo para-brisa. Agora estão no começo da rua. Ela e Connell nunca falaram muito do pai dela, ou disso.

Você quer que eu vá?, Connell pergunta. Óbvio que se você não quiser que eu vá, não vou. Mas não me importaria de ir, se você quiser.

Ela olha para ele e sente um enfraquecimento incontestável no corpo.

Obrigada por se oferecer, ela diz. Muita gentileza a sua.

Não me importo.

Você realmente não precisa.

Não tem problema, ele diz. Eu gostaria de ir, para ser sincero.

Ele dá seta e para na entrada de cascalho da casa dela. O carro de sua mãe não está lá, ela não está em casa. A enorme fachada branca da casa se avulta sobre eles. Algo ligado à disposição das janelas dá à casa de Marianne uma expressão de desaprovação. Connell desliga o motor.

Desculpa por ter ignorado suas mensagens, diz Marianne. Foi infantil da minha parte.

Tudo bem. Olha, se você não quiser mais que nós dois sejamos amigos, não precisamos ser.

É claro que eu quero que sejamos amigos.

Ele assente, batucando os dedos no volante. Seu corpo é

grande e afável como um labrador. Ela quer lhe dizer coisas. Mas agora é tarde demais, e de qualquer modo nunca lhe fez bem nenhum contar a ninguém.

Está bom, diz Connell. Te vejo amanhã de manhã, na igreja, então, o.k.?

Ela engole em seco. Você quer entrar um pouquinho?, ela convida. A gente podia tomar um chá, sei lá.

Ah, eu iria, mas tem sorvete no porta-malas.

Marianne olha ao redor, lembrando-se das sacolas de compras, e de repente se sente desorientada.

A Lorraine me mataria, ele diz.

Claro. Óbvio.

Ela desce do carro. Ele acena da janela. E irá, amanhã de manhã, e estará de moletom azul-marinho com uma camisa branca por baixo, inocente como um cordeiro, e depois ficará ao lado dela no vestíbulo, sem dizer muita coisa, mas lhe lançando olhares solidários. Sorrisos serão trocados, sorrisos aliviados. E voltarão a ser amigos.

Seis semanas depois
(*Setembro de 2012*)

Ele está atrasado para encontrá-la. O ônibus ficou preso no engarrafamento por causa de uma manifestação na cidade e agora ele está oito minutos atrasado e não sabe onde fica a cafeteria. Nunca encontrou com Marianne "para tomar um café". O clima está quente demais hoje, um calor estridente e fora de estação. Ele acha a cafeteria na Capel Street e passa pelo caixa em direção à porta dos fundos, verificando o celular. São 15h09. Cruzando a porta, Marianne está sentada no jardim para fumantes, já tomando seu café. Não há mais ninguém ali, o lugar está tranquilo. Ela não se levanta ao vê-lo.

Me desculpa pelo atraso, ele diz. Tinha um protesto, então o ônibus demorou.

Ele se senta de frente para ela. Ainda não pediu nada.

Não se preocupa, ela diz. O protesto era pelo quê? Não era sobre aborto nem nada assim, era?

Agora ele fica com vergonha de não ter reparado. Não, acho que não, ele diz. Imposto de renda ou coisa do tipo.

Bom, boa sorte pra eles. Que a revolução seja rápida e brutal.

Ele não a vê pessoalmente desde julho, quando ela foi para a cidade deles para a missa do pai. Os lábios dela estão pálidos e um pouco rachados, e ela está com olheiras. Embora tenha prazer ao vê-la bonita, sente uma empatia especial por ela quando está doente ou com a pele feia, assim como ocorre quando alguém que geralmente é um ótimo atleta vai mal em um jogo. Isso a deixa mais encantadora, de certo modo. Está usando uma elegantíssima blusa preta, seus punhos parecem finos e brancos, e o cabelo está preso em um coque desarrumado na nuca.

É, ele diz. Eu teria um pouco mais de energia para protestar se fosse por um lado mais violento, para ser sincero.

Você quer ser espancado pela polícia.

Existe coisa pior do que ser espancado.

Marianne está tomando um golinho de café quando ele diz isso, e ela para um instante com a xícara junto aos lábios. Ele não saberia dizer como identifica essa pausa como um gesto distinto do movimento natural que ela faz ao beber, mas ele a percebe. Ela põe a xícara de volta no pires.

Concordo, ela diz.

O que você está querendo dizer?

Estou concordando com você.

Você foi atacada pela polícia nos últimos tempos ou eu perdi alguma coisa?, ele pergunta.

Ela batuca um pouco de açúcar do sachê na xícara e mistura. Por fim, ergue os olhos para ele como se lembrasse de que está sentado ali.

Você não vai tomar café?, ela diz.

Ele faz que sim. Ainda está meio ofegante depois da caminhada do ônibus até ali, meio encalorado sob as roupas. Ele se levanta da mesa e volta ao salão. Está frio e menos iluminado. Uma mulher de batom vermelho anota seu pedido e diz que já vai levá-lo lá fora.

* * *

Até abril, Connell planejava trabalhar em Dublin no verão e pagar o aluguel com o salário, mas uma semana antes das provas o chefe lhe disse que reduziriam seu horário. Poderia pagar o aluguel assim, mas não lhe restaria nada com que viver. Sempre soubera que o negócio fecharia as portas, e ficou furioso consigo mesmo por não ter se candidatado a algum emprego em outro lugar. Fazia semanas que vivia pensando nisso. Por fim, resolveu que teria de se mudar de lá durante o verão. Niall foi muito legal, declarou que o quarto continuaria à disposição dele em setembro e tudo mais. E você e a Marianne?, Niall perguntou. E Connell disse: É, é. Sei lá. Ainda não contei pra ela.

A realidade era que, de qualquer forma, quase sempre passava a noite no apartamento de Marianne. Poderia simplesmente lhe contar a situação e perguntar se poderia ficar na casa dela até setembro. Sabia que ela diria que sim. Achava que fosse dizer que sim, era difícil imaginá-la não dizendo sim. Mas se viu adiando a conversa, evitando as perguntas de Niall sobre isso, planejando tocar no assunto com ela e não conseguindo no último minuto. Pareceria que estava lhe pedindo dinheiro. Ele e Marianne nunca falavam de dinheiro. Nunca falavam, por exemplo, do fato de que a mãe dela pagava à mãe dele para esfregar o chão e pendurar as roupas lavadas, ou do fato de que esse dinheiro circulava indiretamente até Connell, que o gastava, de modo geral, com Marianne. Ele detestava ter que pensar em coisas assim. Sabia que Marianne nunca tinha pensado dessa forma. Ela lhe dava coisas o tempo inteiro, jantar, ingressos de cinema, coisas que ela pagava e instantaneamente, permanentemente, esquecia.

Uma noite, quando as provas estavam terminando, foram a uma festa na casa de Sophie Whelan. Ele sabia que finalmente teria que dizer a Marianne que sairia da casa de Niall, e teria que perguntar, sem rodeios, se poderia ficar com ela. Passaram boa parte da noite na piscina, imersos na gravidade fascinante da água quente. Viu Marianne chapinhando em seu biquíni vermelho sem alças. Uma mecha de cabelo molhado se soltou do nó junto à nuca e ficou grudada na pele, lisa e reluzente. Todo mundo ria e bebia. Nem de longe parecia sua vida real. Ele não conhecia aquelas pessoas, ele mal acreditava nelas, ou nele mesmo. Na beirada da piscina, beijou o ombro de Marianne num gesto impulsivo e ela lhe sorriu, encantada. Ninguém olhava para eles. Ele pensou em lhe contar sobre a situação do aluguel naquela noite, na cama. Tinha muito medo de perdê-la. Quando foram para a cama, ela quis transar e depois adormeceu. Pensou em acordá-la, mas não conseguiu. Resolveu que esperaria até terminar sua última prova para falar com ela sobre se mudar para casa.

Dois dias depois, logo após entregar o trabalho sobre romance renascentista e medieval, ele foi ao apartamento de Marianne e eles se sentaram à mesa para tomar um café. Não prestou muita atenção ao ouvi-la falar da relação complicada entre Teresa e Lorcan, esperando que ela terminasse, e acabou dizendo: Ei, escuta. Parece que não vou conseguir pagar o aluguel aqui durante o verão. Marianne ergueu os olhos do café e disse, monocórdia: Quê?

É, ele disse. Vou ter que sair do apartamento do Niall.

Quando?, perguntou Marianne.

Logo. Talvez na semana que vem.

O rosto dela se enrijeceu, sem demonstrar nenhuma emoção específica. Ah, ela disse. Então você vai voltar pra casa.

Ele esfregou o esterno, sentindo-se sem fôlego. Parece que sim, é, ele disse.

Ela assentiu, ergueu as sobrancelhas brevemente e voltou a baixá-las, e fitou a xícara de café. Bom, ela disse. Imagino que você volte em setembro.

Seus olhos doíam e ele os fechou. Não conseguia entender como aquilo havia acontecido, como deixou a discussão lhe escapar desse jeito. Seria tarde demais para falar que queria ficar com ela, isso era claro, mas quando havia ficado tarde demais? Parecia ter acontecido imediatamente. Ele cogitou apoiar o rosto na mesa e chorar como uma criança. Porém, abriu os olhos de novo.

É, ele disse. Não estou largando a faculdade, não se preocupe.

Então você vai passar só três meses fora.

Isso.

Houve uma longa pausa.

Sei lá, ele disse. Imagino que você vá querer sair com outras pessoas, né?

Enfim, em um tom que lhe pareceu genuinamente gélido, Marianne respondeu: Claro.

Ele se levantou e despejou o café na pia, embora não tivesse terminado. Quando saiu do prédio, de fato chorou, tanto por conta de sua fantasia patética de viver no apartamento quanto pela relação fracassada, fosse ela o que fosse.

Em poucas semanas, Marianne estava saindo com outro, um amigo chamado Jamie. O pai de Jamie era uma das pessoas que tinha provocado a crise financeira — não figurativamente: ele era mesmo um dos envolvidos. Foi Niall quem contou a Connell que eles estavam juntos. Soube por uma mensagem de texto durante o expediente e teve que ir para o fundo da loja e pressionar a testa contra uma estante gelada por quase um minuto inteiro. Marianne queria sair com outro o tempo todo, ele pensou. Ela provavelmente ficara feliz porque ele teve que sair de Dublin por estar falido. Ela queria um namorado cuja família a levaria para passar férias em estações de esqui. E agora que tinha um, nem sequer respondia aos e-mails de Connell.

Em julho, até Lorraine já sabia que Marianne estava saindo com outro. Connell sabia que o pessoal da cidade estava comentando, pois Jamie tinha um pai nacionalmente infame, e porque não havia nada mais acontecendo.

Então, quando foi que vocês dois terminaram?, Lorraine lhe perguntou.

Nunca namoramos.

Achei que vocês saíam juntos.

Sem compromisso, ele retrucou.

Os jovens de hoje em dia. Não consigo entender as relações que vocês têm.

Você não é nenhuma anciã.

Na minha época da escola, ela disse, ou você estava saindo com alguém ou não estava.

Connell mexeu o maxilar, fitando a televisão com um olhar brando.

De onde foi que eu vim, então?, ele disse.

Lorraine lhe deu uma cutucada de reprovação e ele continuou olhando para a tevê. Era um programa de viagens, praias prateadas compridas e água azul.

Marianne Sheridan não sairia com alguém que nem eu, ele disse.

Como assim, alguém que nem você?

Acho que o namorado novo dela tem mais a ver com ela em termos de classe social.

Lorraine passou vários segundos calada. Connell sentia seus dentes de trás rangendo em silêncio.

Não acredito que a Marianne agiria assim, disse Lorraine. Não acho que ela seja desse tipo.

Ele se levantou do sofá. Só posso te contar o que aconteceu, ele disse.

Bom, vai ver que você está interpretando mal o que aconteceu.

Mas Connell já tinha saído da sala.

Na parte externa da cafeteria, agora, o sol está tão forte que tritura todas as cores e as faz pinicar. Marianne acende um cigarro, com o maço aberto na mesa. Quando ele se senta, ela lhe sorri em meio à nuvenzinha cinza de fumaça. Ele tem a impressão de que ela está sendo evasiva, mas não sabe sobre qual assunto.

Acho que nunca nos encontramos para tomar um café, ele diz. Já?

Não encontramos? A gente deve ter encontrado.

Ele sabe que está sendo desagradável, mas não consegue parar. Não, ele afirma.

Encontramos, sim, ela diz. Nós tomamos um café antes de ver *Janela indiscreta*. Mas acho que aí foi mais um *date*.

Esse comentário o surpreende, e como reação ele apenas solta um ruído neutro tal como: Humm.

A porta atrás dos dois se abre e a mulher aparece com o café dele. Connell agradece e ela sorri e volta para dentro. A porta balança e se fecha. Marianne está dizendo que espera que Connell e Jamie se conheçam melhor. Torço para você se dar bem com ele, Marianne diz. E olha para Connell com nervosismo, uma expressão sincera que o comove.

É, tenho certeza de que vou, ele diz. Por que não me daria?

Sei que vocês vão ser civilizados. Mas torço mesmo para que vocês se deem bem.

Vou tentar.

E não o intimide, ela diz.

Connell dá uma salpicada de leite no café, deixando a cor chegar à superfície, e então põe o jarro de volta na mesa.

Ah, ele diz. Bom, espero que você também esteja falando para ele não me intimidar.

Como se você fosse se sentir intimidado, Connell. Ele é mais baixinho que eu.

Não é apenas uma questão de altura, né?

Vendo pelo ponto de vista dele, ela diz, você é muito mais alto, e você é a pessoa que trepava com a namorada dele.

É um bom modo de dizer. Foi isso o que você falou pra ele sobre nós, o Connell é o cara alto que trepava comigo?

Ela ri. Não, ela diz. Mas todo mundo sabe.

Ele é inseguro a respeito da altura? Não vou me aproveitar disso, só quero saber.

Marianne levanta a xícara de café. Connell não consegue entender que tipo de relação deviam ter agora. Estão concordando em não se acharem mais atraentes? Quando deviam ter parado de achar? Nada no comportamento de Marianne lhe dá pistas. Na verdade, desconfia de que ela ainda o acha atraente, e de que agora ela acha isso engraçado, como uma piada interna, acalentar uma atração por alguém que jamais poderia fazer parte do mundo dela.

Em julho, quando ele foi à missa de aniversário de morte do pai de Marianne, a igreja da cidade era pequena, cheirava a chuva e incenso, com painéis de vitral nas janelas. Ele e Lorraine nunca iam à missa, ele só estivera ali em funerais. Ele viu Marianne no átrio ao chegar. Ela parecia uma obra de arte religiosa. Era muito mais dolorido olhar para ela do que haviam avisado que seria, e ele quis fazer algo terrível, como atear fogo ao próprio corpo ou enfiar o carro em uma árvore. Reflexivamente, sempre imaginava formas de se infligir danos graves quando angustiado. Parecia acalmá-lo por um tempinho, o ato de imaginar uma dor muito pior e mais absoluta do que aquela que de fato sentia, talvez apenas a energia cognitiva requerida, a pausa momentânea em sua linha de pensamento, mas depois se sentia ainda pior.

Naquela noite, depois que Marianne voltou para Dublin, ele saiu para beber com algumas pessoas da escola, primeiro no Kelleher's e depois no McGowan's, e depois na horrorosa boate Phantom, nos fundos do hotel. Não estava presente ninguém de quem tivesse sido muito próximo, e depois de alguns drinques ele se deu conta de que não estava ali para socializar, de qualquer modo, estava ali somente para se embebedar a ponto de atingir uma espécie de não consciência sedada. Aos poucos fugiu da conversa e se concentrou em consumir o máximo de álcool possível sem desmaiar, sem nem rir das piadas, sem nem prestar atenção.

Foi na Phantom que encontraram Paula Neary, a antiga professora de economia. A essa altura, Connell estava tão embriagado que sua visão ficou desalinhada, e ao lado de todos os objetos sólidos via outra versão do objeto, como um fantasma. Paula pagou doses de tequila para todos eles. Usava um vestido preto e um pingente prateado. Ele lambeu uma linha de sal das costas da própria mão e viu o outro fantasmagórico de seu colar, um traço branco tênue no ombro dela. Quando olhou para ele, ela não tinha dois olhos, mas vários, e se mexiam exoticamente no ar, feito joias. Ele começou a rir por causa disso, e ela se aproximou, com a respiração no rosto dele, para lhe perguntar qual era a graça.

Não se lembra de como foi parar na casa dela, se foram andando ou pegaram um táxi, ele continua sem saber. O espaço tinha aquele asseio desmobiliado estranho que as casas solitárias têm às vezes. Ela parecia ser uma pessoa sem hobbies: não havia estantes de livros, não havia instrumentos musicais. O que você faz da vida no fim de semana, ele se recorda de ter perguntado engolindo as palavras. Eu saio e me divirto, ela respondeu. Mesmo naquele instante, isso lhe soou muito deprimente. Ela serviu taças de vinho para os dois. Connell se sentou no sofá de couro e tomou o vinho para ter o que fazer com as mãos.

Qual é a sua impressão sobre o time de futebol deste ano?, ele perguntou.

Não é a mesma coisa sem você, disse Paula.

Ela se sentou ao lado dele no sofá. O vestido tinha escorregado um pouco, expondo uma pinta que tinha acima do seio direito. Ele poderia ter trepado com ela na época da escola. As pessoas faziam piada sobre o assunto, mas teriam ficado em choque caso tivesse realmente acontecido, teriam se assustado. Teriam achado que sua timidez mascarava algo gélido e amedrontador.

Os melhores anos da sua vida, ela disse.

O quê?

Os melhores anos da sua vida, o ensino médio.

Ele tentou rir, mas a gargalhada saiu bastante apatetada e nervosa. Sei lá, ele disse. É uma ideia triste se for verdade.

Ela começou a beijá-lo nesse momento. Parecia uma coisa esquisita aquilo acontecer com ele, desagradável no nível superficial, mas também interessante de certo modo, como se sua vida estivesse seguindo um novo rumo. Sua boca tinha um gosto azedo como o de tequila. Por um instante ele se perguntou se era lícito que ela o beijasse, e concluiu que devia ser, ele não conseguia pensar em alguma razão para não ser, e no entanto, lhe pareceu essencialmente errado. Sempre que ele se afastava, ela parecia segui-lo, então ele se via confuso sobre a mecânica do que estava acontecendo, e não tinha mais certeza se estava sentado no sofá ou reclinado no braço do sofá. A título de experimento, tentou se sentar, o que confirmou que realmente já estava sentado, e a pequena luz vermelha que imaginou que estivesse

bem em cima de sua cabeça, no teto, era apenas a luz de stand-
-by do aparelho estéreo no canto oposto da sala.

Na escola, a srta. Neary lhe provocava extremo desconforto.
Mas estaria dominando esse desconforto ao deixar que ela o beijasse no sofá de sua sala de estar, ou estaria apenas sucumbindo
a ele? Mal teve tempo para formular a questão e ela começou a
desabotoar seus jeans. Em pânico, tentou empurrar a mão dela
para longe, mas com um gesto tão ineficaz que pareceu a ela
que ele a estava ajudando. Ela desabotoou o botão mais alto e
ele lhe disse que estava muito bêbado, e que talvez fosse melhor
pararem. Ela enfiou a mão dentro do elástico da cintura de sua
cueca e disse que tudo bem, ela não se importava. Ele imaginou
que provavelmente teria um apagão, mas descobriu que não foi
possível. Gostaria de ter conseguido. Escutou Paula dizer: Você
está muito duro. Era algo especialmente insano para ela dizer, já
que ele não estava.

Vou vomitar, ele disse.

Ela deu um solavanco para trás, puxando o vestido consigo,
e ele aproveitou a oportunidade para se levantar do sofá e abo-
toar o jeans de novo. Em tom cauteloso, ela perguntou se ele
estava bem. Quando olhou para ela, conseguiu ver duas Paulas
sentadas no sofá, delineadas com tamanha nitidez que já não era
óbvio qual era a Paula de verdade e qual era o fantasma. Desculpa, ele disse. Ele acordou no dia seguinte totalmente vestido, no
chão da sua própria sala de estar. Não fazia ideia de como che-
gara em casa.

Ele deve ter alguma insegurança, diz Marianne. Não sei
qual. Vai ver que ele gostaria de ser mais cerebral.

Vai ver que ele tem uma boa autoestima.

Não, com certeza não é isso. Ele é...

Os olhos dela se movem de um lado para outro rapidamente. Quando faz isso, parece uma exímia matemática fazendo cálculos mentais. Ela põe o café de volta no pires.

Ele é o quê?, pergunta Connell.

Ele é sádico.

Connell olha fixo para ela do outro lado da mesa, simplesmente deixando que seu rosto exprima o sobressalto que sente diante de tal comentário, e ela dá um sorrisinho fofo. Ela remexe a xícara sobre o pires.

Você está falando sério?, diz Connell.

Bom, ele gosta de me bater. Quer dizer, só durante o sexo. Não nas brigas.

Ela ri, uma risada estúpida que não lhe cai bem. O campo visual de Connell treme violentamente por um instante, como o início de uma enxaqueca gigantesca, e ele leva a mão à testa. Ele se dá conta de que está com medo. Perto de Marianne, não raro se sente meio ingênuo, embora na verdade seja bem mais experiente do ponto de vista sexual do que ela.

E você curte isso, é?, ele pergunta.

Ela dá de ombros. O cigarro dela queima no cinzeiro. Ela o pega depressa e traga antes de apagá-lo.

Não sei, ela diz. Não sei se gosto de verdade.

E por que você deixa ele fazer isso, então?

A ideia foi minha.

Connell pega a xícara e toma um gole grande do café bem quente, querendo fazer algum gesto eficiente com as mãos. Quando põe a xícara de volta, ele entorna e se derrama no pires.

Como assim?, ele diz.

A ideia foi minha, de que queria ser submissa a ele. É difícil de explicar.

Bom, vai em frente, tenta, se quiser. Estou curioso.

Ela ri outra vez. Você vai ficar muito incomodado, ela diz.

Tudo bem.

Ela olha para ele, talvez para ver se não está brincando, e então eleva o queixo a certo ângulo, e ele percebe que ela não vai desistir de lhe contar o caso, pois equivaleria a ceder a algo que não crê a respeito de si mesma.

Não é que eu me excite ao ser humilhada, ela diz. Só gosto de saber que eu me humilharia por alguém se a pessoa quisesse. Faz sentido? Não sei se faz, venho pensando nisso. Tem mais a ver com a dinâmica do que com o que acontece realmente. De qualquer forma, sugeri isso a ele, que eu tentasse ser mais submissa. E parece que ele gosta de me bater.

Connell começa a tossir. Marianne pega um pequeno misturador de madeira do pote na mesa e passa a revirá-lo entre os dedos. Ele espera a tosse cessar e então diz: O que ele faz com você?

Ah, sei lá, ela diz. Às vezes ele me bate com o cinto. Ele gosta de me estrangular, coisas desse tipo.

Entendi.

Quer dizer, eu não curto. Mas você não é realmente submissa a alguém se só se submete às coisas que curte.

Você sempre teve essas ideias?, Connell pergunta.

Ela lhe lança um olhar. Ele sente como se o medo o tivesse consumido e o transformado em outra coisa, como se tivesse atravessado o medo, e olhar para ela fosse como nadar na direção dela em uma faixa de água. Ele pega o maço de cigarro e olha dentro dele. Seus dentes rangem e ele põe um cigarro no lábio inferior e o acende. Marianne é a única que desencadeia essas sensações nele, a estranha sensação dissociativa, como se estivesse afundando e o tempo já não existisse direito.

Não quero que você pense que o Jamie é um cara horrível, ela diz.

Ele parece ser.

Na verdade, não é.

Connell traga o cigarro e deixa seus olhos se semicerrarem por um instante. O sol está muito quente, e ele sente o corpo de Marianne perto do seu, e um bocado de fumaça, e o gosto residual amargo do café.

Vai ver que quero ser maltratada, ela diz. Sei lá. De vez em quando eu acho que mereço coisas ruins porque sou uma pessoa ruim.

Ele expira. Na primavera, ele às vezes acordava de madrugada ao lado de Marianne, e, se ela estivesse acordada também, eles se aninhavam nos braços um do outro até ele se sentir dentro dela. Não precisava dizer nada, a não ser para perguntar a ela se tudo bem, e ela sempre dizia que sim. Nada mais na vida dele se comparava ao que sentia então. Volta e meia desejava poder adormecer dentro do corpo dela. Era algo que ele nunca poderia ter com mais ninguém, e jamais gostaria de ter. Depois, os dois simplesmente voltavam a dormir nos braços um do outro, sem falar nada.

Você nunca me falou nada disso, ele diz. Quando a gente...

Era diferente com você. A gente era, sabe? As coisas eram diferentes.

Ela gira a lâmina de madeira com as duas mãos e a solta de um lado para que se afaste de seus dedos.

Eu devia me sentir ofendido?, ele pergunta.

Não. Se você quiser ouvir a explicação mais simples, posso te contar.

Bom, é mentira?

Não, ela diz.

Ela se cala. Cuidadosamente, bota o pauzinho de madeira de misturar o café na mesa. Agora não tem acessórios, e estica a mão para mexer no cabelo.

Não precisava fazer nenhum jogo com você, ela diz. Era

real. Com o Jamie, é como se eu estivesse interpretando um papel, eu só finjo me sentir assim, como se estivesse sob o domínio dele. Mas com você, essa era a dinâmica de verdade, eu realmente tinha esses sentimentos, eu teria feito o que você quisesse. Agora, tenho certeza, você me acha uma namorada ruim. Estou sendo desleal. Quem não iria querer me bater?

Ela tampa os olhos com a mão e sorri, um sorriso cansado e autodepreciativo. Ele enxuga a palma das mãos no colo.

Eu não quero, ele diz. Vai ver que sou antiquado por causa disso.

Ela afasta a mão e olha para ele, o mesmo sorriso, e seus lábios ainda lhe parecem secos.

Espero que a gente sempre possa tomar partido um do outro, ela diz. Acho muito reconfortante.

Bem, que bom.

Ela o encara nesse momento, como se o visse pela primeira vez desde que se sentaram ali juntos.

Enfim, ela diz. Como é que você está?

Ele sabe que a pergunta é sincera. Ele não é do tipo que se sente confortável confiando nos outros, ou exigindo coisas deles. Precisa de Marianne por essa razão. Essa constatação o atinge agora. Marianne é uma pessoa a quem ele pode pedir coisas. Apesar de haver certas dificuldades e ressentimento na relação deles, ela continua. Nesse momento, isso lhe parece incrível, e quase comovente.

Aconteceu uma coisa meio estranha comigo no verão, ele disse. Posso te contar?

Quatro meses depois
(*Janeiro de 2013*)

Ela está em seu apartamento com os amigos. As provas para bolsas terminaram nessa semana e o semestre vai recomeçar na segunda-feira. Ela se sente exaurida, como um vaso virado de ponta-cabeça. Está fumando o quarto cigarro da noite, que lhe dá uma curiosa sensação ácida no peito, e também não jantou. Seu almoço foi uma tangerina e uma torrada sem manteiga. Peggy está no sofá, contando uma história sobre viajar de trem pela Europa, e por alguma razão insiste em explicar a diferença entre Berlim Ocidental e Oriental. Marianne expira e diz sem pensar: Sim, já estive lá.

Peggy se vira para ela, os olhos arregalados. Você já foi a Berlim?, ela diz. Achava que gente de Connacht não tinha permissão para ir tão longe.

Alguns dos amigos riram por educação. Marianne bate as cinzas do cigarro no cinzeiro de cerâmica sobre o braço do sofá. Extremamente hilário, ela diz.

Eles devem ter te dado uma folga da fazenda, diz Peggy.

É bem isso, diz Marianne.

Peggy prossegue com sua história. Ultimamente, deu para dormir no apartamento de Marianne quando Jamie não está, tomando café da manhã na cama dela e até seguindo-a em direção ao banheiro quando ela vai tomar banho, cortando as unhas dos pés despreocupadamente e reclamando dos homens. Marianne gosta de ser escolhida como sua amiga especial, mesmo quando isso se expressa como uma tendência a absorver um vasto montante de seu tempo livre. Mas, em certas festas, recentemente, Peggy também começou a tirar sarro dela na frente dos outros. Pelo bem dos amigos delas, Marianne tenta rir junto, mas o esforço lhe contorce o rosto, o que dá a Peggy outra chance de zombar dela. Quando todo mundo já foi embora, ela se aconchega no ombro de Marianne e diz: Não fica chateada comigo. E Marianne diz em uma voz fraca, defensiva: Não estou chateada com você. Neste momento, estão se preparando pra ter essa mesma conversa, de novo, dali a algumas poucas horas.

Depois que a história sobre Berlim é concluída, Marianne pega outra garrafa de vinho na cozinha e enche a taça de todo mundo.

Como foram as provas, aliás?, Sophie pergunta.

Marianne encolhe os ombros de bom humor e é recompensada com uma risadinha. As amigas de vez em quando parecem confusas sobre sua dinâmica com Peggy, oferecendo risadas extras quando Marianne tenta fazer graça, mas de um jeito que possam parecer solidárias ou até compassivas, em vez de divertidas.

Fala a verdade, diz Peggy. Você fez merda, não foi?

Marianne sorri, faz uma careta, põe a tampa de volta na garrafa de vinho. As provas para ganhar bolsa terminaram há dois dias; Peggy e Marianne fizeram os testes juntas.

Bom, eu poderia ter me saído melhor, Marianne diz em tom diplomático.

Isso é cem por cento típico de você, declara Peggy. Você é a pessoa mais inteligente da face da Terra, mas quando chega a hora, você derrapa.

Você pode fazer de novo no ano que vem, diz Sophie.

Duvido que tenham sido tão ruins assim, Joanna diz.

Marianne evita os olhos de Joanna e põe o vinho de volta na geladeira. As bolsas dão direito a cinco anos de mensalidades integrais, acomodação gratuita dentro do campus e refeições no restaurante universitário todas as noites, com os outros bolsistas. Para Marianne, que não paga aluguel, nem a própria mensalidade e não faz nenhuma ideia de quanto essas coisas custam, é só uma questão de reputação. Gostaria que seu intelecto excepcional fosse confirmado em público por meio da transferência de grandes somas de dinheiro. Assim, poderia simular modéstia sem que ninguém precisasse acreditar nela. A verdade é que não se saiu tão mal nas provas. Ela foi bem.

Meu professor de estatística ficou no meu pé para eu fazer essas provas, diz Jamie. Mas não podia simplesmente perder a porra do meu tempo estudando no Natal.

Marianne dá outro sorriso vazio. Jamie não fez as provas porque sabia que não seria aprovado caso as fizesse. Todo mundo ali também sabe disso. Ele está tentando se gabar, mas lhe falta autocrítica para compreender que aquilo que está dizendo é visto como arrogância, e que de qualquer maneira ninguém acredita nele. Tem algo de tranquilizador no quanto ele lhe é transparente.

No início do namoro, sem nenhuma premeditação aparente, ela lhe disse que era "submissa". Ficou surpresa ao se ouvir falando isso: talvez tenha feito isso para chocá-lo. Como assim?, ele perguntou. Sentindo-se cosmopolita, ela respondeu: Gosto quando os caras me machucam, sabe? Depois disso, ele começou a amarrá-la e a bater nela com diversos objetos. Quando ela pensa no pouco respeito que tem por ele, se acha repulsiva e passa a se odiar, e esses sentimentos desencadeiam nela um desejo avassalador de ser subjugada e, de certo modo, destruída. Quando isso acontece, seu cérebro simplesmente se esvazia, como uma sala com a luz apagada, e ela estremece até o orgasmo sem nenhuma alegria perceptível. E então recomeça. Quando pensa em terminar com ele, o que faz com frequência, não é na reação dele, mas sim na de Peggy, que se pega pensando mais.

Peggy gosta de Jamie, o que significa que o acha meio fascista, mas um fascista sem nenhum poder essencial sobre Marianne. Marianne reclama dele às vezes e Peggy apenas diz coisas tais como: Bom, ele é um porco chauvinista, você estava querendo o quê? Peggy acha que os homens são animais asquerosos sem nenhum domínio de seus impulsos, e que as mulheres deviam evitar depender do apoio emocional deles. Levou bastante tempo para que Marianne se desse conta de que Peggy usava o disfarce de suas críticas genéricas aos homens para defender Jamie sempre que Marianne se queixava dele. Você esperava o quê?, Peggy dizia. Ou: Você acha isso ruim? Pelo padrão masculino, ele é um príncipe. Marianne não faz ideia de por que ela age assim. Sempre que Marianne faz alguma insinuação, mesmo que titubeante, de que as coisas podem estar perto do fim com Jamie, o gênio de Peggy se inflama. Já chegaram até a brigar por isso, brigas que acabam com Peggy curiosamente declarando que não se importa se eles vão terminar ou não, e Marianne, já exausta e confusa, dizendo que provavelmente não.

Quando Marianne volta a se sentar, seu celular começa a tocar, um número que ela não reconhece. Ela se levanta para pegar o aparelho, fazendo um gesto para que os outros continuem a conversa, e entra na cozinha.

Alô?, ela atende.

Oi, é o Connell. É meio estranho, mas acabaram de me roubar umas coisas. Tipo a minha carteira e meu celular e coisa e tal.

Nossa, que horror. O que aconteceu?

Estava só pensando... Olha só, eu estou em Dun Laoghaire e não tenho dinheiro para pegar um táxi nem nada. Será que teria como me encontrar com você e quem sabe pegar uma grana emprestada, sei lá?

Todos os amigos olham para ela agora e Marianne acena para que sigam com a conversa. Da poltrona, Jamie continua observando-a ao telefone.

Claro, não esquenta a cabeça, ela diz. Estou em casa, então por que você não pega um táxi e vem pra cá? Eu vou lá fora e pago o motorista, que tal? Você pode tocar a campainha quando chegar.

É. Está bom, valeu. Obrigado, Marianne. Peguei este celular emprestado então é melhor eu devolver agora. Até já.

Ele desliga. Os amigos dela a encaram com expectativa enquanto ela segura o celular em uma das mãos e se vira de frente para eles. Ela explica o que aconteceu e todos demonstram solidariedade por Connell. Ele ainda vai às festas de vez em quando, só para tomar um drinque rápido antes de ir a outro lugar. Em setembro, contou a Marianne o que havia acontecido com Paula Neary, e isso tirou Marianne do sério, fez com que fosse tomada por uma violência que ela desconhecia. Sei que estou fazendo drama, disse Connell. Ela também não fez nada tão ruim assim. Mas isso me deixa puto. Marianne se pegou dizendo em um tom gélido e seco: O que eu queria era cortar a garganta dela. Connell ergueu o olhar e riu, por conta do susto. Nossa, Marianne, ele disse. Mas estava rindo. Queria mesmo, ela insistiu. Ele balançou a cabeça. Você tem que atenuar esses ímpetos violentos, ele disse. Você não pode sair por aí cortando o pescoço das pessoas, senão vai acabar na cadeia. Marianne deixou que ele risse da ideia, mas disse baixinho: Se ela encostar o dedo em você de novo, eu corto mesmo, não estou nem aí.

Ela só tinha uns trocados na carteira, mas na gaveta da mesinha de cabeceira tinha trezentos euros em dinheiro. Entra lá agora, sem acender a luz, e consegue ouvir as vozes dos amigos murmurando através da parede. O dinheiro está ali, seis notas de cinquenta. Ela pega três e as dobra dentro da carteira silenciosamente. Em seguida, se senta na beirada da cama, sem querer sair dali logo.

A situação em casa ficou tensa na época do Natal. Alan fica ansioso e muito nervoso sempre que tem convidados em casa. Uma noite, depois que a tia e o tio foram embora, Alan seguiu Marianne até a cozinha, para onde ela havia levado as xícaras de chá já vazias.

Que presunção a sua, ele disse. Se gabando do resultado das suas provas.

Marianne abriu a torneira quente e mediu a temperatura com os dedos. Alan estava junto à porta, de braços cruzados.

Não fui eu que toquei no assunto, ela disse. Foram eles.

Se é só disso que você pode se gabar na vida, eu sinto pena de você, disse Alan.

A água da torneira esquentou e Marianne pôs a tampa na pia e apertou um pouco de detergente na bucha.

Você está me ouvindo?, perguntou Alan.

Estou, você tem pena de mim, estou ouvindo.

Você é patética, porra, é isso que você é.

Recado recebido, ela disse.

Ela pôs uma das xícaras para secar no escorredor de pratos e enfiou outra na água quente.

Você se acha mais esperta que eu?, ele disse.

Ela passou a bucha molhada dentro da xícara. Que pergunta estranha, ela disse. Sei lá, nunca parei pra pensar nisso.

Bom, você não é, ele disse.

O.k., estou de acordo.

O.k., estou de acordo, ele repetiu com uma voz servil, feminina. Não é de estranhar que você não tenha amigos, você não consegue nem ter uma conversa normal.

Isso mesmo.

Você devia ouvir o que o pessoal da cidade fala de você.

Sem querer, porque essa ideia lhe soou bastante ridícula, ela gargalhou. Enfurecido, Alan a puxou com violência da pia pelo braço e, aparentemente de forma espontânea, cuspiu nela. Então soltou seu braço. Uma gota visível de cuspe aterrissou no tecido de sua saia. Uau, ela disse, que nojo. Alan se virou e foi embora da cozinha, e Marianne voltou a lavar a louça. Ao botar a quarta xícara no escorredor, ela notou um tremor brando, mas perceptível na mão direita.

No dia do Natal, a mãe lhe deu um envelope com quinhentos euros. Não tinha nenhum cartão; era um daqueles envelopinhos de papel pardo que usava para os pagamentos de Lorraine. Marianne agradeceu e Denise disse em tom aéreo: Estou meio preocupada com você. Marianne dedilhou o envelope e tentou organizar o rosto em uma expressão adequada. O que tem eu?, ela perguntou.

Bom, disse Denise, o que é que você vai fazer da vida?

Sei lá. Acho que ainda tenho várias opções em aberto. No momento, estou concentrada só na faculdade.

E depois?

Marianne pressionou o polegar no envelope e esfregou o dedo até um fraco borrão preto aparecer no papel. Como eu falei, ela repetiu, sei lá.

Estou preocupada que o mundo real te cause certo choque, disse Denise.

Em que sentido?

Não sei se você se dá conta de que a universidade é um ambiente muito protegido. Não é como um trabalho.

Bom, duvido que alguém no trabalho cuspa em mim por causa de uma discordância, disse Marianne. Isso não seria visto com bons olhos por ninguém, pelo que sei.

Denise deu um sorriso de lábios contraídos. Se você não aguenta um pouco de rixa entre irmãos, não sei como vai aguentar a vida adulta, querida, ela disse.

Veremos como vai ser.

Diante disso, Denise deu um tapa na mesa da cozinha com a palma da mão aberta. Marianne estremeceu, mas não ergueu o olhar, não soltou o envelope.

Você se acha especial, né?, disse Denise.

Marianne deixou que os olhos se fechassem. Não, declarou. Não acho.

É quase uma hora da manhã quando Connell toca o interfone. Marianne desce com a carteira e vê o táxi parado na frente do prédio. Na quadra oposta, a neblina se espirala ao redor das árvores. As noites de inverno são tão incríveis, ela pensa em dizer a Connell. Ele está de pé, falando com o motorista pela janela, de costas. Quando escuta a porta ele se vira, e ela vê sua boca cortada e ensanguentada, sangue escuro feito tinta seca. Ela recua, apertando sua clavícula, e Connell diz: Eu sei, já me vi no espelho. Mas na verdade eu estou bem, só preciso me lavar. Confusa, ela paga o motorista, quase derrubando o troco na sarjeta. Na escada, dentro do edifício, ela vê que o lábio superior de Connell inchou a ponto de virar uma massa dura e brilhosa do lado direito. Os dentes estão com cor de sangue. Meu Deus, ela diz. O que foi que aconteceu? Ele segura a mão dela com delicadeza, acariciando os nós de seus dedos com o polegar.

Um cara chegou perto e pediu minha carteira, ele disse. E eu falei que não, por algum motivo, e aí ele me deu um soco na cara. Quer dizer, foi uma péssima ideia, eu devia ter entregado o dinheiro logo. Desculpa por ter te ligado, o seu número era o único que eu sabia de cor.

Ah, Connell, que horror. Estou com amigos em casa, mas como seria melhor pra você? Você quer tomar um banho ou coisa assim e ficar aqui? Ou prefere que eu te dê um dinheiro e você vá pra casa?

Eles estão à porta do apartamento dela, e param lá.

Como for melhor pra você, ele diz. Estou bem bêbado, aliás. Desculpa.

Ah, bêbado como?

Bom, não volto pra casa desde as provas. Sei lá, ainda tenho pupila?

Ela olha nos olhos dele, as pupilas estão tão dilatadas como balas pretas.

Sim, ela diz. Estão enormes.

Ele acaricia a mão dela de novo e diz, mais baixo: Pois bem. Elas ficam assim quando eu te vejo, de qualquer forma.

Ela ri, balançando a cabeça.

Se você está flertando comigo, sem dúvida está bêbado, ela diz. O Jamie está aí, sabe?

Connell inspira pelo nariz e olha por cima do próprio ombro.

Quem sabe eu não saio de novo e levo outro soco na cara, ele diz. Não foi tão ruim assim.

Ela sorri, mas ele solta sua mão. Ela abre a porta.

Na sala de estar, os amigos dela ficam boquiabertos e o obrigam a recontar a história, o que ele faz, mas sem o drama desejado. Marianne lhe traz um copo d'água, que ele bochecha e cospe na pia da cozinha, rosa como um coral.

É uma porra de um canalha da quebrada, diz Jamie.

Quem, eu?, Connell diz. Não é legal você dizer isso. Nem todo mundo pode estudar em escola particular, sabe?

Joanna ri. Connell não costuma ser hostil, e Marianne se pergunta se levar um soco na cara o deixou assim ou se ele está mais embriagado do que ela imaginava.

Estava falando do cara que te roubou, explica Jamie. E provavelmente te roubou pra comprar droga, aliás, é isso o que a maioria deles faz.

Connell toca nos dentes com os dedos como se quisesse verificar se todos continuam na boca. Em seguida, enxuga as mãos no pano de prato.

Ah, bom, ele diz. A vida não está fácil para os viciados em drogas.

Não mesmo, diz Joanna.

Eles podiam simplesmente tentar, sei lá, parar com as drogas?, diz Jamie.

Connell ri e diz: É, com certeza eles nunca pensaram nisso.

Todo mundo está calado e Connell dá um sorriso acanhado. Os dentes estão com uma aparência menos insana agora que os enxaguou com água. Desculpa, todo mundo, ele diz. Vou parar de atrapalhar vocês. Todos insistem que ele não está incomodando, a não ser Jamie, que não fala nada. Marianne sente um lampejo de instinto materno de preparar um banho para Connell. Joanna pergunta se ele está sentindo dor, e ele reage esfregando os dentes com a ponta do dedo de novo e dizendo: Não é tão ruim assim. Está usando um casaco preto por cima de uma blusa branca manchada, sob a qual Marianne reconhece o cintilar do cordão de prata sem pingentes que ele usa desde a escola. Uma vez, Peggy descreveu o colar como "barato chique", o que causou horror a Marianne, embora não soubesse dizer por qual amigo sentia o horror.

De quanto você acha que vai precisar?, ela diz a Connell. A pergunta é tão delicada que os amigos dela começam a falar entre si, para ela sentir que está quase a sós com ele. Ele dá de ombros. Pode ser que você não consiga tirar dinheiro sem o cartão do banco, ela diz. Ele fecha os olhos com força e toca a testa.

Porra, eu estou bêbado demais, ele diz. Desculpa, parece que estou alucinando. O que é que você estava me perguntando?

Dinheiro. Quanto eu te dou?

Ah, sei lá, dez paus?

Vou te dar cem, ela diz.

Quê? Não.

Eles debatem assim por um tempo até Jamie se aproximar e tocar no braço de Marianne. De repente ela se conscientiza de sua feiura e tem vontade de se afastar dele. O cabelo está começando a ficar com entradas e ele tem um rosto débil, sem maxilar. Ao lado dele, e mesmo coberto de sangue, Connell irradia saúde e carisma.

Provavelmente vou ter que ir embora logo, diz Jamie.

Bom, então eu te vejo amanhã, diz Marianne.

Jamie olha para ela em choque e ela engole o ímpeto de dizer: Que foi? Em vez disso, sorri. Não que seja a pessoa mais linda do mundo, longe disso. Em certas fotografias, parece não só singela como espalhafatosamente feia, exibindo os dentes tortos para a câmera como um bicho daninho. Culpada, aperta o punho de Jamie, como se pudesse realizar o seguinte ato impossível de comunicação: para Jamie, de que Connell está ferido e infelizmente precisa de sua atenção; já para Connell, de que preferia não estar encostando nem o dedinho em Jamie.

Está bem, diz Jamie. Bom, então boa noite.

Ele beija a lateral de seu rosto e vai pegar o casaco. Todo mundo agradece Marianne pela recepção. Copos são deixados no escorredor ou na pia. Então a porta da frente se fecha e ela e

Connell ficam sozinhos. Marianne sente os músculos dos ombros relaxarem, como se a solidão deles fosse um entorpecente. Ela enche a chaleira e pega xícaras do armário, põe mais copos sujos na pia e esvazia o cinzeiro.

Então ele ainda é seu namorado?, pergunta Connell.

Ela sorri e ele também. Ela pega dois saquinhos de chá da caixa e os enfia nas xícaras enquanto a chaleira ferve. Adora ficar assim, sozinha com ele. Faz com que, de repente, sua vida pareça bastante manejável.

Ele é, sim, ela diz.

E por que é esse o caso?

Por que ele é meu namorado?

É, diz Connell. O que é que está acontecendo? Em termos de: por que você ainda está saindo com ele?

Marianne bufa. Imagino que você vá tomar um chá, ela diz. Ele faz que sim. Ele enfia a mão direita no bolso. Ela pega a caixa de leite da geladeira, está úmida em seus dedos. Connell está encostado na bancada da cozinha, a boca inchada, mas boa parte do sangue enxaguada, e seu rosto ainda é de uma beleza brutal.

Você podia arrumar outro namorado, sabia?, ele diz. Assim, os caras vivem se apaixonando por você, pelo que ouço falar.

Para com isso.

Você é daquele tipo que as pessoas ou amam ou odeiam.

A chaleira elétrica dá um estalo e ela a tira da base. Enche uma xícara e depois a outra.

Bom, você não me odeia, ela diz.

A princípio, ele não se pronuncia. Depois diz: Não, sou imune a você, de certo modo. Porque te conheci na escola.

Quando eu era uma feia fracassada, diz Marianne.

Não, você nunca foi feia.

Ela solta a chaleira. Sente certo poder sobre ele, um poder perigoso.

Você ainda me acha bonita?, ela pergunta.

Ele olha para ela, provavelmente ciente do que ela está fazendo, e depois olha para as próprias mãos, como se estivesse lembrando a si mesmo da estatura física que tem ali.

Você está de bom humor, ele constata. A festa deve ter sido boa.

Ela ignora o comentário. Vai se foder, ela pensa, mas não a sério. Ela larga os saquinhos de chá na pia com a colher, depois usa o leite e o guarda na geladeira, tudo com movimentos ágeis de quem lida, com impaciência, com um amigo bêbado.

Eu preferiria literalmente qualquer outro, declara Connell. Eu preferiria que o cara que me assaltou fosse o seu namorado.

O que você tem a ver com isso?

Ele não fala nada. Ela pensa no jeito como tratou Jamie antes de ir embora, e esfrega o rosto com as mãos. Um caipira que bebe leite, Jamie chamou Connell uma vez. É verdade, ela já tinha visto Connell tomar leite direto da garrafa. Joga video game com alienígenas, tem opiniões sobre dirigentes de futebol. É saudável como um dente de leite. É possível que nunca na vida tenha pensado em causar dor em alguém por motivos sexuais. É uma boa pessoa, é um bom amigo. Então por que ela o ataca desse jeito o tempo inteiro, pressionando-o em busca de alguma coisa? Precisa ser sempre aquela velha menina desesperada quando está perto dele?

Você ama ele?, pergunta Connell.

A mão de Marianne para na porta da geladeira.

É atípico de você se interessar pelos meus sentimentos, Connell, ela diz. Eu meio que achava que essas coisas eram proibidas para nós, tenho que dizer.

Está bem. O.k.

Ele esfrega a boca de novo, agora parecendo distraído. Então abaixa a mão e olha pela janela da cozinha.

Olha, ele diz, acho que eu devia ter te contado antes, mas estou saindo com uma pessoa. Já faz um tempo que estou com ela, eu devia ter te falado.

Marianne fica tão chocada com a novidade que lhe parece algo físico. Olha para ele sem rodeios, incapaz de disfarçar o espanto. Desde que se tornaram amigos ele nunca teve namorada. Ela nunca tinha pensado muito na ideia de que ele pudesse querer ter.

Quê?, ela diz. Quanto tempo faz que vocês estão juntos?

Umas seis semanas. Helen Brophy, não sei se você conhece. Ela faz medicina.

Marianne dá as costas para ele e pega a xícara da bancada. Tenta manter os ombros imóveis, assustada com a possibilidade de chorar e ele ver.

Então por que você está tentando me fazer terminar com o Jamie?, ela diz.

Não estou, não estou. Só quero que você seja feliz, só isso.

Porque você é um ótimo amigo, né?

Bom, sou, ele diz. Ou melhor, não sei.

A xícara nas mãos de Marianne está quente demais para ser segurada, mas em vez de apoiá-la na bancada, ela deixa a dor penetrar em seus dedos, entrar na sua pele.

Você está apaixonado por ela?, ela pergunta.

É. Eu amo ela, sim.

Agora Marianne começa a chorar, a coisa mais constrangedora que lhe aconteceu em toda a sua vida adulta. Está de costas, mas sente os ombros se sacudirem em um tenebroso espasmo involuntário.

Nossa, diz Connell. Marianne.

Vai se foder.

Connell toca suas costas e ela se afasta com um safanão, como se ele estivesse tentando machucá-la. Ela deixa a xícara na bancada para enxugar grosseiramente o rosto com a manga.

Vai embora, ela diz. Me deixa em paz.

Marianne, não faz isso. Estou me sentindo péssimo, está bem? Devia ter te contado antes, me desculpa.

Não quero conversa com você. Vai logo.

Por um tempo, nada acontece. Ela mordisca a parte interna da bochecha até a dor começar a aplacar seus nervos e ela parar de chorar. Seca o rosto de novo, dessa vez com as mãos, e se vira.

Por favor, ela diz. Por favor, só vai.

Ele suspira, está olhando para o chão. Esfrega os olhos.

É, ele diz. Olha, sinto muito por pedir, mas eu meio que preciso daquele dinheiro para ir pra casa. Desculpa.

Então ela se lembra e se sente mal. Até sorri para ele, na verdade, de tanto que se sente mal. Meu Deus, ela diz. Com essa agitação eu esqueci que você foi agredido. Posso te dar duas notas de cinquenta, está bom? Ele assente, mas não está olhando para ela. Sabe que ele está se sentindo mal; quer encarar as coisas de forma adulta. Acha a carteira e lhe entrega o dinheiro, que ele enfia no bolso. Connell olha para baixo, pestanejando e pigarreando, como se também fosse chorar. Desculpa, ele diz.

Não é nada, ela diz. Não se preocupa com isso.

Ele esfrega o nariz e percorre o cômodo com o olhar, como se nunca mais fosse voltar a vê-lo.

Sabe, eu realmente não entendi o que estava acontecendo entre nós no verão passado, ele diz. Assim, quando precisei voltar para casa e tal. Eu meio que achava que talvez você fosse me deixar ficar aqui ou algo assim. Eu realmente não sei o que foi que aconteceu com a gente no final das contas.

Ela sente uma pontada cortante no peito e sua mão voa até o pescoço, se agarrando ao nada.

Você falou que queria que a gente saísse com outras pessoas, ela diz. Não fazia ideia de que queria ficar aqui. Eu achei que você estivesse terminando comigo.

Ele passa a palma da mão na boca por um instante e expira o ar.

Você não falou nada de querer ficar aqui, ela acrescenta. Você seria recebido de braços abertos, claro. Sempre foi.

Certo, o.k., ele diz. Olha, eu vou embora então. Tenha uma boa noite, tá?

Ele sai. A porta estala quando ele a fecha depois de passar, não muito alto.

No prédio de artes, na manhã seguinte, Jamie a beija na frente de todo mundo e diz que ela está linda. Como foi com o Connell ontem à noite?, pergunta. Ela segura a mão de Jamie, revira os olhos em tom de conspiração. Ah, ele estava completamente fora de si, ela diz. Consegui me livrar dele depois de um tempo.

Seis meses depois
(Julho de 2013)

Ele acorda pouco depois das oito. Está claro do outro lado da janela e o vagão está esquentando, um calor pesado de respiração e suor. Estações de trem pequenas com nomes ilegíveis passam num lampejo e desaparecem. Elaine já está acordada, mas Niall ainda dorme. Connell esfrega o olho esquerdo com os nós dos dedos e se senta. Elaine está lendo o livro que levou para a viagem, um romance de capa lustrosa e as palavras O LIVRO QUE INSPIROU O FILME no alto. A atriz da capa tem sido a companhia mais constante deles há semanas. Connell sente uma afinidade quase amistosa com seu rosto pálido de drama de época.

Onde é que a gente está, você sabe?, pergunta Connell.

Elaine levanta os olhos do livro. Passamos por Ljubljana faz umas duas horas, ela diz.

Ah, o.k., ele diz. Então não está longe.

Connell dá uma olhada em Niall, cuja cabeça adormecida se sacode levemente sobre o pescoço. Elaine segue seu olhar. Num sono ferrado, como sempre, ela diz.

Havia mais gente no começo. Alguns amigos de Elaine foram com eles de Berlim a Praga, e se encontraram com alguns colegas de engenharia de Niall em Bratislava antes de atravessarem para Viena de trem. Os hostels estavam baratos e as cidades que visitaram tinham uma atmosfera agradavelmente transitória. Parecia que Connell não levaria consigo nada que fizesse lá. A viagem inteira parecia uma série de curtas, exibidos apenas uma vez, e depois ele ficava com uma ideia do que eram, mas sem lembranças precisas do enredo. Ele se recorda de ver coisas pelas janelas dos táxis.

Em cada cidade ele acha uma lan house e completa os mesmos três rituais de comunicação: liga para Helen pelo Skype, envia à mãe uma mensagem de texto gratuita pelo website da operadora de seu celular e escreve um e-mail para Marianne.

Helen está passando o verão em Chicago, em um emprego temporário. No fundo das ligações, ele ouve as amigas dela batendo papo, fazendo coisas no cabelo umas das outras, e às vezes Helen se vira e diz: Gente, por favor! Estou no telefone! Adora ver o rosto dela na tela, principalmente quando a conexão está boa e os seus movimentos estão suaves e naturais. Ela tem um sorriso ótimo, dentes ótimos. Depois da ligação deles ontem, ele pagou no balcão, voltou para a luz do sol e comprou um copo superfaturado de Coca com gelo. Às vezes, quando Helen está cheia de amigos por perto ou se a lan house está muito cheia, as conversas ficam um pouquinho esquisitas, mas ainda assim Connell se sente melhor depois de falar com ela. Ele se pega apressando o fim da conversa, para que possam desligar e então ele consiga saborear retrospectivamente o quanto gosta de vê-la, sem a pressão do agora, de ter que apresentar as expressões certas e dizer as coisas certas. Só de ver Helen, seu lindo rosto, seu sorriso, e de saber que ela continua a amá-lo, isso confere a dádiva da alegria ao seu dia, e por horas a fio ele não sente nada além de uma felicidade mareada.

Helen deu a Connell um novo jeito de viver. É como se uma tampa pesadíssima tivesse sido levantada de sua vida emocional e de repente ele pudesse respirar ar fresco. É fisicamente possível digitar e mandar uma mensagem que diga: Te amo! Isso nunca lhe parecera possível, nem de longe, mas é fácil, na verdade. Claro que se alguém visse as mensagens ele ficaria constrangido, mas agora sabe que este é um tipo normal de constrangimento, um ímpeto quase protetor em relação a uma parte especialmente boa da vida. Ele pode se sentar para jantar com os pais de Helen, pode acompanhá-la às festas dos amigos dela, pode tolerar os sorrisos e as conversas repetitivas. Pode apertar a mão dela quando as pessoas lhe fazem perguntas sobre o futuro. Quando ela toca nele espontaneamente, aplicando um pouco de pressão em seu braço, ou até estendendo o braço para tirar um fiapinho de sua gola, ele sente uma onda de orgulho e torce para que os outros estejam vendo. Ser conhecido como namorado dela o planta com firmeza no mundo social, o estabelece como uma pessoa aceitável, alguém com um status específico, alguém cujos silêncios conversacionais são ponderações, e não inaptidão social.

As mensagens que envia a Lorraine são bastante práticas. Ele a atualiza quando veem monumentos históricos ou tesouros culturais. Ontem:

oi de viena. catedral de santo estevão é muito superestimada para ser sincero mas o museu de história da arte é bom. espero que esteja tudo bem em casa.

Ela gosta de perguntar como Helen está. Da primeira vez que se encontraram, Helen e a mãe se deram bem logo de cara. Sempre que Helen o visita, Lorraine fica balançando a cabeça diante de pequenas atitudes de Connell e dizendo: Como é que você aguenta ele, querida? Mas não importa, é bom que elas se deem bem. Helen foi a primeira namorada que Connell apresentou à mãe, e ele se vê curiosamente ávido para impressionar Lorraine, mostrando como a relação deles é normal e como Helen o considera legal. Ele não sabe muito bem de onde vem isso.

Nas semanas que se passaram desde que estão distantes, seus e-mails para Marianne se tornaram longos. Ele começou a rascunhá-los no celular quando estava à toa, enquanto esperava as roupas na lavanderia ou estava deitado no hostel à noite e não conseguia dormir por causa do calor. Ele lê os rascunhos diversas vezes, revisando todos os elementos da prosa, deslocando orações para fazer as frases se integrarem corretamente. O tempo se abranda enquanto digita, parecendo lento e dilatado, embora na verdade ande com muita rapidez, e mais de uma vez ele ergueu os olhos e percebeu que as horas tinham passado. Não conseguiria explicar em voz alta o que vê de tão interessante em seus e-mails a Marianne, mas não acha que seja trivial. A experiência de escrever parece a expressão de um princípio mais fundamental e mais amplo, algo em sua identidade, ou algo ainda mais abstrato, que tem a ver com a vida em si. Em seu diário cinza, escreveu há pouco tempo: ideia para um conto narrado por meio de e-mails? Depois riscou, decidindo que era artificial. Ele se vê riscando coisas no diário como se imaginasse uma pessoa futura o examinando em detalhes, como se quisesse que a pessoa futura soubesse quais ideias ele reconsiderou.

Sua correspondência com Marianne inclui vários links de reportagens jornalísticas. No momento, os dois estão absortos na história de Edward Snowden, Marianne por conta de seu interesse pela arquitetura da vigilância global, e Connell por conta do drama pessoal fascinante. Ele lê todas as especulações on-line, assiste à filmagem borrada do aeroporto de Sheremetyevo. Ele e Marianne só podem falar disso por e-mail, usando as mesmas tecnologias de comunicação que agora sabem que estão sob vigilância, e às vezes parece que a relação deles foi capturada em uma rede complexa de poder estatal, que a rede é uma forma de inteligência em si, contendo ambos, e contendo os sentimentos que um tem pelo outro. Tenho a sensação de que o agente da NSA que lê esses e-mails tem uma impressão errada de nós, Marianne escreveu uma vez. Provavelmente não sabem daquela vez que você não me chamou para o baile.

Ela escreve muito sobre a casa onde está ficando com Jamie e Peggy, perto de Trieste. Ela relata os acontecimentos, como se sente, como supõe que os outros estejam se sentindo, e o que está lendo e no que está pensando. Ele escreve sobre as cidades que visitam, às vezes incluindo um parágrafo descrevendo uma paisagem ou cena específica. Ele escreveu que saíram da estação U-Bahn de Schönleinstraße e viram que de repente estava escuro e a folhagem das árvores ondulava sobre eles como dedos fantasmagóricos, e o barulho dos bares, e o cheiro de pizza e de fumaça de escapamento. Acha vigoroso pôr a experiência em palavras, como se estivesse prendendo-a em um jarro e ela jamais pudesse sair totalmente dele. Uma vez, falou para Marianne que vinha escrevendo contos, e agora ela vive pedindo para ler. Se forem tão bons quanto seus e-mails, devem ser magníficos, ela escreveu. Foi uma coisa boa de se ler, embora tenha respondido com franqueza: Não são tão bons quanto meus e-mails.

Ele e Niall e Elaine se organizaram para pegar o trem de Viena a Trieste e passar os últimos dias na casa de veraneio de Marianne, antes de todos pegarem o voo de volta a Dublin. Um bate e volta a Veneza foi mencionado. Na noite anterior, pegaram o trem com suas mochilas e Connell mandou uma mensagem para Marianne: amanhã à tarde devemos estar aí, não vou ter tempo de responder direito o seu e-mail até lá. A essa altura quase não tem mais roupas limpas. Está usando uma camiseta cinza, jeans preto e tênis branco sujo. Na mochila: várias roupas um pouco sujas, uma camiseta branca limpa, uma garrafa de plástico vazia para água, cuecas limpas, um carregador de celular enrolado, o passaporte, duas cartelas de paracetamol genérico, um exemplar bem surrado de um romance de James Salter e, para Marianne, uma edição de poemas de Frank O'Hara que achou em uma livraria de Berlim especializada em livros em inglês. Um caderno cinza de capa mole.

Elaine cutuca Niall até a cabeça dele tombar para a frente e seus olhos se abrirem. Ele pergunta que horas são e onde estão, e Elaine responde. Em seguida, Niall entrelaça os dedos e estica os braços para a frente. As juntas estalam baixinho. Connell olha pela janela a paisagem efêmera: amarelos secos e verdes, a inclinação laranja de um telhado, uma janela achatada pelo sol e pelos clarões.

As bolsas da universidade foram anunciadas em abril. O reitor se postou na escada do auditório principal e leu a lista de bolsistas. O céu estava extremamente azul naquele dia, delirante, como gelo aromatizado. Connell estava usando casaco e Helen estava de braço dado com ele. Quando chegou aos alunos de inglês, quatro nomes foram lidos, em ordem alfabética, e o último foi: Connell Waldron. Helen passou os braços em volta dele. Foi só isso, disseram o nome dele e foram em frente. Ele esperou na praça até anunciarem história e ciência política, e ao ouvir o nome de Marianne ele olhou em volta à procura dela. Escutou um grupo de amigos dela comemorando, e alguns aplausos. Ele pôs as mãos no bolso. Ao ouvir o nome de Marianne ele havia se dado conta de que aquilo era verdade, tinha mesmo ganhado a bolsa, os dois tinham ganhado. Ele não se lembra muito bem do que aconteceu depois. Lembra de ter ligado para Lorraine após os anúncios e de ela ter ficado quieta ao telefone, em choque, e depois murmurado: Ah, meu Deus, minha nossa.

Niall e Elaine se aproximaram dele, comemorando e dando tapinhas nas suas costas e o chamando de "um nerd da porra". Connell ria por nada, só porque tanta empolgação exigia alguma manifestação visível e ele não queria chorar. Naquela noite, todos os novos bolsistas tiveram que comparecer a um jantar black tie no restaurante universitário. Connell pegou emprestado um smoking de alguém da sala, o caimento não ficou muito bom, e no jantar ficou sem jeito tentando entabular conversas com o professor de inglês sentado a seu lado. Queria estar com Helen e com seus amigos, não com aquelas pessoas que nunca tinha visto e sobre as quais nada sabia.

Agora, tudo era possível por causa da bolsa. O aluguel estava pago, a mensalidade estava coberta, tinha uma refeição gratuita todos os dias durante o curso. Foi por isso que pôde passar metade do verão viajando pela Europa, espalhando moedas com a atitude despreocupada de uma pessoa rica. Ele explicou, ou tentou explicar isso nos e-mails para Marianne. Para ela, a bolsa era um incentivo à autoestima, uma feliz confirmação do que ela sempre achou sobre si mesma: que era alguém especial. Connell nunca soube se devia acreditar que esse era seu caso, e continua não sabendo. Para ele, a bolsa é um gigantesco fator material, como um imenso cruzeiro que surgiu do nada e, de repente, pode cursar um programa de pós-graduação de graça se quiser, e morar em Dublin de graça, e não voltar mais a pensar em aluguel até terminar a faculdade. De repente, pode passar uma tarde em Viena olhando *A arte da pintura*, de Vermeer, e faz calor lá fora, e se quiser pode pagar um copo barato de cerveja gelada depois. É como se algo que ele acreditou a vida inteira ser um cenário tivesse se mostrado real: cidades estrangeiras são reais, e obras de arte famosas, e sistemas de ferrovias subterrâneos, e resquícios do Muro de Berlim. Isso é dinheiro, a matéria que torna o mundo real. Existe algo de muito corrupto e sensual nisso.

Chegam à casa de Marianne às três, no calor escaldante da tarde. A vegetação rasteira diante do portão zumbe com insetos e um gato amarelo está deitado no capô de um carro do outro lado da rua. Através do portão, Connell vê a casa, do mesmo jeito que é nas fotografias que ela enviara, a fachada de pedras e as janelas com venezianas brancas. Ele vê duas xícaras deixadas sobre a mesa do jardim. Elaine toca a campainha e depois de alguns segundos alguém aparece do outro lado da casa. É Peggy. Ultimamente, Connell está convicto de que Peggy não gosta dele, e se vê observando seu comportamento em busca de provas. Tampouco gosta dela, e nunca gostou, mas isso não parece relevante. Ela corre até o portão, as sandálias batucando no cascalho. O calor se abate sobre a nuca de Connell como a sensação de olhos humanos o encarando. Ela destranca o portão e os convida a entrar, sorrindo e dizendo *ciao, ciao*. Está de vestido jeans curto e óculos escuros enormes. Todos caminham pelo cascalho rumo à casa, Niall carregando a própria mochila e também a de Elaine. Peggy pesca um molho de chaves do bolso do vestido e destranca a porta da frente.

No hall, uma arcada de pedra leva a um pequeno lance de degraus. A cozinha é um ambiente comprido com azulejos terracota, armários brancos e uma mesa junto à porta que dá para o jardim, inundada de luz solar. Marianne está parada na área externa, no jardim dos fundos, no meio de cerejeiras, com um cesto de roupas nos braços. Usa um vestido frente única branco e sua pele parece bronzeada. Está pendurando as roupas limpas no varal. O ar fora está bem parado e a roupa fica ali dependurada, em cores úmidas, imóvel. Marianne leva a mão à maçaneta e então os vê lá dentro. Tudo isso parece acontecer muito devagar, embora só leve alguns segundos. Ela abre a porta e põe o cesto em cima da mesa, e Connell sente uma espécie de sensação agradavelmente dolorosa na garganta. O vestido dela está imaculado e ele tem consciência de como deve estar sujo, já que não toma banho desde que saíram do hostel, na manhã de ontem, e de que suas roupas não estão limpas de verdade.

Olá, diz Elaine.

Marianne sorri e diz *ciao*, como se risse de si mesma, e beija as bochechas de Elaine e depois as de Niall e pergunta como foi a viagem deles, e Connell fica parado ali, aturdido por aquela sensação, que talvez seja apenas um esgotamento total, um esgotamento que se acumula há semanas. Ele sente o cheiro de roupa lavada. De perto, vê que os braços de Marianne estão levemente sardentos, os ombros adquiriram um tom vivo de rosa. Logo em seguida, ela se vira para ele e trocam beijos nas bochechas. Olhando nos olhos dele, ela diz: Bem, olá. Ele sente uma certa receptividade na expressão dela, como se colhesse informações sobre os seus sentimentos, algo que aprenderam a fazer um com o outro no decorrer de um longo período, como falar uma língua secreta. Sente o rosto arder enquanto ela olha para ele, mas não quer desviar o olhar. Também consegue coletar informações do rosto dela. Entende que ela tem coisas que quer lhe dizer.

Oi, ele diz.

Marianne aceitou a oferta de passar o seu terceiro ano de faculdade na Suécia. Partirá em setembro e, dependendo dos planos que tiverem para o Natal, Connell só voltará a vê-la em junho do ano seguinte. As pessoas vivem dizendo que ele vai sentir saudades, mas por enquanto está ansioso para ver quão longa e intensa será a correspondência por e-mail entre os dois quando ela estiver fora. Agora olha para seus olhos frios e interpretativos e pensa: O.k., vou sentir saudades dela. Ele se sente confuso quanto a isso, como se fosse uma deslealdade de sua parte, pois talvez esteja curtindo a aparência dela ou algum aspecto físico de sua proximidade. Ele não tem certeza do que é permitido que amigos curtam uns nos outros.

Em uma série de e-mails sobre a amizade deles que trocaram recentemente, Marianne exprimiu seus sentimentos em relação a Connell sobretudo em termos de seu constante interesse pelas opiniões e crenças dele, da curiosidade que sente pela sua vida, e seu instinto de sondar seus pensamentos sempre que se sente confusa quanto a qualquer coisa. Ele se exprimiu mais em termos de identificação, como torce por ela e sofre quando ela sofre, uma capacidade de perceber e se solidarizar com suas motivações. Marianne achava que isso tinha a ver com papéis de gênero. Acho que eu simplesmente gosto muito de você como pessoa, ele respondeu na defensiva. Que fofura, de verdade, ela respondeu por escrito.

Jamie desce os degraus atrás deles e todos se viram para cumprimentá-lo. Connell faz um gesto de meio que assentir, inclinando o queixo levemente para cima. Jamie lhe dá um sorriso brincalhão e diz: Você está um lixo, cara. Jamie tem sido um objeto frequente de ódio e escárnio para Connell desde que virou namorado de Marianne. Durante vários meses após vê-los juntos pela primeira vez, Connell teve fantasias compulsivas de chutar Jamie na cabeça até seu crânio ficar com a textura de um jornal molhado. Uma vez, depois de uma rápida conversa com Jamie em uma festa, Connell saiu do prédio e socou uma parede de tijolos com tanta força que sua mão sangrou. Jamie consegue ser entediante e hostil ao mesmo tempo, sempre bocejando e revirando os olhos quando os outros falam. E, no entanto, é a pessoa que menos se esforça para ser autoconfiante que Connell já conheceu na vida. Nada o perturba. Ele não parece ser capaz de ter conflitos internos. Connell consegue imaginá-lo estrangulando Marianne com as próprias mãos e se sentindo completamente tranquilo a respeito, o que, segundo ela, de fato acontece.

Marianne pega um bule de café enquanto Peggy corta o pão em fatias e arruma azeitonas e presunto de Parma em pratos. Elaine está contando das brincadeiras de Niall, e Marianne ri de forma generosa, não porque as histórias sejam tão engraçadas mas para Elaine se sentir acolhida. Peggy faz os pratos circularem pela mesa e Marianne encosta no ombro de Connell e lhe entrega uma xícara de café. Por conta do vestido branco e da xícara pequena de louça branca, ele tem vontade de dizer: Você está parecendo um anjo. Não é nem algo que Helen se importaria caso ele dissesse, mas não pode falar assim na frente das pessoas, falar essas extravagâncias carinhosas. Ele toma café, come um pouco de pão. O café está muito quente e amargo e o pão está macio e fresco. Ele começa a se sentir cansado.

Depois do almoço, sobe para tomar um banho. Há quatro quartos, portanto tem um só para si, com uma enorme janela de caixilho com vista para o jardim. Depois do banho, veste as únicas roupas apresentáveis que ainda lhe restam: uma camiseta branca básica e uma calça jeans azul que tem desde a escola. O cabelo está molhado. Ele se sente lúcido, um efeito do café, e da alta pressão da água do chuveiro, e do algodão frio em sua pele. Joga a toalha molhada nos ombros e abre a janela. Cerejas pendem de árvores verde-escuras como brincos. Pensa nessa frase uma ou duas vezes. Ele a escreveria em um e-mail a Marianne, mas não pode enviar um e-mail para ela se está ali embaixo. Helen usa brincos, em geral um par de argolas pequeninas de ouro. Ele se deixa fantasiar com ela por um breve instante porque ouve os outros ainda no andar de baixo. Pensa nela deitada de costas. Devia ter pensado nisso no banho, mas estava cansado. Precisa da senha do wi-fi da casa.

* * *

Assim como Connell, Helen era popular na escola. Continua não medindo esforços para manter contato com os amigos de longa data e os parentes mais distantes, lembrando-se dos aniversários, postando fotos nostálgicas no Facebook. Ela sempre confirma presença em festas e chega na hora, e está sempre tentando tirar fotos em grupo várias vezes até todo mundo gostar do resultado. Em outras palavras, é uma pessoa legal, e Connell está começando a entender que ele realmente gosta de pessoas legais, tanto que deseja ser uma delas. Ela teve um namorado sério no passado, um cara chamado Rory, com quem terminou no primeiro ano da faculdade. Ele está na University College Dublin, e por isso Connell nunca esbarrou nele, mas já olhou suas fotos no Facebook. Não é muito diferente de Connell fisicamente falando, mas é um pouco desajeitado e antiquado. Uma vez, Connell admitiu a Helen que o procurara na internet, e ela perguntou o que achara dele.

Sei lá, disse Connell. Ele parece meio sem graça, né?

Ela achou isso hilário. Estavam deitados na cama, Connell com o braço ao redor dela.

É esse o seu tipo, você gosta de caras sem graça?, ele perguntou.

Você que me diga.

Por quê, eu sou sem graça?

Eu acho que sim, ela disse. Quero dizer, é no bom sentido, não gosto de gente descolada.

Ele se levanta um pouco para olhar para ela.

Sou mesmo?, ele diz. Não estou ofendido, mas eu sinceramente achava que era um pouco descolado.

Mas você é caipira demais.

Sou? Em que sentido?

Você tem um sotaque forte de Sligo, ela disse.

Não tenho. Não acredito em você. Ninguém nunca me disse isso. Tenho mesmo?

Ela continuava rindo. Ele passou a mão na barriga dela, sorrindo sozinho porque a fizera rir.

Mal consigo te entender metade do tempo, ela disse. Ainda bem que você é do tipo forte e calado.

Ele também teve que rir. Helen, que maldade, ele disse.

Ela enfiou a mão atrás da cabeça. Você realmente acha que é descolado?, ela perguntou.

Bom, não acho mais.

Ela sorriu sozinha. Que bom, ela disse. É bom que você não seja.

Helen e Marianne se conheceram em fevereiro, na Dawson Street. Ele e Helen estavam andando de mãos dadas quando ele viu Marianne saindo da livraria Hodges Figgis usando uma boina preta. Ah, oi, ele diz com uma voz angustiada. Pensou em soltar a mão de Helen mas não conseguiu fazê-lo. Oi, Marianne disse. Você deve ser a Helen. As duas começaram uma conversa perfeitamente adequada e cordial enquanto ele ficava ali parado, em pânico, contemplando os diversos objetos do ambiente ao redor.

Depois, Helen perguntou: Então, você e a Marianne, vocês sempre foram só amigos ou…? Estavam no quarto dele, perto da Pearse Street. Ônibus passavam lá fora e jogavam uma coluna de luz amarela na porta do quarto.

É, mais ou menos, ele disse. Tipo, nunca ficamos juntos de verdade.

Mas vocês já ficaram.

É, mais ou menos. Não, é, para ser franco, já sim. Isso tem muita importância?

Não, só fiquei curiosa, disse Helen. Foi uma coisa de amizade colorida?

Basicamente. No último ano da escola, e por um tempo no ano passado. Não foi sério nem nada.

Helen sorriu. Ele estava passando os dentes no lábio inferior, o que lembrou de parar de fazer só depois que ela já tinha percebido.

Ela parece ser da faculdade de artes, disse Helen. Eu imagino que você ache ela bem chique.

Ele soltou uma risadinha, olhou para o chão. Não é assim, disse. A gente se conhece desde criança.

Não precisa ser esquisito que ela seja sua ex, Helen disse.

Ela não é minha ex. Somos só amigos.

Mas antes de serem amigos, vocês eram...

Bom, ela não foi minha namorada, ele disse.

Mas você transou com ela, no entanto.

Ele cobriu o rosto inteiro com as mãos. Helen riu.

Depois disso, Helen estava decidida a fazer amizade com Marianne, como se para provar um ponto. Quando a viam em festas, Helen fazia questão de elogiar seu cabelo e suas roupas, e Marianne assentia vagamente e depois continuava a exprimir uma opinião elaborada sobre o relatório do que acontecia na Magdalene Laundries ou sobre o caso Denis O'Brien. Objetivamente, Connell achava as opiniões de Marianne interessantes, mas entendia como seu gosto por exprimi-las em detalhes, em detrimento de assuntos mais leves, não era um traço universalmente encantador. Uma noite, depois de uma discussão longuíssima sobre Israel, Helen perdeu a paciência, e no trajeto para casa disse a Connell que achava Marianne "autocentrada".

Porque ela fala muito de política?, perguntou Connell. Mas eu não diria que isso é ser autocentrado.

Helen deu de ombros, mas deu uma inspirada no ar pelo nariz que sinalizou que não tinha gostado dessa interpretação de seu argumento.

Ela era exatamente assim na escola, ele acrescentou. Mas não é fingimento, ela se interessa mesmo por essas coisas.

Ela realmente se importa com as negociações de paz em Israel?

Surpreso, Connell respondeu apenas: É. Depois de alguns segundos caminhando em silêncio, ele acrescentou: Assim como eu, para ser sincero. É bem importante. Helen suspirou alto. Ele ficou surpreso por ela ter suspirado desse jeito petulante, e se perguntou quanto ela teria bebido. Os braços dela estavam cruzados no peito. Sem querer dar sermão, ele prosseguiu. É óbvio que a gente não vai salvar o Oriente Médio falando sobre ele em uma festa. Eu acho que a Marianne simplesmente pensa muito nesses assuntos.

Você não acha que talvez ela faça isso para chamar a atenção?, disse Helen.

Ele franziu a testa em uma tentativa consciente de parecer pensativo. Marianne era tão completamente desinteressada pelo que as pessoas achavam dela, tão extremamente segura da própria autopercepção, que era difícil imaginá-la ligando para a atenção de uma forma ou de outra. De modo geral, até onde Connell sabia, ela não gostava de si, mas os elogios alheios lhe pareciam tão irrelevantes quanto a desaprovação era na escola.

Sinceramente?, ele disse. Não mesmo.

Ela parece gostar bastante da sua atenção.

Connell engoliu em seco. Só então compreendeu por que Helen estava tão incomodada, e não tentava esconder sua irritação. Ele não achava que Marianne vinha lhe dando nenhuma atenção especial, embora ela sempre escutasse quando ele falava, uma cortesia que de vez em quando deixava de conceder aos outros. Ele virou a cabeça para olhar um carro que passava.

Não percebi isso, não, ele acabou dizendo.

Para seu alívio, Helen abandonou o assunto e voltou a se fixar em uma crítica mais geral do comportamento de Marianne.

Toda vez que a gente encontra com ela em uma festa, ela está flertando com uns dez caras diferentes, disse Helen. Isso é que é buscar a aprovação masculina.

Contente por não estar mais implicado na censura, Connell sorriu e disse: É. Ela não era nem um pouco assim na escola.

Quer dizer que ela não se comportava igual a uma piranha?, disse Helen.

De repente se sentindo acuado, e arrependido de ter baixado a guarda, Connell de novo se cala. Sabia que Helen era uma pessoa legal, mas às vezes esquecia como seus princípios eram antiquados. Passado um tempo, ele disse, constrangido: Olha, ela é minha amiga, o.k.? Não fala assim dela. Helen não respondeu, mas levantou os braços ainda cruzados sobre o peito. Era uma coisa errada de se dizer, de qualquer modo. Mais tarde, ele se perguntaria se estava de fato defendendo Marianne ou apenas se defendendo de uma acusação insinuada sobre sua própria sexualidade, de que ele estava maculado de alguma forma, de que tinha desejos inaceitáveis.

A essa altura o consenso tácito era de que Helen e Marianne não se gostavam muito. Eram pessoas diferentes. Connell acha que os aspectos de si mesmo mais compatíveis com Helen são seus melhores aspectos: a lealdade, a perspectiva essencialmente prática, o desejo de ser considerado um cara bom. Com Helen, não sente coisas vergonhosas, não se pega dizendo coisas esquisitas durante o sexo, não tem a sensação constante de que não se encaixa em lugar nenhum, de que nunca vai se encaixar em lugar nenhum. Marianne tinha uma rusticidade que o invadiu por um tempo e lhe deu a impressão de que ele era como ela, de que tinham a mesma avaria espiritual indizível, e de que nenhum dos dois poderia jamais se adaptar ao mundo. Mas ele nunca foi avariado como ela. Ela apenas lhe dava a sensação de que sim.

Uma noite, esperava por Helen na faculdade, na frente de um dos prédios de humanas. Ela viria da academia na outra extremidade do campus e pegariam o ônibus para a casa dela. Ele estava parado na escada olhando para o celular quando a porta se abriu às suas costas e um grupo de pessoas apareceu de vestidos e ternos formais, todos rindo e falando ao mesmo tempo. Como a luz do corredor atrás deles os transformou em silhuetas, demorou um instante para reconhecer Marianne. Ela estava usando um vestido longo de cor escura e o cabelo estava preso no alto da cabeça, deixando o pescoço fino e exposto. Ela chamou sua atenção com uma expressão familiar. Olá, ela disse. Ele não conhecia as pessoas com quem ela estava; imaginou que eram do grupo de debatedores ou coisa assim. Oi, ele disse. Como seu sentimento por ela poderia jamais ser igual ao sentimento que tinha por outras pessoas? Mas parte do sentimento era saber do terrível poder que tivera sobre ela, e continuava tendo, e não conseguia antever perder um dia.

Helen chegou nesse momento. Connell só percebeu quando ela o chamou. Estava de calças legging e tênis, bolsa de academia pendurada no ombro, um brilho úmido na testa visível sob o poste de luz. Sentiu uma onda imensa de amor por ela, amor e compaixão, quase solidariedade. Sabia que seu lugar era com ela. O que tinham juntos era normal, um namoro bom. A vida que levavam era a vida certa. Ele pegou a bolsa de seu ombro e levantou a mão para dar tchau a Marianne. Ela não acenou de volta, apenas assentiu. Divirta-se!, disse Helen. Então foram pegar o ônibus. Ele ficou triste por Marianne depois, triste porque nada na sua vida nunca parecera genuinamente saudável, e triste porque tivera que lhe dar as costas. Sabia que isso lhe causara dor. De certo modo estava triste até por ele mesmo. Sentado no ônibus, continuou imaginando-a parada na porta com a luz vindo de trás: como estava graciosa, e que pessoa glamorosa, formidável ela era, e que expressão sutil tomava seu rosto quando olhava para ele. Mas não podia ser o que ela queria. Passado um tempo, se deu conta de que Helen estava falando, e parou de pensar nisso tudo e começou a escutar.

Para o jantar, Peggy faz massa e eles comem na mesa redonda do jardim. O céu está com um tom azul-piscina encantador, alongado, firme e uniforme como uma seda. Marianne traz uma garrafa gelada de vinho espumante de dentro da casa, com a condensação escorrendo pelo vidro feito suor, e pede a Niall que a abra. Connell acha a decisão sensata. Marianne é muito tranquila e sociável nessas ocasiões, como uma esposa de diplomata. Connell está sentado entre ela e Peggy. A rolha percorre a parede do jardim e pousa em algum lugar que ninguém vê. Uma crista branca transborda da boca da garrafa e Niall põe vinho na taça de Elaine. As taças são largas e rasas como pires. Jamie vira a sua de cabeça para baixo e diz: A gente não tem taças de champanhe de verdade?

Essas taças são de champanhe, diz Peggy.

Não, estou falando daquelas compridas, Jamie explica.

Você está pensando na flute, diz Peggy. Essas são taças de sobremesa.

Helen riria dessa conversa, e pensando no quanto ela riria, Connell sorri. Marianne diz: Não é questão de vida ou morte, né? Peggy enche a taça e passa a garrafa para Connell.

Só estou falando que essas não são de champanhe, diz Jamie.

Você é muito filisteu, Peggy diz.

Eu sou filisteu?, ele questiona. A gente está tomando champanhe em molheiras.

Niall e Elaine caem na gargalhada, e Jamie sorri sob a impressão errônea de que riem de sua observação espirituosa. Marianne toca de leve na pálpebra com a ponta do dedo, como se tirasse uma poeira ou cisco. Connell lhe passa a garrafa e ela a aceita.

É uma taça de champanhe mais antiga, diz Marianne. Eram do meu pai. Vai lá dentro e pega uma taça flute se quiser, elas estão no armário em cima da pia.

Jamie arregala os olhos com ironia e diz: Não sabia que essa era uma questão tão sentimental para você. Marianne põe a garrafa no centro da mesa e não se manifesta. Connell nunca tinha ouvido Marianne mencionar o pai assim, em uma conversa casual. Ninguém na mesa parece ter noção disso; Elaine talvez nem sequer saiba que o pai de Marianne morreu. Connell tenta fazer contato visual com Marianne, mas não consegue.

A massa está uma delícia, diz Elaine.

Ah, diz Peggy. Está bem al dente, né? Talvez al dente demais.

Estou achando bom, diz Marianne.

Connell toma um gole de vinho, que espuma frio em sua boca e desaparece que nem ar. Jamie começa a contar uma história sobre um amigo que está passando o verão estagiando na Goldman Sachs. Connell termina sua taça de vinho e discretamente Marianne a enche de novo. Obrigado, ele diz baixinho. A mão dela paira por um instante como se fosse tocá-lo, mas ela não o faz. Ela não diz nada.

Na manhã seguinte ao anúncio das bolsas de estudo, ele e Marianne compareceram juntos à cerimônia de posse. Ela tinha saído na noite anterior e parecia estar de ressaca, o que o agradou, pois a cerimônia foi muito formal e tiveram que usar becas e recitar coisas em latim. Depois foram tomar café da manhã juntos em uma cafeteria perto da faculdade. Sentaram-se ao ar livre, em uma mesa na calçada, e as pessoas passavam segurando sacolas de compras de papel e falando alto ao telefone. Marianne tomou uma única xícara de café preto e pediu um croissant que não comeu inteiro. Connell comeu uma omelete grande de queijo com presunto e duas fatias de torrada com manteiga, além de chá com leite.

Marianne disse estar preocupada com Peggy, a única dos três que não havia conseguido a bolsa. Disse que seria difícil para ela. Connell inspirou e não disse nada. Peggy não precisava de mensalidade subsidiada ou acomodação gratuita no campus, porque morava com os pais em Blackrock e os dois eram médicos, mas Marianne estava decidida a encarar as bolsas como uma questão pessoal e não como um fator econômico.

De qualquer forma, estou feliz por você, disse Marianne.

Também estou feliz por você.

Mas você merece mais.

Ele ergueu o olhar para ela. Limpou a boca com o guardanapo. Você está falando em termos financeiros?, ele perguntou.

Ah, ela respondeu. Bom, eu quis dizer que você é um aluno melhor.

Ela olhou para o croissant de um jeito crítico. Ele a observava.

Mas em termos de situação financeira também, óbvio, ela disse. Quer dizer, é meio ridículo que eles não façam uma avaliação dessas coisas.

Acho que somos de origem bem diferente, no que diz respeito à classe.

Não penso muito nisso, ela disse. Acrescentou logo: Desculpa, que ignorância dizer isso. Talvez eu deva pensar mais nisso.

Você não me considera seu amigo da classe trabalhadora?

Ela deu um sorriso que era mais uma careta e disse: Tenho consciência do fato de que nos conhecemos porque sua mãe trabalha para a minha família. Também não acho que minha mãe é uma boa patroa, não acho que ela paga bem a Lorraine.

Não, ela paga uma mixaria.

Ele partiu um pedaço fino de omelete com a faca. O ovo estava mais borrachudo do que gostaria que estivesse.

Me surpreende que esse assunto não tenha vindo à tona antes, ela disse. Acho muito justo que você tenha ressentimentos em relação a mim.

Não, não tenho ressentimentos. Por que deveria?

Ele largou a faca e o garfo e olhou para ela. Ela estava com uma expressãozinha ansiosa no rosto.

Isso tudo me dá uma sensação estranha, ele disse. Me sinto estranho de black tie e falando coisas em latim. Sabia que, no jantar de ontem, aquelas pessoas que estavam servindo a gente eram estudantes? Eles trabalham para conseguir fazer faculdade enquanto a gente fica ali, sentado, saboreando a comida grátis que eles botam na nossa frente. Não é horrível?

Claro que é. A ideia toda de "meritocracia" ou sei lá o quê, ela é perversa, você sabe que é isso que eu acho. Mas a gente vai fazer o quê, devolver o dinheiro da bolsa? Não entendo que bem isso faria.

Bom, sempre é fácil pensar em razões para não se fazer alguma coisa.

Você sabe que também não vai fazer isso, então não venha tentar fazer com que eu me sinta culpada, ela disse.

Continuaram a refeição como se estivessem representando uma discussão em que os dois lados fossem igualmente convincentes e tivessem escolhido seus pontos de vista mais ou menos ao acaso, só para travar um debate. Uma enorme gaivota pousou na base de um poste de luz próximo, sua plumagem de uma limpeza e aparente maciez magníficas.

Você tem que entender direitinho como acha que seria uma

boa sociedade, disse Marianne. E se você acha que as pessoas deviam ser aptas a fazer faculdade e se formar em inglês, não devia sentir culpa por fazer isso você mesmo, porque você tem todo o direito.

Para você está tudo bem, você não sente culpa por nada.

Ela passou a revolver a bolsa procurando alguma coisa. Em tom casual, perguntou: É assim que você me vê?

Não, ele disse. Então, incerto da culpa que achava que Marianne sentia quanto a qualquer coisa, acrescentou: Sei lá. Eu devia ter imaginado que vir para a Trinity seria assim. Fico olhando para toda essa coisa de bolsa e penso, meu Deus, o que o pessoal da escola diria?

Por um instante, Marianne se calou. Sentiu em certo sentido obscuro que havia se exprimido incorretamente, mas não sabia como. A bem da verdade, ela declarou, você sempre se preocupou muito com o que o pessoal da escola diria. Ele lembrou então de como as pessoas a tratavam naquela época e de como ele mesmo a tratara, e se sentiu péssimo. Não era o fim que esperava que a conversa tivesse, mas sorriu e disse: Ui. Ela retribuiu o sorriso e levantou a xícara. Nesse momento, ele pensou: assim como a relação de ambos na escola atendia aos termos dele, a relação de agora atendia aos dela. Mas ela é mais generosa, ponderou. Ela é uma pessoa melhor.

Quando a história de Jamie chega ao fim, Marianne entra e volta para fora com outra garrafa de vinho espumante e uma garrafa de tinto. Niall começa a tirar o arame da primeira garrafa e Marianne entrega a Connell um saca-rolhas. Peggy limpa os pratos de todos. Connell descasca o papel laminado da garrafa enquanto Jamie se inclina e diz algo a Marianne. Ele enfia o saca-rolhas na rolha e o gira para baixo. Peggy tira o prato dele e o empilha sobre os outros. Ele empurra para baixo os braços do saca-rolhas e levanta a rolha do gargalo da garrafa com o som de lábios estalando.

O céu adquiriu um tom mais frio de azul, com nuvens prateadas na borda do horizonte. Connell sente o rosto arder e se pergunta se teria se queimado de sol. Às vezes gosta de imaginar Marianne mais velha, com filhos. Imagina que eles todos estão ali na Itália juntos, e ela está fazendo uma salada ou algo assim e reclamando com Connell do marido, que é mais velho, provavelmente um intelectual, e Marianne o acha desinteressante. Por que não me casei com você?, ela diria. Ele vê Marianne com bastante nitidez nesse sonho, vê o rosto dela, e tem a impressão de que ela passou anos como jornalista, talvez vivendo no Líbano. Ele não se enxerga tão bem nem sabe o que anda fazendo. Mas sabe o que diria a ela. Dinheiro, ele diria. E ela riria sem tirar os olhos da salada.

À mesa, falam do bate e volta a Veneza: que trens deviam pegar, que galerias valem a visita. Marianne diz a Connell que ele iria gostar do Guggenheim, e Connell fica contente porque ela se dirigiu a ele, satisfeito por ter sido destacado como apreciador de arte moderna.

Não entendo por que essa preocupação de vocês com Veneza, diz Jamie. A cidade é cheia de asiáticos tirando fotos de tudo.

Deus te livre de se deparar com uma pessoa asiática, diz Niall.

Há um silêncio na mesa. Jamie diz: Quê? Está claro pela sua voz e pela demora de sua reação que está embriagado.

É meio racista, o que você acabou de falar dos asiáticos, declara Niall. Não estou fazendo tempestade em copo d'água.

Ah, porque todos os asiáticos à mesa vão ficar ofendidos, né?, diz Jamie.

Marianne se levanta de repente e diz: Vou pegar a sobremesa. Connell fica decepcionado com essa demonstração de frouxidão, mas tampouco se manifesta. Peggy segue Marianne casa adentro e todo mundo à mesa fica calado. Uma mariposa enorme circula pelo ar escuro e Jamie a afugenta com o guardanapo. Passado um ou dois minutos, Peggy e Marianne saem da cozinha com a sobremesa: uma tigela gigantesca de vidro cheia de morangos partidos ao meio com uma pilha de pratinhos brancos e colheres de prata. Mais duas garrafas de vinho. Os pratos são distribuídos e as pessoas os enchem de frutas.

Ela passou a tarde inteira cortando essas porcarias ao meio, Peggy diz.

Me sinto muito mimada, diz Elaine.

Cadê o chantili?, pergunta Jamie.

Está lá dentro, diz Marianne.

Por que você não trouxe pra cá?, ele diz.

Marianne afasta a cadeira da mesa com frieza e se levanta para entrar. Está quase escuro ali fora. Jamie percorre a mesa com o olhar, tentando achar alguém que retribua seu olhar e concorde que ele tem o direito de pedir o chantili, ou que Marianne exagerou na reação a um pedido inocente. Na realidade, as pessoas evitam olhar para ele, e com um suspiro alto empurra a cadeira para trás e vai atrás dela. A cadeira cai na grama sem fazer barulho. Ele entra na cozinha pela porta lateral e a fecha com um baque. Tem também a porta dos fundos, que leva a outra parte do jardim, onde ficam as árvores. Como é separada dali por um muro, apenas as frondes das árvores são visíveis.

Quando Connell volta sua atenção para a mesa, Niall está olhando fixo para ele. Não sabe o que o olhar de Niall significa. Tenta semicerrar os olhos para mostrar a Niall que está confuso. Niall lança um olhar sugestivo para a casa e depois para ele. Connell olha por cima do ombro direito. A luz está acesa na cozinha, escoando um clarão amarelado pelas portas do jardim.

Ele só tem uma visão lateral, portanto não consegue ver o que está acontecendo lá dentro. Elaine e Peggy estão elogiando os morangos. Quando param, Connell ouve uma voz erguida vinda da casa, quase um berro. Todo mundo gela. Ele se levanta da mesa para entrar na casa e sente sua pressão sanguínea cair. Já tomou uma garrafa inteira de vinho a essa altura, talvez mais.

Quando chega à porta do jardim, vê Jamie e Marianne junto à bancada, brigando. Eles não veem Connell pelo vidro na hora. Ele para com a mão na maçaneta. Marianne está toda vermelha, talvez por ter tomado muito sol, talvez por estar brava. Sem equilíbrio, Jamie enche sua taça de champanhe de vinho tinto. Connell gira a maçaneta e entra. Tudo bem?, ele pergunta. Ambos olham para ele, ambos se calam. Ele repara que Marianne está tremendo como se sentisse frio. Jamie levanta a taça na direção de Connell em um gesto sarcástico, deixando espirrar vinho da borda para o chão.

Larga isso, Marianne diz baixinho.

Perdão, quê?, diz Jamie.

Larga a taça, por favor, diz Marianne.

Jamie sorri e assente sozinho. Você quer que eu largue?, ele diz. O.k. O.k., olha só, estou largando.

Ele deixa a taça cair no chão e se espatifar. Marianne grita, um grito genuíno que sai da garganta, e lança seu corpo contra Jamie, passando o braço direito atrás do corpo como se fosse golpeá-lo. Connell se posta entre eles, o vidro triturado sob seu sapato, e pega Marianne pelos braços. Atrás dele, Jamie ri. Marianne tenta empurrar Connell para o lado, seu corpo todo estremece, e seu rosto está manchado e desbotado como se andasse chorando. Vem cá, ele diz. Marianne. Ela olha para ele. Ele se lembra dela na escola, tão amarga e teimosa com todos. Sabia de coisas sobre ela naquela época. Eles se olham e a rigidez abandona seu corpo, e ela amolece como se tivesse levado um tiro.

Você é uma louca de merda, você é, diz Jamie. Você precisa é de ajuda.

Connell vira o corpo de Marianne e a conduz rumo à porta dos fundos. Ela não oferece resistência.

Onde é que você vai?, diz Jamie.

Connell não responde. Abre a porta e Marianne passa sem se manifestar. Ele fecha a porta depois que os dois a atravessam. Agora está escuro nessa parte do jardim, com apenas a janela mosqueada proporcionando alguma luz. As cerejas reluzem um pouco nas árvores. Eles escutam a voz de Peggy do outro lado do muro. Juntos, ele e Marianne descem os degraus e não falam nada. A luz da cozinha se apaga às costas deles. Eles ouvem Jamie do outro lado do muro, se reencontrando com os outros. Marianne enxuga o nariz nas costas da mão. As cerejas pendem cintilantes ao redor deles como inúmeros planetas espectrais. O ar está leve de aromas, verde como clorofila. Vendem chiclete de clorofila na Europa, Connell reparou. Lá em cima, o céu está azul-veludo. Estrelas bruxuleiam e não iluminam. Caminham juntos por uma fileira de árvores, para longe da casa, e param.

Marianne se encosta no tronco fino e prateado da árvore e Connell passa os braços ao redor dela. Ela parece magra, ele pensa. Será que era tão magra assim antes. Ela aperta o rosto contra a única camiseta limpa que sobrou. Ainda está com o vestido branco que usava mais cedo, agora com um xale dourado bordado. Ele a abraça com força, seu corpo se ajustando ao dela como o tipo de colchão que supostamente faz bem. Ela esmorece nos braços dele. Começa a parecer mais calma. A respiração deles desacelera em um mesmo ritmo. A luz da cozinha se acende por um tempo e depois torna a se apagar, vozes se levantam e somem. Connell tem certeza do que está fazendo, mas é uma certeza vazia, como se estivesse desempenhando sem entender uma tarefa decorada. Descobre que seus dedos estão no cabelo de Marianne e que está acariciando sua nuca calmamente. Não sabe há quanto tempo está fazendo isso. Ela esfrega os olhos com o punho.

Connell a solta. Ela tateia o bolso à procura do maço de cigarros e uma caixinha amassada de fósforos. Ela lhe oferece um cigarro e ele aceita. Ela risca um fósforo e a chama da luz ilumina suas feições no escuro. Sua pele parece seca e inflamada, os olhos estão inchados. Ela inspira e o papel do cigarro sibila com a brasa. Ele acende o dele, deixa o fósforo cair na grama e o esmaga com o pé. Fumam em silêncio. Ele se afasta da árvore, perscrutando a base do jardim, mas está escuro demais para ver qualquer coisa. Ele volta para Marianne sob os galhos e sem pensar puxa uma folha larga, cerosa. Ela deixa o cigarro pendurado no lábio inferior e levanta o cabelo com as mãos, retorcendo-o em um nó que amarra com um elástico que tinha no pulso. Depois de um tempo, terminam os cigarros e os apagam na grama.

Posso ficar no seu quarto esta noite?, ela diz. Eu durmo no chão.

A cama é gigantesca, ele disse, não se preocupa.

A casa está escura quando voltam para dentro. No quarto de Connell, se despem até ficarem de roupas íntimas. Marianne está com um sutiã de algodão branco que faz seus seios parecerem pequenos e triangulares. Eles se deitam lado a lado debaixo da colcha. Ele tem consciência de que poderia transar com ela agora se quisesse. Ela não contaria a ninguém. Ele acha isso estranhamente reconfortante, e se permite pensar em como seria. Ei, ele diria baixinho. Se deita de costas, o.k.? E ela simplesmente obedeceria e se deitaria de costas. Tantas coisas acontecem às escondidas entre as pessoas de qualquer modo. Que tipo de pessoa ele seria se isso acontecesse agora? Alguém muito diferente? Ou exatamente a mesma pessoa, ele mesmo, sem nenhuma diferença.

Passado um tempo ele a ouve dizer algo que não entende. Não escutei direito, ele diz.

Não sei o que há de errado comigo, diz Marianne. Não sei por que não consigo ser que nem as pessoas normais.

A voz dela soa bizarramente fria e distante, como uma gravação de sua voz reproduzida depois que ela já foi embora ou partiu para outro lugar.

Em que sentido?, ele pergunta.

Não sei por que não consigo fazer as pessoas me amarem. Eu acho que houve alguma coisa errada comigo quando nasci.

Muita gente te ama, Marianne. O.k.? Sua família e seus amigos te amam.

Durante alguns segundos ela fica em silêncio e depois diz: Você não conhece a minha família.

Ele mal notou que havia usado a palavra "família"; simplesmente procurou algo reconfortante e inexpressivo para dizer. Agora não sabe o que fazer.

Na mesma voz estranha e sem sotaque ela continua: Eles me odeiam.

Ele se senta na cama para vê-la melhor. Eu sei que você briga com eles, ele diz, mas isso não significa que eles te odeiam.

Na última vez em que fui pra casa meu irmão me disse que eu devia me matar.

Num gesto mecânico, Connell se senta com a coluna ereta, tirando a colcha de cima do corpo como se fosse se levantar. Ele gira a língua pelo interior da boca.

Por que ele disse isso?, ele pergunta.

Sei lá. Ele falou que ninguém teria saudades de mim se eu morresse porque não tenho amigos.

Você não conta pra sua mãe quando ele fala desse jeito?

Ela estava lá, declara Marianne.

Connell mexe o maxilar. A pulsação de seu pescoço lateja.

Está tentando imaginar a cena, os Sheridan em casa, Alan por algum motivo dizendo a Marianne para cometer suicídio, mas é difícil imaginar qualquer família agindo da forma que ela descreveu.

O que ela falou?, ele pergunta. Tipo, como foi que ela reagiu?

Acho que ela falou alguma coisa ao estilo, ah, não incentiva a menina.

Devagar, Connell inspira o ar pelo nariz e expira por entre os lábios.

E o que foi que provocou isso?, ele diz. Tipo, como foi que a discussão começou?

Ele percebe que algo no rosto de Marianne se altera, ou endurece, mas não sabe dizer exatamente o quê.

Você acha que fiz alguma coisa pra merecer isso, ela diz.

Não, é óbvio que não é isso o que eu estou falando.

Às vezes eu acho que devo merecer mesmo. Do contrário, não sei por que isso aconteceria. Mas se ele está de mau humor, ele fica me seguindo pela casa. Não tenho o que fazer. Ele simplesmente vai entrando no meu quarto, não interessa se eu estou dormindo nem nada.

Connell esfrega a palma da mão no lençol.

Ele já te bateu?, ele pergunta.

Às vezes. Acontece menos desde que me mudei. Para ser sincera, eu nem ligo muito. As coisas psicológicas são mais desmoralizantes. Não sei como explicar, de verdade. Sei que deve parecer...

Ele leva a mão à testa. Sua pele parece molhada. Ela não termina a frase para explicar como deve parecer.

Por que você nunca me falou disso?, ele diz. Ela não se manifesta. A luz é pouca, mas ele enxerga seus olhos abertos. Marianne, ele diz. O tempo todo que nós ficamos juntos, por que você não me falou nada disso?

Não sei. Imagino que não quisesse que você me achasse pirada ou sei lá o quê. Eu devia estar com medo de que você não me quisesse mais.

Por fim, ele leva as mãos ao rosto. Os dedos estão frios e úmidos nas pálpebras e tem lágrimas nos olhos. Quanto mais força faz com os dedos, mais rápido as lágrimas escorrem, molhadas, em sua pele. Nossa, ele diz. Sua voz está densa e ele pigarreia. Vem cá, ele diz. E ela vai até ele. Ele se sente tremendamente envergonhado e confuso. Ficam deitados cara a cara e ele passa o braço em volta do corpo dela. No ouvido dela, diz: Me desculpa, tá? Ela o segura com força, os braços enrolados nele, e ele beija sua testa. Mas ele sempre pensou que ela era pirada, ponderou mesmo assim. Ele fecha os olhos de culpa. O rosto dos dois está quente e úmido. Ele pensa nela dizendo: Achei que você não ia me querer mais. Sua boca está tão próxima que a respiração está úmida nos lábios dele. Começam a se beijar e a boca de Marianne tem um gosto escuro como vinho. O corpo dela se mexe contra o dele, ele toca no seio dela com a mão, e em poucos segundos poderia estar dentro dela novamente, e então ela diz: Não, não é certo. Marianne se afasta, sem mais nem menos. Ele escuta a própria respiração no silêncio, a patética oscilação de seu fôlego. Espera até desacelerar de novo, sem querer que a voz falhe quando tentar falar. Me desculpa, ele diz. Ela aperta sua mão. É um gesto muito triste. Ele nem acredita na idiotice que acabou de fazer. Desculpa, ele pede de novo. Mas Marianne já lhe deu as costas.

Cinco meses depois
(Dezembro de 2013)

No saguão do prédio de letras, ela se senta para verificar o e-mail. Não tira o sobretudo porque sabe que vai se levantar logo. A seu lado, na mesa, está o café da manhã que acabou de comprar no supermercado do outro lado da rua: um café preto com açúcar mascavo, um rolinho de limão com açúcar. Ela come esse mesmo café da manhã regularmente. Nos últimos tempos, passou a comê-lo devagar, em generosos pedacinhos açucarados que coagulam nos dentes. Quanto mais devagar come, e mais atenção dá à composição do alimento, menos fome sente. Só vai comer outra vez às oito ou nove horas da noite.

Ela recebeu dois novos e-mails, um de Connell e outro de Joanna. Alterna o mouse entre os dois e escolhe o de Joanna.

nenhuma novidade de fato por aqui, como sempre.
ultimamente passei a ficar em casa à noite e assistir a uma
série documental em nove episódios sobre a guerra da
secessão americana. tenho um monte de dados novos
sobre vários generais da guerra da secessão para

compartilhar com você da próxima vez que a gente se falar por Skype. como você está? como vai o Lukas? ele já tirou as fotos ou vai ser hoje? e a grande questão… posso ver quando elas estiverem prontas?? ou seria obsceno. espero seu veredicto. bjs

Marianne pega o doce de limão, dá uma mordida grande, lenta, e deixa que se dissolva em camadas sobre a língua. Ela mastiga, engole, depois levanta o copo de café. Um gole de café. Ela põe o copo na mesa e abre a mensagem de Connell.

Não entendo o que você quer dizer com a sua última frase. É só porque estamos distantes um do outro ou porque realmente mudamos como pessoas? De fato, me sinto outra pessoa agora em comparação ao que era na época, mas talvez eu não pareça tão diferente assim, sei lá. Aliás, olhei o seu amigo Lukas no Facebook, ele tem o que podemos chamar de "cara de escandinavo". Infelizmente, a Suécia não se classificou para a Copa do Mundo dessa vez, então se você acabar com um namorado sueco vou ter que procurar outro jeito de fazer amizade com ele. Não que eu esteja dizendo que esse tal de Lukas vai virar seu namorado ou que ele iria querer falar de futebol comigo se fosse, embora seja uma possibilidade que eu esteja descartando. Sei que você gosta de caras bonitos e altos como você mesma diz, então por que não o Lukas, que parece ser alto e também é bonito (a Helen viu a foto dele e concordou). Mas que seja, não estou incitando o negócio do namoro, só espero que você já tenha confirmado que ele não é um psicopata. Você nem sempre tem um bom radar pra isso.

Mudando totalmente de assunto, a gente estava pegando

um táxi para atravessar o Phoenix Park ontem à noite e vimos um monte de cervos. Cervos são umas criaturas esquisitas. De noite têm uma aparência fantasmagórica e seus olhos refletem os faróis com uma cor verde-oliva ou prateada, como se fosse um efeito especial. Eles pararam para observar o nosso táxi antes de seguir adiante. Para mim, é estranho quando animais param porque eles ficam parecendo inteligentíssimos, mas vai ver que é porque associo a pausa a pensamento. Cervos são elegantes de qualquer modo, preciso dizer. Se você fosse um animal, não seria assim tão ruim ser um cervo. Eles têm cara de atentos e um corpo belo e elegante. Mas também meio que se assustam de um jeito imprevisível. Eles não me lembraram você na hora, mas em retrospecto vejo a similaridade. Tomara que você não se ofenda com a comparação. Eu te contaria sobre a festa antes de entrarmos no táxi para atravessar o Phoenix Park mas sinceramente foi chata e não tão legal quanto os cervos. Ninguém que você conheça bem estava lá. Seu último e-mail foi ótimo, obrigado. Espero notícias suas logo, como sempre.

Marianne verifica o horário no canto direito da tela: 09h49. Ela volta à mensagem de Joanna e clica em responder.

Ele vai tirar as fotos hoje, na verdade estou indo pra lá agora. Claro que mando para você quando estiverem prontas. E espero um longo comentário lisonjeiro sobre cada uma das fotografias. Estou empolgada para saber o que você descobriu sobre a Guerra da Secessão dos EUA. As únicas coisas que aprendi aqui foram a dizer "não obrigada" (*nej tack*) e "sério, não" (*verkligen, nej*). Até logo bjs bjs

* * *

Marianne fecha o notebook, dá mais duas mordidas no rolinho de limão e embrulha o resto na embalagem de papel-manteiga. Ela enfia o notebook na mochila e pega o gorro de feltro macio, que puxa até as orelhas. O doce ela descarta em um lixo próximo dali.

Lá fora ainda neva. O mundo exterior parece uma tela de televisão velha mal sintonizada. O ruído visual parte a paisagem em fragmentos suaves. Marianne enterra as mãos no bolso. Flocos de neve caem em seu rosto e se dissolvem. Um floco gelado pousa em seu lábio superior e ela o busca com a língua. De cabeça baixa contra o frio, está a caminho do estúdio de Lukas. O cabelo de Lukas é tão louro que os fios individuais parecem brancos. Ela os acha na sua roupa de vez em quando, mais finos que uma linha de costura. Ele se veste de preto dos pés à cabeça: camisetas pretas, moletom com capuz preto, bota preta com sola de borracha grossa e preta. Ele é artista. Quando se conheceram, Marianne lhe disse que era escritora. Era mentira. Agora ela evitar falar disso com ele.

Lukas mora perto da estação. Ela tira a mão do bolso, sopra os dedos e aperta o botão do interfone. Ele atende em inglês: Quem é?

É a Marianne, ela diz.

Ah, você chegou cedo, diz Lukas. Entra.

Por que ele diz "você chegou cedo"? Marianne pondera ao subir a escada. A ligação estava nebulosa, mas ele parecia ter feito o comentário com um sorriso. Estaria ressaltando esse fato para fazê-la parecer ávida demais? Mas percebe que não se preocupa com a avidez que transparece, pois não existe avidez secreta a ser descoberta nela. Poderia estar ali, subindo a escada do estúdio de Lukas, ou poderia estar na biblioteca do campus, ou no dormitório preparando um café. Há semanas que tem uma sensação, a sensação de se mexer dentro de uma película protetora, boiando, como mercúrio. O mundo exterior encosta em sua camada externa, mas não na outra parte de si, interna. Portanto, seja qual for a razão para Lukas ter dito "você chegou cedo", ela se dá conta de que não lhe interessa.

Lá em cima, ele se prepara. Marianne tira o gorro e o saco-de. Lukas ergue os olhos, depois olha de novo para o tripé. Já está se acostumando com o clima?, ele pergunta. Ela pendura o gorro atrás da porta e dá de ombros. Começa a tirar o casaco. Na Suécia, a gente tem um ditado, ele diz. Não existe clima ruim, só roupa ruim.

Marianne pendura o casaco ao lado do gorro. O que a minha roupa tem de errado?, ela indaga em tom brando.

É só uma expressão, diz Lukas.

Ela sinceramente não sabe dizer se o intuito dele era criticar suas roupas ou não. Está usando um suéter cinza de lã de cordeiro e uma saia preta grossa com botas até os joelhos. Lukas é meio mal-educado, o que, para Marianne, lhe dá um ar infantil. Nunca lhe oferece café ou chá quando ela chega, nem mesmo um copo d'água. Ele começa a falar na mesma hora do que anda lendo ou fazendo desde sua última visita. Não parece almejar sua contribuição, e às vezes suas reações o confundem ou desorientam, o que ele alega ser efeito de seu inglês ruim. Na verdade, sua compreensão é ótima. De qualquer modo, hoje é diferente. Ela tira as botas e as deixa ao lado da porta.

Tem um colchão no canto do estúdio, onde Lukas dorme. As janelas são altas e chegam quase até o assoalho, com venezianas e cortinas finas de trilho. Vários artigos desconexos estão espalhados pelo ambiente: alguns vasos de plantas, pilhas de atlas, uma roda de bicicleta. Essa variedade impressionou Marianne num primeiro momento, mas depois Lukas explicou que tinha reunido aqueles objetos de propósito, para uma sessão de fotos, o que fez com que lhe parecessem artificiais. Tudo é efeito para você, Marianne lhe disse uma vez. Ele encarou como um elogio à sua arte. Ele realmente tem um gosto impecável. É sensível às menores falhas estéticas, em quadros, no cinema, até em romances e programas de televisão. Vez por outra, quando Marianne menciona um filme que viu recentemente, ele abana a mão e diz: Para mim, é um fracasso. Esse toque de discernimento, ela se deu conta, não torna Lukas uma boa pessoa. Ele conseguiu cultivar uma bela sensibilidade artística sem nunca desenvolver um senso real de certo e errado. O fato de isso sequer ser possível inquieta Marianne, e lhe dá a súbita impressão de que a arte não tem sentido.

Ela e Lukas têm um esquema já faz algumas semanas. Lukas chama de "o jogo". Assim como qualquer jogo, há certas regras. Marianne não tem permissão para falar ou fazer contato visual enquanto o jogo acontece. Caso descumpra as regras, é punida depois. O jogo não termina quando o sexo chega ao fim, o jogo termina quando ela entra no chuveiro. Às vezes, depois do sexo, Lukas demora muito tempo para deixá-la entrar no banho, e fica falando com ela. Ele fala coisas ruins dela. É difícil saber se Marianne gosta de ouvir essas coisas; deseja ouvi-las, mas a essa altura já tem consciência de ser capaz de desejar em certo sentido o que não quer. A característica da recompensa é tênue e dura, chegando rápido demais e deixando-a enjoada e trêmula. Você não vale nada, Lukas gosta de lhe dizer. Você não é nada. E ela não sente nada, uma ausência a ser forçosamente preenchida. Não é que goste da sensação, mas isso a alivia em certa medida. Em seguida, toma banho e o jogo acaba. Ela vivencia uma depressão tão intensa que é tranquilizante, come o que ele lhe diz para comer, experimenta não ter mais domínio do próprio corpo do que se fosse um lixo.

Desde que chegou ali na Suécia, mais especificamente desde o começo do jogo, as pessoas lhe parecem figuras em papéis coloridos, sem nada de reais. Às vezes alguém estabelece contato visual com Marianne, um motorista de ônibus ou alguém querendo um trocado, e por um instante fica chocada com a percepção de que essa realmente é sua vida, de que realmente é visível para os outros. Essa sensação faz com que se abra a certas ânsias: fome e sede, o desejo de falar sueco, o desejo físico de nadar ou de dançar. Mas se dissipam rápido. Em Lund, nunca sente fome de verdade, e embora todas as manhãs encha de água a garrafa plástica de Evian, ela a esvazia quase toda na pia à noite.

Ela se senta no canto do colchão enquanto Lukas liga e desliga a luminária e faz alguma coisa com a câmera. Ainda não sei em relação à luz, ele diz. Quem sabe a gente não faz, assim, primeiro uma e depois a outra. Marianne dá de ombros. Não entende a relevância do que ele está dizendo. Como todos os amigos dele falam sueco, tem sido difícil para ela descobrir o quanto Lukas é popular ou benquisto. As pessoas passam um tempo no estúdio dele com frequência e parecem transportar muitos equipamentos artísticos escada acima e abaixo, mas seriam fãs de seu trabalho, estariam gratos pela sua atenção? Ou será que o exploram pela localização conveniente de seu ambiente de trabalho enquanto fazem piada dele pelas costas?

O.k., acho que estamos prontos, diz Lukas.

Você quer que eu…

Talvez agora só o suéter.

Marianne tira o suéter pela cabeça. Ela o põe no colo, dobra, e depois o coloca de lado. Está usando um sutiã de renda preta com bordado de florzinhas. Lukas começa a fazer alguma coisa com a câmera.

* * *

Ela já não tem muitas notícias dos outros: Peggy, Sophie, Teresa, essa turma. Jamie não ficou feliz com o término, e disse às pessoas que não estava feliz, e as pessoas sentiram pena dele. As coisas começaram a se voltar contra Marianne, ela percebeu antes de ir embora. De início, foi inquietante, o jeito como os olhares se desviavam dela em uma sala, ou conversas eram interrompidas quando ela entrava; a sensação de ter perdido sua base no mundo social, de já não ser mais admirada e invejada, a rapidez com que tudo lhe escapou. Mas depois achou fácil se acostumar. Sempre houve algo dentro dela que os homens quiseram dominar, e o desejo que têm de dominação pode ser muito parecido com a atração, até mesmo com o amor. Na escola, os garotos tentavam arrebentá-la com crueldade e desprezo, e na faculdade os homens tentavam fazê-lo com sexo e popularidade, tudo com o mesmo objetivo de subjugar a força de sua personalidade. Ficava deprimida em pensar que as pessoas eram tão previsíveis. Fosse ela respeitada ou desprezada, não fazia muita diferença no final das contas. Será que todas as etapas de sua vida continuariam a se mostrar como a mesma coisa, repetidas vezes, a mesma competição desapiedada pela dominância?

Com Peggy foi complicado. *Sou a sua melhor amiga*, Peggy não parava de dizer na época, com uma voz cada vez mais estranha. Não conseguia aceitar a atitude laissez-faire de Marianne diante da situação. Você está entendendo que as pessoas estão falando de você, Peggy disse uma noite, enquanto Marianne fazia as malas. Marianne não sabia como responder. Depois de uma pausa, replicou ponderadamente: Acho que nem sempre eu ligo para as coisas que você liga. Mas me preocupo com você. Peggy abanou as mãos no ar desenfreadamente, deu duas voltas na mesa de centro.

Sou a sua melhor amiga, ela disse. Vou fazer o quê?

Eu realmente não sei o que você quer dizer com essa pergunta.

Eu quero dizer: em que posição eu fico? Porque francamente, não quero tomar partido.

Marianne franziu a testa, fechando uma escova de cabelo no bolso da mala.

Ou seja, você não quer tomar o meu partido, ela disse.

Peggy olhou para ela, agora ofegante pelo esforço ao circular a mesa de centro. Marianne continuava ajoelhada ao lado da mala.

Não sei se você está entendendo de verdade como as pessoas estão se sentindo, Peggy disse. As pessoas estão chateadas com a situação.

Por que eu terminei com o Jamie?

Por causa do drama todo. As pessoas estão realmente chateadas.

Peggy olhou para ela, aguardando uma reação, e Marianne acabou respondendo: Está bem. Peggy esfregou o rosto com a mão e disse: Vou deixar você fazer as malas em paz. A caminho da porta, acrescentou: Você devia pensar em procurar um terapeuta ou algo assim. Marianne não entendeu a sugestão. Eu devia procurar um terapeuta porque *não estou* chateada?, ela pensou. Mas era difícil ignorar algo que admitia ter ouvido de várias pessoas a vida inteira: que era mentalmente instável e precisava de ajuda.

Joanna é a única que manteve contato. À noite, se falam por Skype sobre as atividades do curso, os filmes que viram, artigos que Joanna está escrevendo para o jornal dos alunos. Na tela, seu rosto sempre parece mal iluminado contra o mesmo cenário, a parede creme de seu quarto. Agora nunca usa maquiagem, às vezes nem penteia o cabelo. Tem uma namorada chamada

Evelyn, aluna de pós-graduação em estudos de paz internacional. Uma vez, Marianne perguntou se Joanna via Peggy com frequência, e ela fez uma rápida expressão de estremecimento, só por uma fração de segundo, mas longa a ponto de Marianne percebê-la. Não, disse Joanna. Não vejo nenhuma dessas pessoas. Elas sabem que eu estou do seu lado.

Me desculpa, disse Marianne. Não queria que você brigasse com ninguém por minha causa.

Joanna fez uma careta de novo, dessa vez uma expressão menos decifrável, ou por conta da péssima iluminação, dos pixels da tela, ou por conta do sentimento ambíguo que tentava exprimir.

Bom, nunca fui amiga deles de verdade, de todo modo, disse Joanna. Eram mais amigos seus.

Imaginei que todos nós fôssemos amigos.

Você era a única com quem eu me dava bem. Sinceramente, não acho que o Jamie ou a Peggy sejam pessoas muito boas. Não tenho nada com isso se você quer ter amizade com eles, mas essa é a minha opinião.

Não, eu concordo com você, disse Marianne. Acho que me deixei levar pelo quanto eles pareciam gostar de mim.

É. Acho que, quando você tomou juízo, se deu conta de como eles eram detestáveis. Mas para mim era mais fácil porque eles nunca gostaram muito de mim.

Marianne ficou surpresa com essa reviravolta pragmática na conversa, e se sentiu meio repreendida, embora o tom de Joanna continuasse amistoso. Era verdade, Peggy e Jamie não eram pessoas muito boas; podia-se dizer até que eram más pessoas, que se alegravam ao diminuir os outros. Marianne se sente lesada por ter caído nessa, lesada por ter pensado que tinha algo em comum com eles, por ter participado do mercado de matérias-primas que disfarçavam de amizade. Na escola, se acreditava estar acima das trocas sinceras de capital social, mas sua vida de universitária revelava que se alguém da escola tivesse se disposto a falar com ela, ela teria se comportado tão mal quanto todo mundo. Ela não tem absolutamente nada de superior.

Você pode virar o rosto pra janela?, diz Lukas.

Claro.

Marianne se vira no colchão, as pernas puxadas contra o peito.

Você pode mover, assim… abaixar as pernas de alguma forma?, diz Lukas.

Marianne cruza as pernas à frente do corpo. Lukas empurra o tripé para a frente e reajusta o ângulo. Marianne pensa no e-mail de Connell em que a compara a um cervo. Ela gostou da linha sobre rostos atentos e corpos elegantes. Perdeu ainda mais peso na Suécia, está mais magra agora, muito elegante.

Resolveu não ir passar o Natal em casa este ano. Pensa muito em como se desenredar da "situação familiar". Na cama, à noite, imagina conjunturas em que está totalmente livre da mãe e do irmão, sem estar nem de bem nem de mal com eles, simplesmente como uma não participante neutra da vida deles. Passou grande parte da infância e da adolescência criando esquemas complexos para se retirar do conflito familiar: ficando totalmente calada, mantendo o rosto e o corpo inexpressivos e imóveis, saindo silenciosamente da sala e indo para seu quarto, fechando a porta sem fazer barulho. Trancando-se no banheiro. Ficando longe de casa por um número indeterminado de horas, sentada sozinha no estacionamento da escola. Nenhuma dessas estratégias jamais se provou um sucesso. Na verdade, suas táticas só pareceram aumentar a possibilidade de que fosse punida como instigadora primária. Agora vê que sua tentativa de evitar o

Natal em família, sempre um auge das hostilidades, será inserida no livro de contabilidade doméstica como mais um exemplo da conduta ofensiva de sua parte.

Quando ela pensa na época de Natal hoje em dia, pensa em Carricklea, as luzes penduradas na avenida principal, o Papai Noel reluzente de plástico na vitrine do Kelleher's com seu braço animado fazendo uma saudação rígida, repetitiva. Flocos de neve de folhas de estanho enfeitavam a farmácia da cidade. A porta do açougue se abrindo e se fechando, vozes chamando do canto. A respiração se adensando feito névoa no estacionamento da igreja à noite. Foxfield à noite, casas sossegadas como gatos adormecidos, janelas iluminadas. A árvore de Natal na sala de estar de Connell, ouropel encrespado, mobília amontoada para abrir espaço, e o som alto, encantador de gargalhadas. Ele disse que ficaria triste em não vê-la. Não vai ser a mesma coisa sem você, escreveu. Ela se sentiu idiota e teve vontade de chorar. Sua vida estava tão estéril e não havia mais beleza nela.

Acho que talvez tirar isso, Lukas pede agora.

Ele está apontando para o sutiã. Ela leva as mãos às costas e abre o fecho, desliza as alças pelos ombros. Ela o descarta fora da vista da câmera. Lukas tira algumas fotos, abaixa a câmera sobre o tripé, a empurra para a frente um pouquinho e continua. Marianne olha fixo pela janela. O ruído do obturador da câmera uma hora para e ela se vira. Lukas está abrindo uma gaveta sob a mesa. Tira um rolo de fita preta grossa, feita de um algodão rústico ou fibra de linho.

O que é isso?, Marianne indaga.

Você sabe o que é.

Não me vem com essa agora.

Lukas fica ali de pé, desenrolando o pano, indiferente. Os ossos de Marianne começam a pesar, uma sensação já conhecida. Estão tão pesados que ela mal consegue se mexer. Em silêncio, ela estica os braços à frente do corpo, os cotovelos unidos.

Que bom, ele diz. Ele se ajoelha e amarra o tecido com força. Seus punhos são finos, mas a fita está tão justa que uma parte da pele incha de ambos os lados. Parece feio aos olhos dela e em um gesto instintivo ela se vira, de novo para a janela. Muito bem, ele diz. Ele volta à câmera. O obturador clica. Ela fecha os olhos mas ele manda que os abra. Está cansada agora. O interior de seu corpo parece estar gravitando cada vez mais para baixo, em direção ao chão, em direção ao centro da Terra. Quando ergue os olhos, Lukas está desenrolando outro pedaço de fita.

Não, ela diz.

Não dificulta a sua vida.

Não quero fazer isso.

Eu sei, ele diz.

Ele se ajoelha de novo. Ela inclina a cabeça para trás, evitando seu toque, e ele rapidamente põe a mão em torno do pescoço dela. O gesto não a amedronta, só a exaure tão completamente que ela não consegue mais falar ou se mexer. Seu queixo tomba para a frente, relaxado. Está cansada de fazer tentativas evasivas quando é mais fácil, natural, ceder. Ele aperta um pouco o pescoço dela e ela tosse. Então, sem falar, ele a solta. Ele pega o pano de novo e o enrola como uma venda em torno dos olhos dela. Até a respiração dela agora parece sofrida. Seus olhos ardem. Ele toca em sua bochecha com delicadeza com as costas da mão e ela fica enjoada.

Está vendo, eu te amo, ele diz. E sei que você me ama.

Horrorizada, ela se afasta dele, batendo a cabeça na parede. Luta de punhos amarrados para tirar a venda dos olhos, conseguindo levantá-la o bastante para enxergar.

Qual é o problema?, ele diz.

Me desamarra.

Marianne.

Me desamarra agora senão eu chamo a polícia, ela diz.

Não parece uma ameaça exatamente realista, pois ainda está de mãos atadas, mas talvez percebendo que o clima mudou, Lukas começa a desenrolar o tecido de seus punhos. Ela está tremendo violentamente. Assim que as amarras estão frouxas o suficiente para conseguir separar os braços, ela age. Tira a venda e pega o suéter, que puxa pela cabeça, enfia os braços nas mangas. Agora está levantada, os pés no colchão.

Por que você está agindo assim?, ele pergunta.

Sai de perto de mim. Nunca mais fala comigo desse jeito.

Que jeito? O que foi que eu falei?

Ela pega o sutiã do colchão, o amassa na mão e cruza o ambiente para enfiá-lo na bolsa. Calça as botas, saltando como uma idiota sobre um dos pés.

Marianne, ele chama. O que foi que eu fiz?

Você está falando sério ou é uma técnica artística?

Tudo na vida é uma técnica artística.

Ela o encara. Numa atitude improvável, ele emenda esse comentário com: Acho você uma escritora muito talentosa. Ela ri de tanto horror.

Você não sente a mesma coisa por mim, ele diz.

Eu quero ser bem clara, ela anuncia. Não sinto nada por você. Nada. O.k.?

Ele volta para a câmera, as costas viradas para ela, como se quisesse disfarçar uma expressão. Uma risada maliciosa pela angústia que ela sente?, ela pensa. Raiva? Não é possível, é aterrador demais cogitar que ele realmente esteja magoado? Ele começa a retirar o aparelho do tripé. Ela abre a porta do apartamento e desce a escada. Seria de fato capaz de fazer as coisas pavorosas que faz com ela e ao mesmo tempo acreditar que está agindo por amor? Seria o mundo um lugar tão perverso a ponto de o amor ser indistinguível das formas mais baixas e mais abusivas de violência? Lá fora, sua respiração sobe em uma bruma fina e a neve continua a cair, como uma repetição incessante do mesmo erro infinitesimal.

Três meses depois
(Março de 2014)

Na sala de espera ele tem que preencher um questionário. As cadeiras são de cores vivas, dispostas ao redor de uma mesa de centro com um brinquedo infantil de ábaco. Já que a mesa de centro é baixa demais para que se debruce e a use como apoio para escrever nas folhas, ele as põe no colo, atrapalhado. Na primeiríssima questão ele fura a página com a caneta esferográfica e deixa um pequeno rasgo na folha. Ele ergue o rosto para a recepcionista que lhe deu o formulário, mas ela não está atenta. A segunda pergunta é intitulada "Pessimismo". Ele tem que circular o número ao lado de uma das seguintes afirmações:

0   Não sinto desânimo em relação ao meu futuro
1   Me sinto mais desanimado em relação ao meu futuro do que antigamente
2   Não tenho a expectativa de que as coisas deem certo para mim
3   Sinto que meu futuro é desanimador e só vai piorar

Ele tem a impressão de que todas essas afirmações poderiam ser verdades plausíveis, ou que mais de uma poderia ser verdade ao mesmo tempo. Põe a ponta da caneta entre os dentes. Ao ler a quarta frase, que por algum motivo foi qualificada com um "3", Connell tem uma sensação de coceira na cartilagem do nariz, como se a frase o chamasse. É verdade, sente que seu futuro é desanimador e só vai piorar. Quanto mais pensa nisso, mais se identifica. Nem precisa refletir sobre o assunto, pois sente: a sintaxe parece ter se originado dentro dele. Ele esfrega a língua com força no céu da boca, tentando fixar o rosto em uma carranca neutra de concentração. Sem querer assustar a mulher que receberá o questionário, opta por circular a afirmação 2.

Foi Niall quem lhe contou do serviço. O que ele disse especificamente foi: É de graça, então mal não faz. Niall é uma pessoa prática, e demonstra compaixão de formas práticas. Connell não o tem visto com frequência ultimamente, pois agora Connell mora na residência para bolsistas e não vê mais ninguém com frequência. Na noite anterior, passou uma hora e meia deitado no chão do quarto porque estava cansado demais para completar a jornada do banheiro para a cama. Havia o banheiro, atrás dele, e havia a cama, na frente dele, ambos dentro de seu campo de visão, mas por algum motivo lhe era impossível ir para a frente ou para trás, somente ir para baixo, para o chão, até seu corpo ficar imóvel no carpete. Bom, aqui estou, no chão, ele pensou. A vida é muito pior aqui do que seria na cama, ou em um lugar totalmente diferente? Não, a vida é exatamente igual. A vida é a coisa que você traz consigo dentro da própria cabeça. Poderia muito bem ficar aqui deitado, inspirando a poeira abjeta do carpete para dentro dos meus pulmões, aos poucos sentindo meu braço direito ficar dormente sob o peso do meu corpo, porque é essencialmente igual a todas as outras experiências possíveis.

o A sensação que tenho a meu próprio respeito é a mesma
de sempre
1 Perdi a confiança que tinha em mim mesmo
2 Estou decepcionado comigo mesmo
3 Não gosto de mim mesmo

Ele ergue o olhar para a mulher atrás da vidraça. Pela primeira vez se dá conta de que puseram uma tela de vidro entre aquela mulher e as pessoas na sala de espera. Será que imaginam que gente que nem Connell são um risco à mulher atrás da vidraça? Será que imaginam que os estudantes que vão ali e preenchem questionários com a maior paciência, que repetem seus nomes diversas vezes para a mulher digitar no computador — será que imaginam que essas pessoas querem ferir a mulher atrás da mesa? Acham que porque Connell às vezes passa horas deitado no chão ele um dia possa comprar uma arma semiautomática pela internet e cometer um assassinato em massa em um shopping center? Nada poderia estar mais distante de seus pensamentos do que cometer assassinato em massa. Ele sente culpa depois de gaguejar uma palavra ao telefone. Porém, entende a lógica: pessoas com doenças mentais estão contaminadas de certo modo e podem ser perigosas. Se não atacarem a mulher atrás da mesa devido a impulsos violentos incontroláveis, podem soltar algum tipo de micróbio na direção dela, levando-a a ruminar de forma doentia todas as relações fracassadas de seu passado. Ele circula a 3 e segue adiante.

o Não penso nunca em me matar
1 Penso em me matar, mas não levaria a ideia adiante
2 Eu gostaria de me matar
3 Eu me mataria caso tivesse oportunidade

Ele dá uma olhada na mulher outra vez. Não quer se confessar para ela, uma completa estranha, que gostaria de se matar. Na noite anterior, no chão, fantasiou ficar deitado completamente impassível até morrer de desidratação, por mais tempo que demorasse. Talvez dias, mas dias relaxantes em que não teria que fazer nada ou se concentrar muito. Quem encontraria seu corpo? Não importava. A fantasia, depurada por semanas de repetição, termina no momento de sua morte: a pálpebra serena, silenciosa, que se fecha sobre tudo para sempre. Ele circula a afirmação 1.

Depois de finalizar o resto das perguntas, todas elas extremamente pessoais e a última a respeito de sua vida sexual, ele dobra as folhas e as entrega à recepcionista. Ele não sabe o que esperar, entregando essas informações muito confidenciais a uma estranha. Engole em seco e sua garganta está tão apertada que dói. A mulher pega as folhas como se ele estivesse entregando um trabalho de faculdade atrasado e lhe dá um sorriso brando, cordial. Obrigada, ela diz. Agora você espera chamar seu nome. Ele fica parado ali, hesitante. Nas mãos, ela detém as informações mais particulares que ele já dividiu com alguém. Ao ver sua indiferença, ele sente o ímpeto de pedir o formulário de volta, como se pudesse ter entendido mal a natureza daquela troca, e talvez devesse preenchê-lo de outra forma depois de tudo. Na realidade, ele diz: O.k. Ele se senta novamente.

Passa um tempo sem que nada aconteça. Seu estômago está fazendo um ruído baixinho de ganido porque não tomou o café da manhã. Ultimamente, tem estado muito cansado para cozinhar sua própria comida à noite, então se pega se inscrevendo no jantar no site dos bolsistas e comendo o que é oferecido no restaurante universitário. Antes da refeição, todo mundo se levanta para fazer a prece, recitada em latim. Então a comida é servida por outros alunos, todos vestidos de preto para diferenciá-

-los dos alunos de resto idênticos que são servidos. As refeições são sempre iguais: sopa de laranja salgada como entrada, com um pãozinho e um quadrado de manteiga embrulhado em papel-alumínio. Em seguida, um bife com molho, com travessas prateadas de batatas sendo passadas de um lado para outro. Depois a sobremesa, uma torta açucarada qualquer ou a salada de frutas que é sobretudo de uva. Tudo é servido depressa e levado embora rapidamente, enquanto retratos de homens de diversos séculos os observam das paredes em trajes caros. Ao comer sozinho assim, entreouvindo as conversas alheias, mas sem conseguir participar, Connell se sente profunda e quase insuportavelmente alienado do próprio corpo. Após a refeição outra prece é recitada, com o barulho horrível das cadeiras sendo afastadas das mesas. Às sete, já emergiu na escuridão do Front Square e as luzes já estão acesas.

Uma mulher de meia-idade aparece na sala de espera agora, usando um cardigã cinza comprido, e chama: Connell? Ele tenta contorcer o rosto em um sorriso e então, desistindo, esfrega o maxilar com a mão, assentindo. Meu nome é Yvonne, ela diz. Quer vir comigo? Ele se levanta do sofá e a acompanha até uma sala pequena. Ela fecha a porta depois que entram. Em um lado da sala há uma mesa com um computador antigo da Microsoft que faz um zumbido audível; do outro lado há duas poltronas baixas cor de menta, uma de frente para a outra. Então, Connell, ela diz. Você pode se sentar onde quiser. Ele se senta na poltrona de frente para a janela, pela qual vê os fundos de um edifício de concreto e uma tubulação de esgoto enferrujada. Ela senta-se diante dele e pega o par de óculos da corrente em torno do pescoço. Ela os põe na cara e olha a prancheta.

O.k., ela diz. Por que não conversamos sobre como você está se sentindo?

É. Não muito bem.

Sinto muito que esse seja o caso. Quando foi que você começou a se sentir assim?

Humm, ele diz. Faz alguns meses. Em janeiro, eu acho.

Ela aperta a caneta e faz uma anotação. Janeiro, ela repete. O.k. Aconteceu alguma coisa na época, ou veio do nada?

Alguns dias depois do Ano-Novo, Connell recebeu uma mensagem de texto de Rachel Moran. Eram duas horas da madrugada, e ele e Helen estavam chegando em casa após uma saída. Tirando o celular do ângulo de visão dela, ele abriu a mensagem: era uma mensagem coletiva, enviada a todos os amigos da escola, perguntando se alguém tinha visto ou tido contato com Rob Hegarty. Dizia que não era visto fazia algumas horas. Helen lhe perguntou o que a mensagem dizia e por algum motivo Connell respondeu: Ah, nada, é só uma mensagem pro grupo. Feliz Ano-Novo. No dia seguinte, o corpo de Rob foi retirado do rio Corrib.

Connell soube mais tarde, por amigos, que Rob vinha bebendo demais nas semanas anteriores e parecia mal-humorado. Connell não soubera de nada, não tinha ido à cidade natal muitas vezes no último semestre, não andava vendo as pessoas. Verificou no Facebook a última vez que Rob lhe mandara uma mensagem, e tinha sido no início de 2012: uma fotografia de uma festa, Connell aparecia com o braço em volta da cintura de Teresa, amiga de Marianne. Na mensagem, Rob escrevera: vc tá comendo ela? MTO BEM haha. Connell nunca respondeu. Não tinha visto Rob no Natal, não conseguia se lembrar direito se o vira no último verão ou não. Tentando evocar uma imagem mental exata do rosto de Rob, Connell descobriu que não conseguia: uma imagem surgia de início, inteira e reconhecível, mas sob uma inspeção mais minuciosa as feições se afastavam umas das outras, ficavam turvas, se confundiam.

Nos dias que se seguiram, o pessoal da escola postou coisas de conscientização sobre o suicídio. Desde então, o estado mental de Connell vem constantemente, semana após semana, se deteriorando. A ansiedade, antes crônica e de baixo grau, que servia como uma espécie de impulso inibidor polivalente, se tornou forte. Suas mãos começam a formigar quando tem que estabelecer interações insignificantes, como pedir café ou responder a uma pergunta em aula. Uma ou duas vezes teve grandes ataques de pânico: hiperventilação, dor no peito, formigamento no corpo todo. A sensação de dissociação dos próprios sentidos, a incapacidade de pensar direito ou interpretar o que vê e ouve. As coisas começam a parecer e soar diferentes, mais lentas, artificiais, irreais. Na primeira vez em que aconteceu, achou que estava pirando, que todo o referencial cognitivo com que compreendia o mundo havia se desintegrado para sempre, e dali em diante tudo seria apenas sons e cores indistintos. Mas passou depois de alguns minutos, e ele ficou deitado no colchão ensopado de suor.

Agora ele ergue os olhos para Yvonne, a pessoa designada pela universidade para escutar seus problemas em troca de dinheiro.

Um dos meus amigos cometeu suicídio em janeiro, ele relata. Um amigo da escola.

Ah, que triste. Sinto muito por isso, Connell.

A verdade é que não mantivemos contato na faculdade. Ele estava em Galway e eu aqui e tal. Acho que sinto culpa porque não tinha um contato mais frequente com ele.

Dá para entender, diz Yvonne. Mas por mais triste que você se sinta por conta do seu amigo, o que aconteceu com ele não é culpa sua. Você não é responsável pelas decisões que ele tomou.

Nunca nem respondi à última mensagem que ele me mandou. Assim, isso foi há anos, mas eu nem respondi.

Sei que deve ser muito doloroso pra você, é claro que é muito doloroso. Você sente que perdeu a oportunidade de ajudar alguém que estava sofrendo.

Connell faz que sim, calado, e esfrega os olhos.

Quando se perde alguém por suicídio, é natural se perguntar se você poderia ter feito alguma coisa para ajudar a pessoa, Yvonne explica. Tenho certeza de que todo mundo na vida do seu amigo está se fazendo essas mesmas perguntas.

Mas pelo menos outras pessoas tentaram ajudar.

A declaração soa mais agressiva, ou mais persuasiva, do que Connell pretendia. Ele se surpreende ao ver que, em vez de responder diretamente, Yvonne só o fita, olha para ele através das lentes dos óculos, e seus olhos se estreitam. Ela faz que sim. Em seguida, levanta uma folha de papel da mesa e a segura na vertical, séria.

Bem, eu dei uma olhada nesse questionário que você preencheu para nós, ela diz. E vou ser muito sincera com você, Connell, o que eu estou vendo aqui seria muito preocupante.

Certo. Seria?

Ela embaralha as folhas. Ele enxerga na primeira folha o ponto em que sua caneta deixou um pequeno rasgo.

Isto aqui é o que chamam de "Inventário de Depressão de Beck", ela explica. Sem dúvida você já descobriu como funciona, nós simplesmente atribuímos uma nota de zero a três para cada item. Pois bem, uma pessoa que nem eu talvez marque entre, digamos, zero e cinco em um teste como esse, e alguém que esteja passando por uma crise depressiva branda pode esperar uma nota de uns quinze ou dezesseis.

O.k., ele diz. Certo.

E o que estamos vendo aqui é a pontuação de quarenta e três.

É. O.k.

Então isso nos põe no terreno de uma depressão seríssima, ela diz. Você acha que isso condiz com a sua experiência?

Ele esfrega os olhos de novo. Baixinho, consegue dizer: É.

Estou vendo que está sentindo uma enorme negatividade contra si mesmo, está tendo uns pensamentos suicidas, coisas assim. Então essas são coisas que temos que levar muito a sério. Certo.

Nesse momento, ela começa a falar de opções de tratamento. Diz que recomenda que ele se consulte com um clínico geral da faculdade para discutir a alternativa dos remédios. Você entende que não tenho a prerrogativa de dar receitas aqui, ela diz. Ele assente, agora inquieto. É, eu sei, ele responde. Ele continua esfregando os olhos, estão ardendo. Ela lhe oferece um copo d'água, mas ele recusa. Ela começa a fazer perguntas sobre a família dele, sobre a mãe e onde ela mora, e se ele tem irmãos e irmãs.

Tem uma namorada ou um namorado presente neste momento? Yvonne indaga.

Não, diz Connell. Ninguém assim.

Helen foi com ele a Carricklea para o funeral. Na manhã da cerimônia se vestiram juntos no quarto dele, em silêncio, com o ruído do secador de cabelo de Lorraine zumbindo através da parede. Connell estava usando o único terno que tinha, que comprara para a comunhão de um primo quando tinha dezesseis anos. O paletó estava justo nos ombros, sentia ao levantar os braços. A sensação de que estava feio o preocupava. Helen estava sentada diante do espelho fazendo sua maquiagem, e Connell parou atrás dela para fazer o nó da gravata. Ela esticou a mão para tocar seu rosto. Você está lindo, ela disse. Por algum motivo ficou com raiva, como se fosse a coisa mais insensível, mais vulgar que ela pudesse ter dito, e não reagiu. Ela abaixou a mão e foi calçar os sapatos.

Eles pararam no átrio da igreja para falar com alguém que

Lorraine conhecia. O cabelo de Connell estava molhado por causa da chuva e ele não parava de alisá-lo, sem olhar para Helen, sem se manifestar. Então, pelas portas abertas da igreja, ele viu Marianne. Sabia que ela viria da Suécia para o funeral. Na soleira da porta, parecia muito magra e pálida, usando um casaco preto, segurando um guarda-chuva molhado. Ele não a via desde a Itália. Ela parecia, ele ponderou, quase frágil. Ela foi até o porta-guarda-chuvas dentro da igreja.

Marianne, ele disse.

Ele pronunciou o nome em voz alta sem pensar. Ela ergueu o rosto e o viu. Seu rosto era como uma florzinha branca. Ela passou os braços em volta do pescoço dele e ele a abraçou com força. Sentia o cheiro da casa dela nas roupas que usava. Na última vez em que a vira, tudo estava normal. Rob ainda estava vivo, Connell poderia ter lhe enviado uma mensagem ou até telefonado e conversado com ele por telefone, era possível na época, havia sido possível. Marianne tocou o topo da cabeça de Connell. Todo mundo observava os dois, ele sentia. Quando se deram conta de que não poderiam mais continuar com aquilo, se afastaram. Helen deu batidinhas no braço dele rapidamente. As pessoas estavam entrando e saindo pelo átrio, casacos e guarda-chuvas pingando em silêncio nos ladrilhos.

Melhor a gente ir prestar as condolências, Lorraine disse.

Eles se enfileiraram com todo mundo para apertar as mãos da família. A mãe de Rob, Eileen, chorava sem parar, conseguiam escutá-la do outro lado da igreja. Quando chegaram no meio da fila, as pernas de Connell tremiam. Queria que fosse Lorraine a seu lado e não Helen. Sentia que ia vomitar. Quando enfim chegou sua vez, o pai de Rob, Val, segurou sua mão e disse: Connell, cara bom. Fiquei sabendo que você está fazendo muita coisa boa lá na Trinity. As mãos de Connell estavam encharcadas até os ossos. Meus sentimentos, ele disse com a voz fraca. Meus profundos sentimentos. Val continuava a segurar sua mão e a olhar nos seus olhos. Bom sujeito, ele disse. Obrigado por ter vindo. Então acabou. Connell se sentou no primeiro banco vazio, tremendo dos pés à cabeça. Helen se sentou ao seu lado, parecendo constrangida, mexendo na bainha da saia. Lorraine se aproximou e lhe deu um lenço tirado da bolsa, com o qual ele enxugou a testa e o lábio superior. Ela apertou seu ombro. Você se saiu bem, ela disse. Você já fez a sua parte, agora relaxa. E Helen virou o rosto, como que envergonhada.

Depois da missa eles foram ao enterro, e em seguida ao Tavern para comer sanduíches e tomar chá no salão. Atrás do bar, uma garota que estava um ano abaixo dele na escola usava uma blusa branca e um colete e servia cerveja. Connell serviu uma xícara de chá a Helen e uma para si. Ficaram de pé junto à parede, perto das bandejas de chá, bebendo e não conversando. A xícara de Connell chacoalhava no pires. Eric se aproximou e ficou com eles depois que chegou. Estava usando uma gravata azul luzidia.

Como vão as coisas?, Eric perguntou. Faz tempo que não te vejo.

Eu sei, é, disse Connell. Faz um bom tempo mesmo.

Quem é essa?, Eric perguntou, indicando Helen.

Helen, disse Connell. Helen, esse é o Eric.

Eric esticou a mão e Helen a apertou, equilibrando a xícara de chá na mão esquerda educadamente, o rosto tenso por conta do esforço.

A namorada, é?, Eric disse.

Com uma olhada para Connell ela fez que sim e respondeu: Isso.

Eric a soltou, sorridente. Você é dublinense, ele disse.

Ela deu um sorriso nervoso e disse: Isso mesmo.

Deve ser por sua culpa que esse cara não vem mais para cá, Eric disse.

Não é culpa dela, a culpa é minha, retrucou Connell.

Só estou brincando, Eric disse.

Por alguns segundos ficaram olhando o ambiente em silêncio. Helen pigarreou e disse em tom delicado: Sinto muito pela sua perda, Eric. Eric se virou e lhe fez um aceno galante com a cabeça. Ele tornou a olhar para o ambiente. É, difícil de acreditar, ele disse. Em seguida, se serviu de uma xícara de chá do bule que havia atrás deles. Que bom que a Marianne veio, ele comentou. Achava que ela estava na Suécia ou em algum lugar assim.

Ela estava, confirmou Connell. Ela veio para o funeral.

Ela emagreceu muito, não foi?

Eric tomou um bocado de chá e engoliu, estalando os lábios. Marianne, se livrando de outra conversa, se dirigiu à bandeja de chás.

Aí está ela, disse Eric. Muita bondade sua ter vindo lá da Suécia, Marianne.

Ela agradeceu e começou a servir uma xícara de chá, declarando que era bom vê-lo.

Você já conhece a Helen?, Eric perguntou.

Marianne pôs a xícara de chá no pires. Claro que sim, ela disse. Nós fazemos faculdade juntas.

Tudo amistoso, espero eu, declarou Eric. Quer dizer, sem rivalidade.

Você se comporte, disse Marianne.

Connell observou Marianne servindo o chá, seu jeito sorridente, "se comporte", e ficou encantado com sua naturalidade, seu jeito sereno de caminhar pelo mundo. Não era assim na escola, era exatamente o contrário. Na época, Connell era quem entendia como se comportar, enquanto Marianne só irritava todo mundo.

Depois do funeral ele chorou, mas o choro lhe pareceu nada. No último ano, quando Connell marcara um gol para o time de futebol da escola, Rob pulou no campo para abraçá-lo. Gritou o nome de Connell e passou a lhe beijar a cabeça com frenéticos beijos exuberantes. Estava apenas um a zero e ainda havia vinte minutos de jogo. Mas assim era o mundo deles na época. Os sentimentos eram suprimidos com tamanho cuidado na vida cotidiana, forçados a caber em espaços cada vez menores, que acontecimentos aparentemente banais tomavam uma importância insana e assustadora. Era admissível se tocarem e chorarem durante partidas de futebol. Connell ainda se lembra do apertão forte demais de seus braços. E na noite do baile, Rob lhes mostrando fotos do corpo nu de Lisa. Nada era mais relevante para Rob do que a aprovação alheia: ser bem-visto, ser uma pessoa de status. Ele teria traído qualquer confiança, qualquer bondade, em troca da promessa de aceitação social. Connell não podia criticá-lo por isso. Ele era do mesmo jeito ou até pior. Ele só queria ser normal, esconder as partes de si que achava vergonhosas e confusas. Foi Marianne quem teve que lhe mostrar que outras coisas eram possíveis. A vida ficou diferente depois; talvez nunca tenha entendido como estava diferente.

Na noite do funeral ele e Helen ficaram deitados no quarto dele, no escuro, sem dormir. Helen perguntou por que ele não a apresentara a nenhum de seus amigos. Ela sussurrava para não acordar Lorraine.

Te apresentei ao Eric, não foi?, Connell disse.

Só depois que ele perguntou. Para ser sincera, minha impressão era de que você não queria que ele me conhecesse.

Connell fechou os olhos. Era um funeral, ele disse. Uma pessoa acabou de morrer, sabia? Não acho uma boa ocasião para conhecer gente.

Bom, se você não queria que eu viesse, não devia ter me chamado, ela retrucou.

Ele inspirou e expirou devagar. O.k., ele disse. Então me desculpa por ter te chamado.

Ela se sentou na cama ao lado dele. Como assim?, ela perguntou. Você acha ruim que eu vim?

Não, estou falando que, se passei a impressão errada do que seria, então me desculpa.

Você não queria mesmo que eu viesse, né?

Eu mesmo não queria vir, para ser sincero, ele disse. Uma pena que você não tenha curtido, mas, assim, era um funeral. Não entendo o que você estava esperando.

Ela inspirou rápido pelo nariz, ele escutou.

Você não estava ignorando a Marianne, ela disse.

Não estava ignorando ninguém.

Mas você me pareceu especialmente feliz ao vê-la, não acha?

Puta merda, Helen, ele disse baixinho.

O quê?

Como é que toda briga acaba nisso? Nosso amigo acabou de se matar e você me vem com essa de Marianne, é sério? Assim, é, eu fiquei feliz de vê-la, sou um monstro por causa disso?

Quando Helen falou, foi um sibilo baixo. Tenho sido muito solidária quanto ao seu amigo e você sabe disso, ela disse. Mas você espera que eu faça o quê, que finja que não percebi que você estava olhando para outra mulher na minha frente?

Eu não estava olhando para ela.

Estava, sim, na igreja.

Bom, não foi intencional, ele disse. Acredite, a atmosfera ali na igreja não estava muito sexy pra mim, está bem? Pode confiar no que eu estou te dizendo.

Por que você se comporta de um jeito tão esquisito perto dela?

Ele franziu a testa, ainda deitado de olhos fechados, o rosto virado para o teto. O jeito como me comporto com ela é minha personalidade normal, ele disse. Vai ver que sou uma pessoa esquisita.

Helen não se manifestou. Passado um tempo, tornou a se deitar ao seu lado. Duas semanas depois acabou, eles romperam. A essa altura, Connell já estava tão exausto e infeliz que não conseguiu sequer elaborar uma resposta. Coisas lhe aconteceram, como acessos de choro, ataques de pânico, mas pareciam se abater sobre ele vindos de fora, em vez de emanar de algum lugar dentro dele. Internamente, não sentia nada. Era como um congelado que tivesse degelado rápido demais ao ar livre e derretesse para todos os lados enquanto por dentro continuava duro. De um jeito ou de outro, exprimia mais emoção do que em qualquer outro momento de sua vida e, ao mesmo tempo, sentia menos, sentia nada.

Yvonne assente devagar, mexendo a boca de uma forma solidária. Você sente que fez amigos aqui em Dublin?, ela pergunta. Alguém de quem você seja próximo, com quem possa conversar sobre como vem se sentindo?

Meu amigo Niall, talvez. Foi ele quem me falou dessa coisa toda.

Do serviço de terapia da faculdade.

É, diz Connell.

Bem, que bom, Ele está cuidando de você. Niall, o.k. E ele também está aqui em Trinity.

Connell tosse, limpando a sensação de secura da garganta, e diz: É. Tem outra amiga de quem eu estaria muito próximo, mas ela está fazendo intercâmbio este ano.

Amiga da faculdade?

Bom, nós estudamos juntos na escola mas ela também veio para a Trinity. Marianne. Ela conhecia o Rob e tudo. Nosso amigo que morreu. Mas ela está morando fora este ano, como eu expliquei.

Ele vê Yvonne anotar o nome no bloco, os declives altos do "M" maiúsculo. Agora ele fala com Marianne por Skype quase todas as noites, às vezes depois do jantar e outras vezes tarde, quando ela volta para casa após uma festa. Nunca conversaram sobre o que aconteceu na Itália. Sente-se grato por ela nunca ter abordado o assunto. Quando se falam, o fluxo do vídeo é de alta qualidade, mas frequentemente dessincronizado com o áudio, o que lhe dá a percepção de Marianne como imagem em movimento, uma coisa a ser olhada. O pessoal da faculdade vem falando coisas dela desde que viajou. Connell não tem certeza se ela sabe disso ou não, o que gente como Jamie tem dito. Connell não é amigo de verdade dessas pessoas e só ouviu falar. Um cara bêbado em uma festa disse que ela curtia coisas estranhas, e que havia fotos dela na internet. Connell não sabe se é verdade a história das fotos. Ele procurou o nome dela na internet, mas nunca apareceu nada.

Ela é uma pessoa com quem você poderia conversar sobre o que está sentindo?, Yvonne diz.

É, ela tem me dado muito apoio. Ela, humm... Ela é difícil de descrever se você não a conhece. É muito inteligente, muito mais inteligente que eu, mas eu diria que vemos o mundo de um jeito bem parecido. E passamos a vida inteira morando no mesmo lugar, obviamente, então é meio diferente estar longe dela.

Parece ser difícil.

Não tem muita gente com quem meu santo bate, ele diz. Eu luto contra isso, entende?

Você acha que é um problema recente ou já era conhecido?

Imagino que seja conhecido. Eu diria que na escola às vezes tinha a sensação de isolamento ou coisa assim. Mas as pessoas gostavam de mim e tudo. Aqui eu tenho a impressão de que as pessoas não gostam tanto assim.

Ele se cala e Yvonne parece reconhecer a pausa e não o interrompe.

Que nem com o Rob, esse meu amigo que morreu, ele diz. Não diria que nosso santo batia muito nem nada, mas éramos amigos.

Claro.

Não tínhamos muitas afinidades, em termos de interesses, sei lá. E no lado político das coisas provavelmente não tínhamos as mesmas opiniões. Mas na escola, esse tipo de coisa não importa tanto. Fazíamos parte do mesmo grupo então éramos amigos, sabe?

Compreendo, diz Yvonne.

E ele fez umas coisas das quais eu não era fã. Com as meninas, o comportamento dele era meio ruim de vez em quando. Sabe, nós tínhamos uns dezoito anos, todos agimos como idiotas. Mas acho que eu considerava essas coisas meio alienantes.

Connell morde o polegar e deixa a mão cair no colo.

Eu devo ter pensado que se me mudasse pra cá, me encaixaria melhor, ele diz. Achei que conheceria gente com quem teria mais afinidade, sei lá. Mas sinceramente, o pessoal daqui é muito pior do que o pessoal que eu conhecia da escola. Assim, todo mundo aqui vive comparando quanta grana os pais ganham. E estou sendo literal nisso, já vi acontecer.

Ele respira, sentindo que está falando rápido demais e com detalhes demais, mas relutando em parar.

É que eu acho que saí de Carricklea imaginando que poderia ter outra vida, ele explica. Mas odeio isto aqui, e agora nunca mais vou poder voltar. Digo, aquelas amizades morreram. O Rob morreu, nunca mais vou ver ele. Nunca mais vou ter aquela vida de volta.

Yvonne empurra a caixa de lenços que está em cima da mesa na direção dele. Ele olha para a caixa, estampada com folhas de palmeira verdes, e depois para Yvonne. Toca no próprio rosto e só então descobre que começou a chorar. Sem dizer nada, tira um lenço da caixa e enxuga o rosto.

Desculpa, ele diz.

Yvonne está fazendo contato visual, mas ele continua sem saber se ela estava prestando atenção nele, se compreendeu ou tentou compreender o que ele disse.

O que a gente pode fazer aqui na terapia é tentar trabalhar os seus sentimentos, e os seus pensamentos e comportamentos, ela diz. Não temos como mudar a sua situação, mas podemos mudar como você reage à sua situação. Entende o que estou falando?

Entendo.

A essa altura da sessão, Yvonne lhe passa folhas impressas ilustradas com enormes setas caricaturais que apontam para várias caixas de texto. Ele as pega e finge ter a intenção de preenchê-las depois. Também lhe entrega folhas xerocadas sobre o enfrentamento da ansiedade, que ele finge que lerá. Ela imprime um recado que ele deve entregar ao serviço de saúde da faculdade, informando que ele tem depressão, e ele diz que voltará para fazer outra sessão dali a duas semanas. Depois vai embora do consultório.

Algumas semanas atrás, Connell foi à leitura pública de um escritor que visitava a faculdade. Sentou-se sozinho no fundo do auditório, envergonhado porque a leitura estava com uma plateia esparsa e todo mundo estava em grupos. Era um dos salões grandes sem janelas no prédio de artes, com mesas dobráveis acopladas às cadeiras. Um dos palestrantes fez um panorama breve e bajulador da obra do escritor, e então o próprio sujeito, um cara jovem de cerca de trinta anos, se postou diante do atril e agradeceu à faculdade pelo convite. A essa altura, Connell já estava arrependido de sua decisão de comparecer. Tudo no evento era sisudo e clichê, desprovido de energia. Não sabia por que tinha ido. Havia lido a coletânea do escritor e achado irregular, mas sensível em certos momentos, perspicaz. Agora, pensou, até esse efeito havia se estragado porque vira o escritor naquele ambiente, destituído de qualquer espontaneidade, recitando em voz alta de seu próprio livro para uma plateia que já o lera. A dureza de sua atuação fazia com que as observações do livro parecessem falsas, afastando o escritor das pessoas sobre as quais escrevia, como se as observasse apenas para poder falar delas para os alunos da Trinity. Connell não conseguia pensar em um motivo para esses eventos literários acontecerem, que contribuição davam, o que significavam. Só quem comparecia era quem queria ser do tipo que comparecia.

Depois, uma pequena recepção com vinho foi montada do lado de fora do auditório. Connell queria ir embora, mas se viu preso por um grupo de estudantes que falavam alto. Quando tentava forçar sua passagem, uma delas disse: Ah, ei, Connell. Ele a reconheceu, era Sadie Darcy-O'Shea. Fazia algumas de suas matérias de inglês, e ele sabia que participava do grupo literário. Era a garota que disse na cara dele que ele era um "gênio" no primeiro ano.

Ei, ele respondeu.

Curtiu a leitura?

Ele deu de ombros. Foi legal, ele disse. Sentia ansiedade e queria ir embora, mas ela não parava de falar. Ele esfregava a palma das mãos na camiseta.

Você não ficou pasmo?, ela perguntou.

Sei lá, não entendo qual é a relevância dessas coisas.

Das leituras?

É, disse Connell. Sabe, eu não entendo pra que elas servem.

Todo mundo virou o rosto de repente e Connell se virou para acompanhar o olhar dos outros. O escritor havia emergido do auditório e se aproximava deles. Olá, Sadie, ele disse. Connell não havia intuído nenhuma relação pessoal entre Sadie e o escritor, e se sentiu um idiota por ter dito o que disse. Você leu de um jeito muito maravilhoso, elogiou Sadie. Irritado e cansado, Connell deu um passo para o lado para que o escritor se unisse ao círculo e começou a se afastar. Então Sadie segurou seu braço e disse: O Connell estava falando que não entende pra que servem as leituras. O escritor lançou um olhar vago na direção de Connell e assentiu. É, é isso mesmo, ele disse. São chatas, não são? Connell percebeu que o toque artificial de sua leitura parecia caracterizar seu modo de falar e também os movimentos, e se sentiu mal por atribuir uma visão tão negativa da literatura a alguém que talvez fosse apenas desajeitado.

Bom, nós gostamos, disse Sadie.

Qual é o seu nome, é Connell de quê?, perguntou o escritor.

Connell Waldron.

O escritor assentiu. Pegou uma taça de vinho tinto da mesa e deixou que os outros continuassem a conversa. Por alguma razão, embora a oportunidade de ir embora tivesse enfim se apresentado, Connell permaneceu ali. O escritor engoliu um pouco de vinho e olhou para ele de novo.

Gostei do seu livro, disse Connell.

Ah, obrigado, disse o escritor. Você vai ao Stag's Head pra tomar um drinque? Acho que é pra lá que o pessoal está indo.

Só foram embora do Stag's Head naquela noite quando o bar fechou. Tiveram uma discussão amigável sobre leituras, e apesar de Connell não ter falado muito, o escritor tomou seu partido, o que o agradou. Mais tarde, perguntou a Connell de onde ele era, e Connell lhe disse que era de Sligo, de um lugar chamado Carricklea. O escritor assentiu.

Sei, é, ele disse. Tinha uma pista de boliche lá, já não deve existir mais há alguns anos.

É, Connell disse rápido demais. Comemorei um aniversário meu lá quando era pequeno. No boliche. Mas já fechou, obviamente. Como você falou.

O escritor deu um golinho na cerveja e disse: O que você está achando de Trinity, está gostando?

Connell olhou para Sadie do outro lado da mesa, as pulseiras colidindo no pulso.

Meio difícil se adaptar, para ser sincero, Connell disse.

O escritor assentiu de novo. Talvez isso não seja uma coisa ruim, ele disse. Você pode fazer disso uma primeira coletânea.

Connell riu, olhou para o colo. Ele sabia que era só uma piada, mas era uma ideia boa, de que talvez não estivesse sofrendo em vão.

Ele sabe que muitas das pessoas literárias da faculdade veem os livros principalmente como uma forma de parecerem cultas. Quando alguém mencionou no Stag's Head as manifestações daquela noite contra a austeridade, Sadie levantou os braços e disse: Nada de política, por favor! A avaliação inicial feita por Connell a respeito da leitura não foi refutada. Era cultura como representação de classe, literatura fetichizada por sua capacidade de levar pessoas instruídas em falsas jornadas emocionais para que depois se sintam superiores a pessoas sem instrução cujas jornadas emocionais gostaram de ler. Ainda que o escritor fosse uma boa pessoa, e embora seu livro fosse realmente perspicaz, todos os livros eram, no final das contas, vendidos como símbolos de status, e todos os escritores participavam em alguma medida desse marketing. Supunha-se que era assim que a indústria ganhava dinheiro. A literatura, como aparecia nessas leituras públicas, não tinha potencial como forma de resistência nem nada disso. Porém, Connell foi para casa naquela noite e releu algumas anotações que andava fazendo para um novo conto, e sentiu a velha batida de prazer dentro do corpo, como assistir a um gol perfeito, como o movimento rumorejante da luz através das folhagens, um fraseado musical da janela de um carro que passa. A vida propicia esses momentos de alegria, apesar de tudo.

Quatro meses depois
(*Julho de 2014*)

Ela vai fechando os olhos até o televisor ser apenas um retângulo verde, bocejando luz nas bordas. Você está quase dormindo?, ele pergunta. Após uma pausa ela responde: Não. Ele assente, sem tirar os olhos do jogo. Ele toma um gole de coca e o gelo restante faz um tinido suave no copo. Os braços e as pernas dela pesam sobre o colchão. Ela está deitada no quarto de Connell em Foxfield assistindo à partida da Holanda contra a Costa Rica por uma vaga nas semifinais da Copa do Mundo. O quarto dele está igual ao que era na época da escola, tirando um canto de seu pôster de Steven Gerrard que desgrudou da parede e se curvou para dentro. Mas todo o resto está igual: o abajur, as cortinas verdes, até as fronhas com bainha listrada.

Posso te levar pra casa no intervalo, ele diz.

Por um segundo ela não se pronuncia. Os olhos dela tremulam e se abrem de novo, se arregalam, assim ela enxerga os jogadores se movimentando pelo campo.

Estou te atrapalhando?, ela pergunta.

Não, de jeito nenhum. É que você parece estar com sono.

Posso dar um gole na sua coca?

Ele entrega o copo e ela se senta para beber, sentindo-se um bebê. Sua boca está seca e a bebida está gelada e sem gosto em sua língua. Dá dois goles grandes e devolve o copo para ele, enxugando os lábios com as costas da mão. Ele aceita o copo sem desviar os olhos da tevê.

Você está com sede, ele diz. Tem mais lá embaixo na geladeira, se você quiser.

Ela faz que não, volta a se deitar com as mãos entrelaçadas atrás da nuca.

Onde foi que você desapareceu ontem à noite?, ela pergunta.

Ah. Sei lá, fiquei um tempo na área de fumantes.

Você beijou aquela garota, afinal?

Não, ele diz.

Marianne fecha os olhos, abana o rosto com a mão. Estou morrendo de calor, ela diz. Você não está achando aqui quente?

Pode abrir a janela, se quiser.

Ela tenta se retorcer na cama em direção à janela e alcançar a trava sem ter que realmente se sentar. Ela para, esperando para ver se Connell vai interceder por ela. Ele está trabalhando na biblioteca da faculdade este verão, mas está visitando Carricklea todo fim de semana desde que ela voltou para casa. Passeiam juntos no carro dele, indo a Strandhill ou subindo até a cascata de Glencar. Connell rói bastante as unhas e não fala muito. No mês anterior, ela disse que ele não deveria se sentir obrigado a visitá-la se não quisesse, e ele respondeu em tom monocórdio: Bom, essa é a única coisa que eu tenho pra esperar. Ela se senta e abre a janela por conta própria. A luz do dia está esmaecendo mas o ar lá fora ainda está ameno e parado.

Qual era mesmo o nome dela?, ela pergunta. A garota do bar.

Niamh Keenan.

Ela gosta de você.

Não acho que a gente tenha muitas coisas em comum, ele diz. O Eric estava atrás de você ontem à noite, você encontrou com ele?

Marianne se senta de pernas cruzadas na cama, de frente para Connell. Ele está encostado na cabeceira, segurando o copo de coca contra o peito.

Encontrei com ele, sim, ela diz. Foi esquisito.

Por quê, o que foi que aconteceu?

Ele estava muito bêbado. Sei lá. Por algum motivo resolveu que queria pedir desculpas pela maneira como se comportou na escola.

Sério?, diz Connell. Que esquisito.

Como ele volta a olhar para a tela, ela se sente à vontade para estudar os detalhes de seu rosto. É provável que ele perceba o que ela está fazendo, mas tem a cortesia de não falar nada. O abajur da mesinha de cabeceira derrama uma luz suave sobre suas feições, o molar sutil, a testa naquele franzido de leve concentração, o brilho fraco de transpiração no lábio superior. Demorar-se perante a imagem do rosto de Connell sempre dá a Marianne certo prazer, que pode ser modulado por várias outras emoções, dependendo da exata interação de conversa com o estado de ânimo. A aparência dele é para ela como uma peça musical favorita, soando um pouquinho diferente sempre que a escuta.

Ele ficou um tempinho falando do Rob, ela diz. Falou que o Rob gostaria de ter se desculpado. Assim, não ficou claro se isso foi uma coisa que o Rob disse pra ele ou se o Eric estava só fazendo uma projeção psicológica.

Tenho certeza de que o Rob gostaria de ter se desculpado, na verdade.

Ah, detesto pensar assim. Detesto imaginar que isso pesava na consciência dele de alguma forma. Nunca me ressenti dele, de verdade. Sabe, não foi nada, a gente era criança.

Não foi nada, rebate Connell. Ele fez bullying com você.

Marianne se cala. É verdade que faziam bullying com ela. Uma vez, Eric a chamou de sem peito na frente de todo mundo, e Rob, aos risos, correu para cochichar algo no ouvido de Eric, uma confirmação ou outro insulto muito vulgar para ser dito em voz alta. No funeral, em janeiro, todo mundo falou da ótima pessoa que Rob era, cheio de vida, um filho atencioso, e assim por diante. Mas era também uma pessoa muito insegura, obcecada pela popularidade, e o desespero o tornava cruel. Não é a primeira vez que Marianne pondera que a crueldade não machuca apenas a vítima, mas também o perpetrador, e talvez de forma mais íntima e mais permanente. Você não aprende nada muito profundo simplesmente sofrendo bullying; mas ao fazer bullying com alguém, você aprende algo de que nunca vai conseguir esquecer.

Após o funeral, ela passou noites vasculhando a página de Rob no Facebook. Muita gente da escola tinha deixado comentários na página dele, dizendo que sentiam saudades. O que essas pessoas estavam fazendo, Marianne pensou, escrevendo no Facebook de um morto? O que essas mensagens, esses anúncios de perda, realmente significam para alguém? Qual era a etiqueta adequada quando apareciam na tela: "curtir" solidariamente? Continuar rolando a tela em busca de algo melhor? Mas tudo deixava Marianne com raiva naquele momento. Ao pensar nisso agora, não consegue entender por que isso a incomodara. Nenhuma daquelas pessoas tinha feito algo errado. Estavam apenas sofrendo. Claro que não fazia sentido escrever no Facebook dele, tampouco havia outra coisa que fizesse sentido. Se as pessoas pareciam agir despropositadamente no luto, era porque a vida humana era despropositada, e esta era a verdade que o luto revelava. Ela gostaria de ter perdoado Rob, mesmo que isso não significasse nada para ele. Quando pensa nele agora, é sempre com o rosto tampado, desviando a cara, atrás da porta de seu armário, atrás da janela fechada de seu carro. Quem foi você?, ela pensa, agora que não resta ninguém para responder à pergunta.

Você aceitou o pedido de desculpas?, diz Connell.

Ela faz que sim, olhando para as unhas. Claro que aceitei, ela diz. Não guardo rancor.

Para a minha sorte, ele retruca.

O apito que anuncia o intervalo soa e os jogadores se viram, cabeças abaixadas, e dão início à lenta caminhada pelo campo. Continua zero a zero. Ela esfrega o nariz com os dedos. Connell se senta direito e põe o copo na mesinha de cabeceira. Ela acha que vai lhe oferecer aquela carona para casa outra vez, mas ele diz: Que tal um sorvete?. Ela diz que sim. Só um segundinho, ele diz. Deixa a porta do quarto aberta ao sair.

Marianne está morando em casa pela primeira vez desde que terminou a escola. A mãe e o irmão passam o dia todo no trabalho e Marianne não tem o que fazer além de se sentar no jardim e observar os insetos serpentearem no solo. Lá dentro ela faz café, varre o chão, limpa as superfícies. A casa nunca está limpa de verdade porque agora Lorraine tem um emprego em período integral no hotel e eles nunca colocaram outra pessoa no lugar. Sem Lorraine, a casa não é um lugar bom para se viver. Às vezes Marianne vai passar o dia em Dublin, e ela e Joanna perambulam pelo Hugh Lane de braços à mostra, tomando garrafinhas d'água. A namorada de Joanna, Evelyn, vai junto quando não está estudando ou trabalhando, e é sempre meticulosamente gentil com Marianne e interessada em saber de sua vida. Marianne está tão feliz por Joanna e Evelyn que se acha sortuda só de vê-las juntas, só de ouvir Joanna ao telefone com Evelyn, dizendo com alegria: O.k., te amo, até já. Isso propicia a Marianne uma janela para a felicidade verdadeira, embora seja uma janela que ela mesma não consiga abrir ou sequer chegar perto.

Foram a um protesto contra a guerra em Gaza uma semana dessas, com Connell e Niall. Havia milhares de pessoas lá, segurando cartazes e megafones e faixas. Marianne queria que sua vida significasse algo, queria parar toda a violência cometida pelos fortes contra os fracos, e se lembrou de uma época anos atrás em que se sentia tão inteligente e jovem e poderosa que podia quase ter realizado isso, e agora sabia que não era nada poderosa, e que viveria e morreria em um mundo de extrema violência contra os inocentes, e no máximo ela poderia ajudar só algumas pessoas. Era muito mais difícil se conformar com a ideia de ajudar alguns, como se preferisse não ajudar ninguém a fazer algo tão pequeno e débil, mas também não era isso. O protesto foi muito ruidoso e lento, muitas pessoas estavam batendo tambores e entoando coisas dessincronizadas, sistemas de som estalando ao serem ligados e desligados. Marcharam pela O'Connell Bridge com o rio Liffey correndo sob seus pés. Fazia calor, os ombros de Marianne ficaram queimados de sol.

Connell a levou de carro de volta para Carricklea naquela noite, embora ela tivesse dito que poderia pegar o trem. Estavam os dois muito cansados no caminho. Enquanto passavam por Longford, o rádio do carro estava ligado e tocou uma música da White Lies que era famosa quando estavam na escola, e sem tocar no painel ou levantar a voz para ser ouvido apesar do som do rádio, Connell disse: Você sabe que eu te amo. Ele não disse mais nada. Ela disse que também o amava e ele assentiu e continuou dirigindo como se absolutamente nada tivesse acontecido, o que em certo sentido era verdade.

O irmão de Marianne trabalha na administração pública agora. Volta para casa à noite e ronda os cômodos à sua procura.

Do quarto, ela sabe que é ele porque sempre usa sapato dentro de casa. Ele bate à sua porta quando não a acha na sala ou na cozinha. Só queria conversar com você, ele diz. Por que você está se comportando como se tivesse medo de mim? A gente pode conversar um pouco? A essa altura ela já foi à porta, e ele quer repisar alguma discussão que travaram na véspera, e ela diz que está cansada e quer dormir, mas ele só vai embora quando ela pede desculpas pela discussão anterior, portanto ela pede desculpas, e ele diz: Você me acha uma pessoa horrível. Ela se questiona se seria verdade. Eu tento ser legal com você, ele diz, mas você sempre me critica. Ela não acha que seja verdade, mas sabe que ele provavelmente acha que sim. Não é nada pior que isso, em geral, é só isso o tempo inteiro, nada além disso, e longos dias vazios limpando superfícies e apertando buchas úmidas sobre a pia.

Connell volta para cima e lhe joga um picolé embalado em plástico brilhante. Ela o pega nas mãos e o leva direto à bochecha, onde o gelo irradia para fora com doçura. Ele se recosta na cabeceira, começa a desembrulhar o dele.

Você às vezes vê a Peggy em Dublin?, ela pergunta. Ou alguma daquelas pessoas.

Ele para, seus dedos crepitam no embrulho de plástico. Não, ele diz. Eu achava que você tinha se desentendido com eles, não foi isso?

Mas só estou perguntando se você encontra com eles.

Não. Não teria muito o que dizer pra eles se encontrasse.

Ela abre o embrulho de plástico e retira o picolé de dentro, laranja com creme. Na língua, floquinhos de gelo transparente sem sabor.

Eu ouvi falar que Jamie não ficou feliz, Connell acrescenta.

Tenho certeza de que falou algumas coisas bem desagradáveis sobre mim.

É. Bom, eu mesmo não falei com ele, é óbvio. Mas tive a impressão de que ele andou falando umas coisas, sim.

Marianne ergue as sobrancelhas, como se entretida. Da primeira vez que ouviu os boatos que circulavam a seu respeito, não viu nenhuma graça. Costumava perguntar a Joanna várias vezes: quem estava falando do assunto, o que tinham dito. Joanna não lhe dizia. Ela afirmava que dali a algumas semanas todo mundo teria mudado de assunto de qualquer forma. As pessoas são infantis no que diz respeito à sexualidade, Joanna disse. A fixação delas pela sua vida sexual provavelmente é mais fetichista do que qualquer coisa que você tenha feito. Marianne até voltou ao estúdio de Lukas e o obrigou a deletar todas as fotos que tirara dela, nenhuma das quais ele tinha postado na internet, em todo caso. A vergonha a envolvia feito um manto. Mal conseguia enxergar através dele. O pano suspendia sua respiração, pinicava sua pele. Era como se sua vida tivesse acabado. Quanto tempo durou aquela sensação? Duas semanas, ou mais? Depois sumiu, e um certo capítulo curto de sua juventude havia terminado, e ela havia sobrevivido, estava encerrado.

Você nunca falou nada pra mim sobre isso, ela diz a Connell.

Bom, ouvi dizer que o Jamie estava puto porque você terminou com ele e que ele ficou falando umas merdas sobre você por aí. Mas assim, isso não é nem fofoca, é assim que os homens se comportam. Não sei se alguém deu importância.

Acho que é mais o caso do estrago na reputação.

E por que a reputação do Jamie não sofreu estragos, então?, diz Connell. Foi ele quem fez todas aquelas coisas com você.

Ela ergue o olhar e Connell já terminou o picolé. Revira o palito de madeira seco entre os dedos. Ela só tem mais um pouco, lambido até um pequeno bulbo liso de sorvete de creme, reluzindo à luz do abajur que fica na mesinha de cabeceira.

Pra homem é diferente, ela diz.

É, estou começando a perceber.

Marianne limpa o palito de sorvete com uma lambida e o examina por um instante. Connell se cala por alguns segundos e depois se arrisca: Que bom que o Eric te pediu desculpas.

Pois é, ela diz. A verdade é que o pessoal da escola tem sido bem legal desde que voltei. Apesar de eu nunca fazer nenhum esforço para ver ninguém.

Talvez você deva.

Por quê, você acha que estou sendo ingrata?

Não, só estou dizendo que você deve estar meio solitária, ele diz.

Ela para, o palito entre o indicador e o dedo médio.

Já estou acostumada, ela diz. Passei a vida inteira solitária, na verdade.

Connell assente, franzindo a testa. É, ele diz. Entendo o que você está falando.

Você não sentia solidão com a Helen, sentia?

Sei lá. Às vezes. Não me sentia totalmente eu mesmo com ela o tempo inteiro.

Marianne se deita de costas, a cabeça no travesseiro, as pernas à mostra esticadas sobre o edredom. Olha fixo para a luminária, o mesmo quebra-luz de anos atrás, verde-oliva.

Connell, ela chama. Sabe ontem à noite, quando a gente estava dançando?

Sei.

Por um instante quer só continuar deitada ali, prolongando o silêncio intenso e fitando a luminária, curtindo a sensação de estar ali naquele quarto de novo com ele e fazendo-o conversar com ela, mas o tempo segue em frente.

O que é que tem?, ele pergunta.

Eu fiz alguma coisa que te incomodou?

Não. O que você está querendo dizer?

Quando você virou as costas e me deixou lá, ela diz. Me senti meio esquisita. Achei que você tinha ido atrás da tal da Niamh ou coisa do tipo, foi por isso que perguntei dela. Sei lá.

Não virei as costas. Perguntei se você queria ir até a área de fumantes e você respondeu que não.

Ela se apoia nos cotovelos e olha para ele. Ele está enrubescido, as orelhas estão vermelhas.

Você não perguntou, ela diz. Você falou: estou indo para a área de fumantes, e então saiu.

Não, eu perguntei se você queria ir pra área de fumantes e você fez que não.

Vai ver que não te ouvi direito.

Não deve ter ouvido, ele diz. Me lembro muito bem de ter dito isso pra você. Mas a música estava muito alta, para falar a verdade.

Eles recaem em outro silêncio. Marianne volta a se deitar, olha para a luminária de novo, sente o próprio rosto brilhar.

Achei que você estivesse irritado comigo, ela diz.

Bom, me desculpa. Eu não estava.

Depois de uma pausa, ele acrescenta: Acho que a nossa amizade seria bem mais fácil sob alguns aspectos se, assim… certas coisas fossem diferentes.

Ela leva a mão à testa. Ele não continua a falar.

Se o que fosse diferente? ela pergunta.

Sei lá.

Ela escuta a respiração dele. Sente que o encurralou na conversa, e agora reluta em forçar mais do que já forçou.

Sabe, não vou mentir, ele diz, é óbvio que sinto uma certa atração por você. Não estou tentando arrumar desculpa pra mim mesmo. Só acho que as coisas seriam menos confusas se não existisse esse outro elemento na relação.

Ela põe as mãos nas costelas, sente a inflação lenta do diafragma.

Você acha que seria melhor se a gente nunca tivesse ficado juntos?, ela pergunta.

Não sei. Para mim é difícil imaginar minha vida desse jeito. Tipo, não sei em que faculdade eu iria estudar ou onde estaria agora.

Ela se cala, deixa essa ideia rolar por um instante, mantém a mão esticada sobre o abdômen.

São engraçadas as decisões que a gente toma porque gosta de alguém, ele diz, e aí sua vida inteira muda. Acho que a gente está naquela idade esquisita em que a vida pode mudar muito por causa de decisões banais. Mas você tem sido uma boa influência pra mim, de modo geral, eu sem dúvida sou uma pessoa melhor agora, eu acho. Graças a você.

Ela permanece deitada, respirando. Seus olhos ardem, mas ela não se mexe para tocar neles.

Quando estávamos juntos no primeiro ano da faculdade, ela diz, naquela época você se sentia sozinho?

Não. Você se sentia?

Não. Às vezes me sentia frustrada, mas não sozinha. Nunca me sinto só quando estou com você.

É, ele diz. Essa foi meio que a época perfeita da minha vida, pra ser sincero. Acho que nunca fui feliz de verdade antes disso.

Ela pressiona a mão com força contra o abdômen, forçando o ar a sair de seu corpo, e depois inspira.

Eu queria muito que você me beijasse ontem à noite, ela diz.

Ah.

O peito dela infla de novo e se esvazia devagar.

Eu também queria, ele diz. Acho que nos entendemos mal.

Bom, tudo bem.

Ele pigarreia.

Não sei qual é a melhor coisa pra nós, ele diz. É óbvio que eu acho bom ouvir você falar esse tipo de coisa. Mas, ao mesmo tempo, as coisas nunca terminaram bem entre nós no passado. Sabe, você é a minha melhor amiga, não quero perder isso por nenhum motivo.

Claro, entendo o que você quer dizer.

Seus olhos estão molhados e ela tem que esfregá-los para impedir que as lágrimas corram.

Posso pensar?, ele diz.

Claro.

Não quero que você pense que não gosto.

Ela assente, enxugando o nariz com os dedos. Ela se pergunta se não poderia se virar de lado e ficar de frente para a janela para que ele não a visse.

Você tem me dado tanto apoio, ele diz. Com a depressão e tudo, não quero continuar muito nesse assunto, mas você me ajudou muito.

Você não me deve nada.

Não, eu sei. Não foi isso o que eu quis dizer.

Ela se senta, balança os pés para fora da cama, cobre o rosto com as mãos.

Estou ficando ansioso, ele diz. Espero que você não fique com a impressão de que estou te rejeitando.

Não fica ansioso. Está tudo bem. Vou pra casa agora, se você concordar.

Posso te levar.

Você não vai querer perder o segundo tempo, ela diz. Vou andando, não tem problema.

Ela começa a calçar os sapatos.

Me esqueci até de que estava tendo jogo, para falar a verdade, ele diz.

Mas ele não se levanta ou procura as chaves. Ela se levanta e alisa a saia. Ele está sentado na cama, observando-a, uma expressão atenta, quase tensa no rosto.

O.k., ela diz. Tchau.

Ele estica o braço para pegar sua mão e ela dá a mão a ele sem pensar. Por um instante ele a segura, o polegar se movendo sobre os nós dos dedos dela. Então leva a mão dela à boca e a beija. Sente-se prazerosamente esmagada sob a força do domínio que ele tem sobre ela, a vasta intensidade arrebatadora de sua vontade de agradá-lo. Que bom, ela diz. Ele faz que sim. Ela sente uma dor branda e gratificante dentro do corpo, no osso do quadril, nas costas.

Só estou nervoso, ele diz. Acho que é bastante óbvio que não quero que você vá embora.

Em uma voz minúscula ela responde: Não acho óbvio o que você quer.

Ele se levanta e fica de frente para ela. Como um animal adestrado, ela fica imóvel, todos os nervos eriçados. Tem vontade de choramingar em voz alta. Ele põe as mãos no quadril dela e ela permite que ele lhe beije a boca aberta. A sensação é tão extrema que ela sente fraqueza.

Eu quero tanto isso, ela diz.

É muito bom ouvir você falar isso. Vou desligar a tevê, se você concordar.

Ela se senta na cama enquanto ele desliga a televisão. Ele se senta ao lado dela e se beijam de novo. O toque dele tem um efeito entorpecente. Ela é tomada por uma tolice prazerosa, quer muito tirar as roupas. Ela se apoia na colcha e ele se inclina sobre ela. Já faz anos. Sente o pau dele pressionado contra seu quadril, e ela estremece com a força punitiva de seu desejo.

Humm, ele diz. Senti saudades de você.

Não é assim com outras pessoas.

Bom, eu gosto muito mais de você do que das outras pessoas.

Ele a beija de novo e ela sente as mãos dele em seu corpo. Ela está em um abismo que ele pode alcançar, um espaço vazio para que ele preencha. Às cegas, mecanicamente, ela começa a tirar as roupas, e o escuta desafivelar o cinto. O tempo parece tão elástico, esticado pelo som e pelo movimento. Ela se deita de frente e enfia a cara no colchão, e ele toca na parte de trás de sua coxa com a mão. O corpo dela é apenas um artigo de posse, e apesar de ter sido passado de mão em mão e mal-usado de diversas formas, de certo modo sempre pertenceu a ele, e ela sente como se o devolvesse a ele agora.

Na verdade, não tenho camisinha, ele diz.

Tudo bem, estou tomando pílula.

Ele toca no cabelo dela. Ela sente a ponta dos dedos dele roçar sua nuca.

Você quer assim?, ele pergunta.

Como você quiser.

Ele sobe em cima dela, uma mão plantada no colchão ao lado do seu rosto, a outra em seu cabelo.

Tem um tempo que não faço isso, ele diz.

Tudo bem.

Quando ele está dentro dela, escuta sua própria voz berrando repetidas vezes, estranhos berros brutos. Quer se agarrar a ele, mas não pode, e sente sua mão direita apertar a colcha em vão. Ele se inclina para baixo, assim seu rosto fica um pouco mais perto do ouvido dela.

Marianne?, ele diz. A gente podia fazer isso de novo, tipo, no fim de semana que vem e assim por diante?

Sempre que você quiser.

Ele segura o cabelo dela, sem puxá-lo, só o segurando na mão. Sempre que eu quiser, é sério?, ele diz.

Você pode fazer o que quiser comigo.

Ele faz um barulho na garganta, se apoia sobre ela com um pouco mais de força. É bom, ele diz.

A voz dela parece rouca. Você gosta que eu diga isso?

É, muito.

Você vai me dizer que eu sou sua?

Como assim?, ele diz.

Ela se cala, só respira com dificuldade na colcha e sente o próprio bafo no rosto. Connell para, à espera de que ela diga alguma coisa.

Você vai me bater?, ela pergunta.

Por alguns segundos ela não escuta nada, nem mesmo a respiração dele.

Não, ele responde. Acho que não quero. Desculpa.

Ela se cala.

Tudo bem?, ele pergunta.

Ela continua calada.

Você quer parar?, ele diz.

Ela faz que sim com a cabeça. Sente o peso dele sair de cima de seu corpo. Sente-se vazia de novo e de repente tem frio. Ele se senta na cama e puxa a colcha sobre o corpo. Ela fica deitada de rosto para baixo, sem se mexer, incapaz de pensar em algum movimento aceitável.

Você está bem?, ele pergunta. Desculpa por não querer fazer aquilo, eu só acho que seria esquisito. Quer dizer, não esquisito, mas... sei lá. Não acho que seria uma boa ideia.

Os seios dela doem de ficarem imprensados assim e seu rosto pinica.

Você me acha esquisita?, ela pergunta.

Não foi isso que eu disse. Só quis dizer, sabe, que não quero que as coisas fiquem esquisitas entre nós.

Ela se sente terrivelmente encalorada, um calor azedo, na pele inteira e nos olhos. Ela se senta, olha pela janela, tira o cabelo do rosto.

Acho que vou pra casa, se você concordar, ela diz.

É. Se é isso o que você quer.

Ela acha as roupas e as veste. Ele começa a se vestir, diz que vai pelo menos levá-la de carro, e ela declara que quer caminhar. Torna-se uma competição farsesca entre os dois, quem se veste mais rápido, e como levou vantagem no início, ela termina primeiro e corre escada abaixo. Ele está no patamar quando ela fecha a porta da frente. Já na rua, ela se sente uma criança petulante, batendo a porta na cara dele daquela forma, enquanto ele corria rumo à escada. Algo a invadira, ela não sabia o quê. Lembra do jeito como se sentia na Suécia, uma espécie de vácuo, como se não existisse vida dentro dela. Odeia a pessoa que se tornou, sem sentir nenhuma capacidade de mudar nada sobre si. Ela é alguém que até Connell acha nojenta, ela já foi além do que ele acha tolerável. Na escola, os dois estavam no mesmo ponto, ambos confusos e de certo modo em sofrimento, e desde então ela havia acreditado que se pudessem voltar a esse ponto juntos, seria igual. Agora sabe que com o passar dos anos Connell vem aos poucos ajustando-se mais ao mundo, um processo de adequação que tem sido regular, ainda que doloroso vez por outra, enquanto ela mesma vem se degenerando, se distanciando cada vez mais da sanidade, virando algo irreconhecível de tão degradado, e eles não têm absolutamente mais nada em comum.

Quando entra em casa já passa das dez. O carro da mãe não está na frente da casa e lá dentro o corredor está frio e parece vazio. Ela tira as sandálias e as põe na prateleira, pendura a bolsa no gancho para casacos, penteia o cabelo com os dedos.

Da outra ponta do corredor, Alan surge da cozinha com uma garrafa de cerveja na mão.

Porra, onde é que você estava?, ele diz.

Na casa do Connell.

Ele se posta na frente da escada, balançando a garrafa ao lado do corpo.

Você não devia ir lá, ele diz.

Ela dá de ombros. Sabe que um confronto se aproxima, e não pode fazer nada para impedi-lo. Está vindo de todos lados na direção dela, e não há uma ação específica que possa fazer, nenhum gesto evasivo que possa ajudá-la a escapar.

Pensei que você gostasse dele, rebate Marianne. Você gostava quando a gente estava na escola.

É, e como é que eu ia saber que ele é fodido da cabeça? Ele está tomando remédio e tudo, você sabia?

Ele está ótimo no momento, eu acho.

Pra que ele está saindo contigo?, pergunta Alan.

Acho que você vai ter que ver isso com ele.

Ela tenta avançar em direção à escada, mas Alan põe a mão livre no corrimão.

Não quero que o pessoal fique falando por aí que aquele vagabundo está comendo a minha irmã, diz Alan.

Me deixa subir, por favor?

Alan está segurando a garrafa de cerveja com muita força. Não quero mais que você chegue perto dele, ele diz. Estou te avisando. As pessoas da cidade estão falando de você.

Nem imagino como seria da minha vida se eu ligasse para o que as pessoas acham de mim.

Antes que sequer se dê conta do que está acontecendo, Alan levanta o braço e atira a garrafa nela. Se espatifa atrás dela, nos ladrilhos. Em certa medida, sabe que não é possível que quisesse atingi-la: estão a poucos centímetros de distância e ela não foi atingida. Porém, ela passa por ele correndo, sobe a escada. Sente seu corpo acelerar pelo ar frio do interior da casa. Ele se vira e vai atrás, mas ela consegue chegar ao quarto, avançando com força contra a porta, antes que ele a alcance. Ele tenta a maçaneta e ela tem que se esforçar para impedi-la de virar. Então ele dá chutes na porta. O corpo dela vibra com a adrenalina.

Sua aberração!, Alan diz. Abre a porra da porta, eu não fiz nada!

Com a testa contra o veio liso da madeira, ela grita: Por favor me deixa em paz. Vai dormir, o.k.? Eu limpo lá embaixo, não vou contar pra Denise.

Abre a porta, ele ordena.

Marianne joga todo o peso do corpo contra a porta, as mãos firmes ao segurar a maçaneta, os olhos fechados. Desde cedo sua vida foi anormal, ela sabe. Mas tanto foi encoberto pelo tempo, assim como as folhas caem e cobrem um pedaço de terra, e uma hora ou outra se misturam ao solo. Coisas que aconteceram com ela então estão enterradas na terra de seu corpo. Tenta ser uma boa pessoa. Mas no fundo sabe que é uma pessoa ruim, corrompida, errada, e todas as tentativas de ser correta, de ter as opiniões certas, de dizer as coisas certas, essas tentativas só disfarçam o que está enterrado dentro dela, sua parte malvada.

De repente, sente a maçaneta escapar da mão e antes de conseguir se afastar da porta, ela se abre com um baque. Ouve um ruído de quebra quando faz contato com seu rosto, depois uma sensação estranha dentro da cabeça. Dá passos para trás enquanto Alan entra no quarto. Escuta um zumbido, mas não é exatamente um som, e sim uma sensação física, como a fricção de dois pratos de metal imaginários em algum lugar dentro de seu crânio. O nariz está escorrendo. Tem consciência de que Alan está dentro do quarto. Sua mão vai ao rosto. O nariz está escorrendo sem parar. Quando afasta a mão, vê que os dedos estão cobertos de sangue, sangue morno, molhado. Alan diz alguma coisa. O sangue deve estar vindo do rosto. Sua visão nada na diagonal e a sensação de zumbido aumenta.

E agora, você vai botar a culpa disso em mim?, diz Alan.

Ela leva a mão de volta ao nariz. O sangue escorre de seu rosto tão rápido que não consegue contê-lo com os dedos. Desce pela boca e cai até o queixo, ela sente. Ela o vê aterrissando em gotas grossas nas fibras azuis do carpete.

Cinco minutos depois
(*Julho de 2014*)

Na cozinha ele pega uma lata de cerveja da geladeira e se senta à mesa para abri-la. Passado um minuto, a porta se abre e ele escuta as chaves de Lorraine. Ei, ele diz, alto o bastante para que ela ouça. Ela entra e fecha a porta da cozinha. No linóleo, seus sapatos parecem grudentos, como o som molhado de lábios se separando. Ele repara em uma mariposa gorda pousada na luz do teto, imóvel. Lorraine põe a mão com delicadeza no alto da cabeça dele.

A Marianne já foi pra casa?, pergunta Lorraine.

É.

O que foi que aconteceu no jogo?

Não sei, ele diz. Acho que foi para a disputa de pênaltis.

Lorraine puxa uma cadeira e se senta ao seu lado. Começa a tirar os grampos do cabelo e botá-los na mesa. Ele toma um gole de cerveja e deixa o líquido esquentar na boca antes de engolir. A mariposa mexe as asas ali em cima. A persiana sobre a pia da cozinha está levantada e ele enxerga o vago contorno preto das árvores contra o céu lá fora.

E eu me diverti à beça, obrigada por perguntar, diz Lorraine. Desculpa.

Você está com uma cara meio abatida. Aconteceu alguma coisa?

Ele faz que não. Quando viu Yvonne, na semana anterior, ela lhe disse que ele estava "fazendo avanços". Profissionais de saúde mental vivem usando esse vocabulário higiênico, palavras limpas como quadros brancos, despidas de conotações, assexuadas. Ela perguntou sobre sua sensação de "pertencimento". Você dizia que se sentia preso entre dois lugares, ela declarou, sem realmente se encaixar em casa, mas tampouco se entrosando aqui. Você ainda se sente dessa forma? Ele apenas deu de ombros. A medicação está executando sua função química dentro do cérebro dele, em todo caso, independente do que faça ou diga. Ele se levanta e toma banho todas as manhãs, aparece para trabalhar na biblioteca, não se imagina de fato pulando de uma ponte. Ele toma o remédio, a vida segue.

Grampos arrumados sobre a mesa, Lorraine passa a soltar o cabelo com os dedos.

Você soube que a Isa Gleeson está grávida?, ela pergunta.

Soube, sim.

Sua amiga de longa data.

Ele pega a lata de cerveja e a pesa na mão. Isa foi sua primeira namorada, sua primeira ex-namorada. Ela costumava ligar para o telefone fixo à noite depois que terminaram e Lorraine atendia. Lá de cima, do quarto, debaixo das cobertas, ele escutava a voz de Lorraine dizendo: Desculpa, querida, ele não pode atender agora. Quem sabe você não conversa com ele na escola. Ela usava aparelho quando estavam saindo juntos, é provável que não use mais. Isa, é. Ele ficava tímido perto dela. Ela fazia umas coisas tão bestas para deixá-lo com ciúmes, mas agia como se fosse inocente, como se não estivesse claro para ambos o que ela estava fazendo: talvez ela realmente achasse que ele não percebia, ou talvez ela mesma não percebesse. Ele detestava. Foi se afastando dela cada vez mais até que, por fim, em uma mensagem de texto, ele lhe disse que não queria mais ser seu namorado. Agora faz anos que não a vê.

Não entendo por que ela vai levar a gravidez adiante, ele diz. Você acha que ela é uma daquelas pessoas contra o aborto?

Ah, esse é o único motivo para as mulheres terem filhos, é? Por causa de uma visão política retrógrada?

Bom, pelo que eu soube ela não está com o pai. Não sei nem se ela tem emprego.

Eu não tinha emprego quando tive você, diz Lorraine.

Ele olha fixo para a complexa fonte tipográfica branca e vermelha da lata de cerveja, a crista do "B" fazendo um círculo para trás e para dentro de si.

E você não se arrepende?, ele diz. Sei que você vai tentar poupar meus sentimentos agora, mas sinceramente. Você não acha que poderia ter tido uma vida melhor se não tivesse tido um filho?

Lorraine se vira para fitá-lo, o rosto congelado.

Meu Deus, ela diz. Por quê? A Marianne está grávida?

Quê? Não.

Ela ri, aperta a mão contra o esterno. Que bom, ela diz. Minha nossa.

Quer dizer, eu imagino que não, ele acrescenta. Não teria nada a ver comigo caso ela estivesse.

A mãe para, a mão ainda no peito, e então diz em tom diplomático: Bom, a questão não me diz respeito.

O que você está querendo dizer, você acha que eu estou mentindo? Não tem nada acontecendo, acredita em mim.

Por alguns instantes Lorraine se cala. Ele engole mais cerveja e apoia a lata na mesa. É muito irritante que a mãe pense que ele e Marianne estão juntos quando o mais próximo que chegaram de realmente estarem juntos foi no começo daquela noite, e tenha acabado com ele chorando sozinho no quarto.

Então você está voltando pra casa todo fim de semana para ver sua mãe querida, é isso?, ela diz.

Ele dá de ombros. Se você não quer que eu venha pra casa, eu não venho, ele diz.

Ah, deixa disso.

Ela se levanta para encher a chaleira elétrica. Ele observa sem fazer nada enquanto ela enfia um saquinho de chá na xícara preferida, depois ele esfrega os olhos de novo. Ele tem a impressão de que estragou a vida de todo mundo que já gostou dele, mesmo que tenha sido só um pouco.

Em abril, Connell mandou um de seus contos, o único realmente terminado, a Sadie Darcy-O'Shea. Ela respondera o e-mail uma hora depois:

Connell é incrível! por favor deixa a gente publicar! bjs

Quando leu essa mensagem a pulsação dele martelou por todo o corpo, alta e forte como uma máquina. Precisou se deitar e ficar olhando o teto branco. Sadie era a editora do jornal literário da faculdade. Por fim, se sentou e escreveu de volta:

Fico feliz que você tenha gostado, mas ainda não acho bom o suficiente para ser publicado, mesmo assim, valeu.

Sadie respondeu imediatamente:

POR FAVOR? BJS

O corpo todo de Connell vibrava como uma esteira rolante. Ninguém nunca havia lido sequer uma palavra de seu trabalho antes desse momento. Era uma nova paisagem selvagem de experiência. Passou um tempo andando de um lado para outro, massageando o pescoço. Então respondeu:

O.k., que tal isto: você pode publicar sob pseudônimo. Mas você também vai ter que prometer que não vai falar pra ninguém quem foi que escreveu, nem para as outras pessoas que editam a revista. Tá bem?

Sadie escreveu de volta:

haha tão misterioso, amei! obrigada meu querido! minha boca é um túmulo bjs

O conto dele apareceu, sem alterações, na edição de maio da revista. Ele achou um exemplar no prédio de artes na manhã em que foi impresso e folheou direto até a página onde o conto foi publicado, sob o pseudônimo "Conor McCready". Nem parece um nome de verdade, ele pensou. Ao seu redor no prédio de artes as pessoas se dirigiam às aulas matinais, segurando cafés e conversando. Só na primeira página de texto Connell já percebeu dois erros. Ele teve que fechar a revista por uns segundos e respirar fundo algumas vezes. Alunos e membros do corpo docente continuavam a passar, desatentos à sua agitação. Reabriu a revista e continuou a ler. Outro erro. Teve vontade de se arrastar para debaixo de uma planta e se entocar na terra. Era isso, o fim do suplício da publicação. Como ninguém sabia que havia escrito o conto, não podia investigar a reação de ninguém, e nunca ouviu de uma única alma se foi considerado bom ou ruim. Com o tempo passou a acreditar que só tinha sido publicado porque

Sadie estava sem material para um prazo iminente. De modo geral, a experiência lhe causou muito mais sofrimento do que prazer. Todavia, guardou dois exemplares da revista, um em Dublin e um debaixo do colchão em casa.

Por que a Marianne foi pra casa assim tão cedo?, diz Lorraine.

Sei lá.

É por isso que você está de mau humor?

O que você está insinuando?, ele pergunta. Que estou sofrendo por ela, é isso o que você está querendo dizer?

Lorraine abre as mãos como que para dizer que não sabe, e então volta a se sentar para esperar a chaleira ferver. Agora ele está constrangido, o que o deixa chateado. O que quer que exista entre ele e Marianne nunca gerou nada de bom. Só causou confusão e tristeza para todo mundo. Ele não tem como ajudar Marianne, faça o que fizer. Existe nela algo de amedrontador, um enorme vazio no fosso de seu ser. É como esperar o elevador chegar e quando as portas se abrem não há nada, somente o terrível vácuo negro do poço do elevador, eternamente. Falta a ela um instinto primitivo, autodefesa ou autopreservação, que torna os outros seres humanos compreensíveis. Você se escora esperando resistência e tudo se dissolve bem na sua frente. Porém, se deitaria e morreria por ela a qualquer momento, o que é a única coisa que sabe a respeito de si mesmo que lhe provoca a sensação de que ele é uma pessoa que vale a pena.

O que aconteceu esta noite era inevitável. Ele sabe como poderia fazer soar, para Yvonne, ou até para Niall, ou para algum outro interlocutor imaginário: Marianne é masoquista e Connell é simplesmente um cara legal demais para bater em mulher. Esse, afinal, é o nível literal em que o incidente ocorreu. Ela pediu que ele batesse nela e quando ele disse que não queria, ela quis parar de transar. Então por que, apesar da precisão factual, esse parece um jeito desonesto de narrar o que aconteceu? Qual é a peça que falta, a parte excluída da história que explica o que aborreceu os dois? Tinha algo a ver com a história deles, ele sabe. Desde a escola ele entende o poder que exerce sobre ela. Como ela reage a seu olhar ou ao toque de sua mão. A forma como seu rosto se colore e ela fica paralisada, como se aguardasse uma ordem verbal. Sua tirania natural sobre alguém que parece, aos olhos dos outros, tão invulnerável. Nunca conseguiu se conformar com a ideia de perder seu domínio sobre ela, como uma chave para um imóvel vazio, disponível para uso futuro. Na verdade, ele havia cultivado isso, e sabe que sim.

O que resta a eles, então? Não parece existir mais um meio-termo. Aconteceram coisas demais entre os dois para isso. Portanto acabou e eles são simplesmente nada? O que isso sequer significaria, ser nada para ela? Poderia evitá-la, mas assim que a revisse, mesmo se apenas se olhassem rápido à porta de um auditório, o olhar não poderia conter nada. Jamais poderia realmente querer isso. Havia francamente desejado morrer, mas nunca havia sinceramente desejado que Marianne se esquecesse dele. Essa é a única parte de si que almeja proteger, a parte que existe dentro dela.

A chaleira ferve. Lorraine varre a fileira de grampos até a palma da mão, fecha o punho em torno dela e os enfia no bolso. Ela se levanta, enche a xícara de chá, acrescenta o leite e põe a garrafa de volta na geladeira. Ele a observa.

O.k., ela diz. Hora de ir pra cama.

Tudo bem. Durma bem.

Ele a ouve tocar na maçaneta da porta às suas costas, mas ela não se abre. Vira a cabeça e ela está parada ali, olhando para ele.

Não me arrependo, aliás, ela declara. De ter o filho. Foi a melhor decisão que tomei na vida. Eu te amo mais do que tudo e tenho muito orgulho de você ser meu filho. Espero que você saiba disso.

Ele retribui o olhar dela. Pigarreia rapidamente.

Eu também te amo, ele diz.

Boa noite, então.

Ela fecha a porta. Ele presta atenção em seus passos na escada. Depois que alguns minutos se passaram, se levanta, esvazia o restinho de cerveja na pia e em silêncio põe a lata no lixo de recicláveis.

Em cima da mesa, seu celular começa a tocar. Como está ajustado para vibrar, fica dançando na superfície da mesa, captando a luz. Vai atender antes que caia pela beirada, e vê que é Marianne quem está telefonando. Ele para. Olha para a tela. Por fim, desliza o botão de atender.

Ei, ele diz.

Ele escuta sua respiração ofegante do outro lado da linha. Pergunta se ela está bem.

Eu peço mil desculpas por isso, ela diz. Estou me sentindo uma idiota.

A voz dela ao telefone soa nebulosa, como se tivesse uma gripe forte, ou algo na boca. Connell engole em seco e vai até a janela da cozinha.

É sobre mais cedo?, ele diz. Também andei pensando nisso.

Não, não é isso. É muito idiota. Eu tropecei ou coisa assim e estou com uma lesão boba. Desculpa te incomodar por isso. Não é nada. É que não sei o que fazer.

Ele põe a mão na pia.

Onde é que você está?, ele pergunta.

Estou em casa. Não é grave, é só que dói, só isso. Não sei direito por que estou ligando. Desculpa.

Posso ir te pegar?

Ela hesita. Com a voz abafada, responde: Pode, por favor.

Estou indo, ele diz. Estou entrando no carro agora, o.k.?

Imprensando o telefone entre a orelha e o ombro, ele pesca o sapato esquerdo de debaixo da mesa e o calça.

É muito gentil da sua parte, Marianne diz no ouvido dele.

Te vejo daqui a uns minutinhos. Estou saindo agora. Está bem? Te vejo já.

Lá fora, entra no carro e liga o motor. O rádio toca e ele o desliga com a mão reta. Sua respiração não está normal. Depois de só uma bebida ele se sente fora do prumo, não atento o bastante, ou atento demais, nervoso. O carro está silencioso demais, mas acha a ideia do rádio insuportável. As mãos estão úmidas no volante. Virando à esquerda na rua de Marianne, ele vê a luz na janela do quarto dela. Ele dá seta e para na entrada vazia da garagem. Quando fecha a porta do carro, depois de sair, o barulho ecoa na fachada de pedras da casa.

Ele toca a campainha e quase de imediato a porta se abre. Marianne está parada ali, a mão direita na porta, a mão esquerda tampando o rosto, segurando um lenço amassado. Os olhos estão inchados como se tivesse chorado. Connell repara que sua blusa, a saia e parte do punho esquerdo estão sujos de sangue. As proporções do ambiente visual ao seu redor estremecem ao entrar e sair de foco, como se alguém tivesse pegado o mundo e o sacudido com força.

O que foi que aconteceu?, ele pergunta.

Passos descem com pancadas os degraus atrás dela. Connell, como se visse a cena através de um telescópio cósmico, vê o irmão dela chegar ao fim da escada.

Por que você está cheia de sangue?, indaga Connell.

Acho que quebrei o nariz, ela diz.

Quem é? Alan diz atrás dela. Quem está na porta?

Você precisa ir ao hospital?, diz Connell.

Ela faz que não, diz que não precisa de atendimento de emergência, ela pesquisou na internet. Ela pode ir ao médico no dia seguinte se ainda estiver doendo. Connell assente.

Foi ele?, pergunta Connell.

Ela faz que sim. Seus olhos têm uma expressão amedrontada.

Entra no carro, Connell diz.

Ela olha para ele, sem mexer as mãos. O rosto continua coberto pelo lenço. Ele balança as chaves.

Vai, ele diz.

Ela tira a mão da porta e estica a palma. Ele põe as chaves dentro dela e, ainda olhando para ele, ela sai.

Aonde você vai?, diz Alan.

Connell está parado um passo adentro da porta da frente. Uma bruma colorida varre a entrada da garagem enquanto ele fica olhando Marianne entrar no carro.

O que é que está acontecendo aqui?, diz Alan.

Quando ela já está a salvo dentro do carro, Connell fecha a porta da frente para que ele e Alan fiquem a sós.

O que é que você está fazendo?, diz Alan.

Connell, a visão ainda mais borrada agora, não sabe se Alan está bravo ou assustado.

Preciso falar com você, Connell diz.

Sua visão está tão turva que se dá conta de que teve que continuar com a mão na porta a fim de se manter de pé.

Não fiz nada, diz Alan.

Connell anda na direção de Alan até encostá-lo contra o corrimão. Parece menor agora, e apavorado. Chama a mãe, virando a cabeça até o pescoço se retesar, mas ninguém aparece no alto da escada. O rosto de Connell está molhado de suor. O rosto de Alan está visível apenas como um arranjo de pontos coloridos.

Se você encostar na Marianne de novo, eu te mato, ele diz. O.k.? É só isso. Diz uma coisinha ruim pra ela de novo e eu volto aqui e te mato, só isso.

A impressão de Connell, embora não esteja vendo ou ouvindo muito bem, é de que Alan está chorando.

Você está me entendendo?, Connell diz. Diga que sim ou que não.

Alan diz: Sim.

Connell se vira, sai pela porta da frente e a fecha.

No carro, Marianne aguarda em silêncio, a mão apertada contra o rosto, a outra à toa no colo. Connell se senta no banco do motorista e enxuga a boca com a manga. Estão fechados juntos dentro do silêncio compacto do carro. Ele olha para ela. Ela se dobrou sobre o colo um pouquinho, como se sentisse dor.

Desculpa te incomodar, ela diz. Me desculpa. Não sabia o que fazer.

Não peça desculpas. Foi bom você ter me ligado. O.k.? Olha para mim um segundo. Ninguém vai te machucar desse jeito outra vez.

Ela o fita por cima do véu de lenço branco, e em uma onda ele sente seu poder sobre ela novamente, uma franqueza nos olhos dela.

Vai ficar tudo bem, ele diz. Confia em mim. Eu te amo, não vou deixar nada assim te acontecer de novo.

Por um ou dois segundos ela fixa o olhar nele e então finalmente fecha os olhos. Recosta no banco de passageiro, a cabeça no apoio, a mão ainda segurando o lenço contra o rosto. Para ele, parece uma postura de extrema exaustão, ou alívio.

Obrigada, ela diz.

Ele dá partida no carro e sai da frente da casa. Sua visão se assentou, objetos voltaram a se consolidar diante de seus olhos, e ele consegue respirar. Acima deles, as árvores balançam folhas prateadas em silêncio.

Sete meses depois
(Fevereiro de 2015)

Na cozinha, Marianne põe água quente no café. O céu está baixo e lanoso do outro lado da janela e, enquanto o café é feito, ela vai e imprensa a testa contra a vidraça. Aos poucos, a névoa de sua respiração esconde a faculdade de seu campo de visão: as árvores se suavizam, a biblioteca antiga é uma nuvem pesada. Alunos cruzam a Front Square em casacos de inverno, os braços cruzados, somem em borrões e depois desaparecem completamente. Marianne já não é mais vista com admiração ou desdém. As pessoas se esqueceram dela. Agora é uma pessoa normal. Anda por aí e ninguém ergue os olhos. Nada na piscina da faculdade, come no restaurante universitário de cabelo molhado, passa pelo campo de críquete à noite. Acha que Dublin é de uma beleza extraordinária no clima úmido, a forma como as pedras cinza escurecem até ficarem pretas, e como a chuva se move sobre a grama e sussurra nas telhas escorregadias. Casacos de chuva reluzindo a cor submarina dos postes de luz. Chuva prateada como moedas soltas sob a luminosidade do tráfego.

Ela enxuga a janela com a manga e vai pegar xícaras no armário. Hoje ela tem que trabalhar das dez às duas, e depois tem uma matéria sobre a França moderna. No trabalho, responde a e-mails dizendo que o chefe está indisponível para reuniões. Não sabe direito o que ele faz de verdade. Nunca está disponível para encontrar ninguém que quer encontrá-lo, portanto conclui que ou ele é muito ocupado ou apenas permanentemente ocioso. Quando ele aparece no escritório, volta e meia acende um cigarro em tom provocativo, como que para testar Marianne. Mas qual é a natureza do teste? Ela se senta ali à mesa respirando de sua forma habitual. Ele gosta de falar de como ele é inteligente. É enfadonho ouvi-lo, mas não fatigante. No fim da semana, ele lhe entrega um envelope cheio de dinheiro. Joanna ficou chocada quando soube disso. O que é que ele está fazendo te pagando em dinheiro?, ela perguntou. Ele é tipo um traficante de drogas ou coisa assim? Marianne disse que achava que ele era um incorporador imobiliário. Ah, disse Joanna. Uau, muito pior.

Marianne passa o café e enche duas xícaras. Em uma xícara: um quarto de colher de açúcar, um pingo de leite. A outra xícara é só café preto, sem açúcar. Ela as põe na bandeja como sempre, percorre o corredor e bate o canto da bandeja na porta. Não há resposta. Ela apoia a bandeja na cintura com a mão esquerda e abre a porta com a direita. O quarto tem um cheiro denso, como suor e álcool velho, e as cortinas amarelas sobre o caixilho da janela continuam fechadas. Ela abre espaço na mesa para deixar a bandeja e em seguida se senta na cadeira de rodinhas para tomar seu café. O gosto é levemente azedo, como o ar ao redor. Esse é um momento agradável do dia para Marianne, antes de o trabalho começar. Quando sua xícara está vazia, ela estica a mão e levanta o canto da cortina com os dedos. A luz branca inunda a mesa.

Logo depois, da cama, Connell diz: Eu estou acordado, na verdade.

Como você está se sentindo?

Estou bem, é.

Ela lhe dá a xícara de café preto sem açúcar. Ele rola na cama e olha para ela com os olhos pequenos, semicerrados. Ela se senta no colchão.

Desculpa por ontem à noite, ele diz.

Sadie tem uma queda por você, sabe?

Você acha?

Ele apoia o travesseiro na cabeceira da cama e pega a xícara das mãos dela. Depois de um gole grande, ele engole e fita Marianne de novo, ainda apertando os olhos de modo que o esquerdo se fecha.

Não faz nem de longe o meu tipo, ele acrescenta.

Com você, eu nunca sei.

Ele balança a cabeça, toma outro gole de café, engole.

Sabe sim, ele retruca. Você gosta de achar as pessoas misteriosas, mas a verdade é que eu não sou uma pessoa misteriosa.

Ela reflete sobre isso enquanto ele termina a xícara de café.

Eu imagino que todo mundo seja um mistério, de certo modo, ela explica. Quer dizer, você nunca vai conhecer de verdade a outra pessoa, e coisa e tal.

É. Mas você realmente acha isso?

É o que dizem.

O que eu não sei sobre você?, ele pergunta.

Marianne sorri, boceja, levanta as mãos em um gesto desdenhoso.

As pessoas são muito mais conhecíveis do que imaginam ser, ele acrescenta.

Posso entrar no banho antes ou você quer ir?

Não, vai você. Posso usar o seu notebook para conferir uns e-mails e tal?

Pode, vai em frente, ela diz.

No banheiro a luz é azul e clínica. Ela abre a porta do boxe e gira a torneira, espera a água esquentar. Enquanto isso, escova os dentes rapidamente, cospe espuma branca ralo abaixo e tira o cabelo do nó preso à nuca. Em seguida, tira a camisola e a pendura atrás da porta do banheiro.

Em novembro, quando a nova editora da revista literária da faculdade se demitiu, Connell se ofereceu para assumir o cargo até acharem outra pessoa. Meses depois, ninguém se apresentou e Connell continua editando a revista. Na noite anterior houve a festa de lançamento do novo número, e Sadie Darcy-O'Shea levou uma tigela de ponche de vodca rosa-choque com pedacinhos de fruta boiando. Sadie gosta de aparecer nesses eventos para apertar o braço de Connell e entabular discussões particulares com ele a respeito de sua "carreira". Na noite passada, ele bebeu tanto ponche que caiu ao tentar se levantar. Marianne sentia que de certo modo a culpa era de Sadie, embora, por outro lado, tenha sido inegavelmente de Connell. Mais tarde, quando Marianne o levou de volta para casa e o pôs na cama, ele pediu um copo d'água, que derramou inteiro nele mesmo e no edredom antes de cair no sono.

No verão anterior, leu um dos contos de Connell pela primeira vez. Teve uma ideia tão peculiar dele como pessoa ao ficar ali sentada com folhas impressas, dobradas no canto superior esquerdo porque ele não tinha grampeador. Em certo sentido, se sentira muito próxima dele durante a leitura, como se testemunhasse seus pensamentos mais íntimos, mas também o sentia como se estivesse de costas para ela, focado em uma complexa tarefa pessoal, da qual ela jamais poderia fazer parte. Claro que Sadie também jamais poderia fazer parte dessa tarefa, não de fato, mas pelo menos ela é escritora, com uma vida imaginária oculta só dela. A vida de Marianne acontece estritamente no mundo real, povoado de indivíduos reais. Ela pensa em Connell dizendo: as pessoas são muito mais conhecíveis do que imaginam ser. Mas ainda assim ele tem algo que falta a ela, uma vida interna que não inclui a outra pessoa.

Costumava se questionar se ele realmente a amava. Na cama, ele dizia em tom carinhoso: Agora você vai fazer exatamente o que eu disser, não vai? Ele sabia como lhe dar o que ela queria, deixá-la aberta, fraca, impotente, às vezes em lágrimas. Ele entendia que não era necessário machucá-la: poderia deixá-la se submeter voluntariamente, sem violência. Isso tudo parecia acontecer na camada mais profunda possível da personalidade dela. Mas em que camada acontecia com ele? Seria apenas um jogo, ou um favor que fazia a ela? Ele se sentia assim, como ela se sentia? Todo dia, nas atividades normais de suas vidas, ele demonstrava paciência e consideração pelos sentimentos dela. Tomava conta dela quando estava doente, lia rascunhos de seus trabalhos de faculdade, se sentava e prestava atenção quando ela exprimia suas ideias, discordando dela mesma em voz alta e mudando de ideia. Mas ele a amava? Às vezes ela tinha vontade de dizer: você sentiria saudades de mim se não me tivesse mais? Ela já tinha feito essa pergunta uma vez, no território fantasma, quando eram duas crianças. Ele disse que sim na época, mas era a única coisa que havia na vida dele então, a única coisa que tinha para si, e nunca mais seria desse jeito.

Já no começo de dezembro os amigos deles perguntavam sobre os planos para o Natal. Marianne não via a família desde o verão. A mãe nunca tentara entrar em contato. Alan mandara algumas mensagens de texto dizendo coisas como: A mamãe não quer falar com você, ela diz que você é uma desgraça. Marianne não respondeu. Havia ensaiado mentalmente que estilo de conversa teria quando a mãe enfim entrasse em contato, quais acusações seriam feitas, em quais verdades ela insistiria. Mas nunca aconteceu. Seu aniversário passou sem nem uma palavra da família. Então chegou dezembro e ela planejava ficar sozinha na faculdade durante o Natal e adiantar a monografia que estava escrevendo sobre as instituições carcerárias irlandesas pós-independência. Connell queria que ela fosse para Carricklea com ele. Lorraine adoraria te receber, ele disse. Eu ligo pra ela, você devia falar disso com ela. No final das contas, Lorraine mesma telefonou para Marianne e a convidou pessoalmente a ficar lá no Natal. Marianne, segura de que Lorraine sabia o que era certo, aceitou.

A caminho de Dublin para a cidade natal, de carro, ela e Connell conversaram sem parar, fazendo piadas e vozes engraçadas para fazer o outro rir. Pensando agora, Marianne se pergunta se estavam tensos. Quando chegaram a Foxfield, estava escuro e as janelas estavam repletas de luzes coloridas. Connell levou as bagagens deles do porta-malas para dentro de casa. Na sala de estar, Marianne se sentou perto da lareira enquanto Lorraine fazia chá. A árvore, espremida entre a televisão e o sofá, piscava suas luzes em séries repetitivas. Connell se aproximou com uma xícara de chá e a pôs no braço da poltrona. Antes de se sentar, ele parou para arrumar um ouropel. De fato, ficou bem melhor onde ele o colocou. O rosto e as mãos de Marianne estavam quentes junto ao fogo. Lorraine veio e começou a contar a Connell quais parentes já tinham visitado e quais iriam no dia seguinte, e assim por diante. Marianne se sentia tão relaxada que quase queria fechar os olhos e dormir.

A casa de Foxfield ficou movimentada no Natal. Tarde da noite, as pessoas chegavam e partiam, brandindo latas de biscoito embrulhadas ou garrafas de uísque. Crianças passavam correndo à altura de seus joelhos dando berros ininteligíveis. Teve uma noite em que alguém levou um PlayStation e Connell ficou acordado até as duas horas da madrugada jogando FIFA com um dos primos mais novos, seus corpos esverdeados à luz da tela, uma expressão quase de intensidade religiosa no rosto de Connell. Marianne e Lorraine ficavam sobretudo na cozinha, lavando copos sujos na pia, abrindo caixas de chocolate, reenchendo a chaleira elétrica incessantemente. Uma vez, ouviram uma voz exclamar na sala da frente: O Connell tem namorada? E outra voz respondeu: Tem, ela está na cozinha. Lorraine e Marianne trocaram olhares. Escutaram um breve trovão de passos e então um adolescente apareceu na porta usando uma camiseta do Manchester United. No mesmo instante que viu Marianne, de pé junto à pia, o garoto se acanhou e ficou olhando para os pés. Oi, ela disse. Ele lhe assentiu sem fazer contato visual, e em seguida recuou, se arrastando até a sala de estar. Lorraine achou engraçadíssimo.

Na véspera do Ano-Novo, viram a mãe de Marianne no supermercado. Estava usando um terninho preto com uma blusa de seda amarela. Ela sempre parecia muito "montada". Lorraine lhe deu um oi em tom educado e Denise só passou por ela, sem falar nada, os olhos voltados para a frente. Ninguém sabia qual ela acreditava ser sua mágoa. No carro, depois do supermercado, Lorraine esticou o braço até o banco do passageiro para apertar a mão de Marianne. Connell deu partida. O que o pessoal da cidade pensa dela?, Marianne perguntou.

De quem, da sua mãe?, disse Lorraine.

Assim, como é que as pessoas a enxergam?

Com uma expressão compassiva, Lorraine disse delicadamente: Imagino que ela seja considerada meio excêntrica.

Era a primeira vez que Marianne ouvia ou até pensava nisso. Connell não se envolveu na conversa. Naquela noite, ele quis ir ao Kelleher's para celebrar o Ano-Novo. Disse que todo mundo da escola iria. Marianne sugeriu que ela ficasse em casa e ele pareceu cogitar a ideia por um instante antes de dizer: Não, você devia sair. Ela se deitou com o rosto na cama enquanto ele trocava de camiseta. Longe de mim desobedecer a uma ordem, ela declarou. Ele olhou no espelho e flagrou seu olhar. É, exatamente, ele disse.

O Kelleher's estava apinhado naquela noite e úmido de calor. Connell tinha razão, todo mundo da escola estava lá. Tinham que ficar acenando para as pessoas à distância e murmurar cumprimentos. Karen os viu no bar e jogou os braços em volta de Marianne, cheirando a um perfume fraco, mas muito agradável. Estou tão feliz de te ver, Marianne disse. Vem dançar com a gente, chamou Karen. Connell carregou os drinques deles escada abaixo rumo à pista de dança, onde Rachel e Eric estavam, e Lisa e Jack, e Ciara Heffernan, que estava uma série abaixo da deles. Eric lhes fez uma falsa mesura por algum motivo. Era provável que estivesse bêbado. Havia barulho demais para uma conversa normal. Connell ficou segurando o drinque de Marianne enquanto ela tirava o casaco e o guardava debaixo de uma mesa. Ninguém dançava de fato, só ficavam de pé berrando uns nos ouvidos dos outros. De vez em quando, Karen fazia um movimento de boxe fofo, como se socasse o ar. Outras pessoas se juntaram a eles, inclusive algumas que Marianne nunca tinha visto, e todo mundo se abraçava e berrava coisas.

À meia-noite, quando todos comemoraram o Ano-Novo, Connell pegou Marianne nos braços e lhe deu um beijo. Ela sentia, como uma pressão física na pele, que os outros olhavam. Talvez as pessoas não acreditassem de verdade até então, ou talvez um fascínio mórbido ainda rondasse algo que, em outros tempos, era escandaloso. Talvez estivessem apenas curiosos para observar a química entre duas pessoas que, ao longo de vários anos, pareciam ser incapazes de deixar o outro em paz. Marianne tinha que admitir que ela também, provavelmente, teria olhado. Quando se afastaram, Connell olhou nos olhos dela e disse: Eu te amo. Ela estava rindo, e seu rosto estava vermelho. Ela estava sob seu poder, ele havia escolhido redimi-la, ela estava redimida. Era tão atípico dele agir daquela forma em público que devia estar agindo assim de propósito, para agradá-la. Como era estranho se sentir tão completamente sob o controle de outra pessoa mas, ao mesmo tempo, como era normal. Ninguém pode ser totalmente independente dos outros, então por que não abrir mão da tentativa, ela ponderou, ir correndo na direção contrária, depender dos outros para tudo, deixar que dependam de você, por que não. Sabe que ele a ama, já não se questiona sobre isso.

Ela sai do chuveiro e se enrola na toalha de banho azul. O espelho está embaçado. Ela abre a porta e da cama Connell olha para ela. Olá, ela diz. O ar azedo no quarto parece frio na sua pele. Ele está recostado na cama com o notebook no colo. Ela vai até a cômoda, acha roupas íntimas limpas, começa a se vestir. Ele a observa. Ela pendura a toalha na porta do armário e enfia os braços nas mangas da blusa.

Aconteceu alguma coisa?, ela pergunta.

Acabei de receber um e-mail.

Ah? De quem?

Ele olha taciturno para o notebook e em seguida para ela. Os olhos dele estão vermelhos e sonolentos. Ela está fechando os botões da blusa. Ele está sentado com os joelhos levantados debaixo do edredom, o notebook brilhando em seu rosto.

Connell, de quem é?, ela diz.

De uma universidade de Nova York. Parece que estão me oferecendo uma vaga no mestrado em belas-artes. O programa de escrita criativa, sabe?

Ela fica parada. O cabelo continua molhado, encharcando aos poucos o tecido da blusa.

Você não me contou que tinha se candidatado, ela diz.

Ele apenas olha para ela.

Assim, parabéns, ela diz. Não me surpreende que te aceitem, só me surpreende que você não tenha falado nisso.

Ele assente, o rosto inexpressivo, e então olha de novo para o notebook.

Sei lá, ele diz. Eu devia ter te falado, mas sinceramente achava a probabilidade muito remota.

Bom, isso não é razão pra não me falar.

Não importa, ele acrescenta. Não é como se eu fosse. Nem sei por que me candidatei.

Marianne puxa a toalha da porta do armário e passa a usá-la para massagear as pontas do cabelo lentamente. Ela se senta à mesa.

A Sadie sabia que você estava se candidatando?, ela pergunta.

Quê? Por que você está perguntando isso?

Sabia?

Bom, sabia, ele diz. Mas não entendo qual é a relevância.

Por que você contou pra ela e não pra mim?

Ele suspira, esfregando os olhos com a ponta dos dedos, e então dá de ombros.

Sei lá, ele diz. Foi ela quem me falou pra me candidatar. Achei uma ideia idiota, para falar a verdade, por isso não te falei.

Você está apaixonado por ela?

Connell fita Marianne do outro lado do quarto, sem se mexer nem romper o contato visual durante vários segundos. É difícil saber o que seu rosto expressa. Ela acaba desviando o olhar para arrumar a toalha.

Você está brincando?, ele diz.

Por que você não responde à pergunta?

Você está confundindo um monte de coisa, Marianne. Eu nem gosto da Sadie como amiga, está bem, sinceramente acho ela irritante. Não sei quantas vezes vou precisar te falar isso. Desculpa não ter te contado da coisa da candidatura, mas, assim, como isso te leva à conclusão de que estou apaixonado por outra?

Marianne continua esfregando a tolha nas pontas do cabelo.

Não sei, ela diz depois de um tempo. Às vezes tenho a impressão de que você quer ficar perto de pessoas que te entendam.

É, o que é o seu caso. Se eu tivesse que fazer uma lista de pessoas que não me entendem de jeito nenhum, a Sadie estaria bem no começo.

Marianne se cala outra vez. Connell já fechou o notebook.

Desculpa por não ter te contado, o.k.?, ele diz. Às vezes fico constrangido de te contar essas coisas porque parece besteira. Para ser sincero, ainda venero muito você, não quero que me ache, sei lá. Um iludido.

Ela espreme o cabelo com a toalha, sentindo a textura áspera, granulosa de cada madeixa.

Você devia ir, ela diz. Para Nova York. Você devia aceitar a oferta, devia ir.

Ele não se manifesta. Ela ergue os olhos. A parede atrás dele é amarela feito um pedaço de manteiga.

Não, ele diz.

Com certeza você consegue uma bolsa.

Por que você está falando isso? Imaginei que quisesse continuar aqui no ano que vem.

Posso ficar e você pode ir, ela explica. É só um ano. Eu acho que você devia ir.

Ele emite um ruído estranho, confuso, quase uma risada. Toca no próprio pescoço. Ela larga a toalha e começa a desfazer os nós do cabelo com a escova lentamente.

Que ridículo, ele diz. Não vou pra Nova York sem você. Eu nem estaria aqui se não fosse por você.

É verdade, ela pensa, ele não estaria. Estaria em outro lugar, levando uma vida totalmente diferente. Seria diferente até com as mulheres, e suas aspirações sobre o amor seriam diferentes. E a própria Marianne, ela seria outra pessoa, totalmente diferente. Teria sido feliz um dia? E que tipo de felicidade poderia ser? Todos esses anos eles foram como duas plantinhas, dividindo o mesmo pedaço de terra, crescendo um ao redor do outro, se contorcendo para criar espaço, tomando certas atitudes improváveis. Mas, no fim, ela fizera algo por ele, tornara uma nova vida possível, e sempre poderá se sentir bem por conta disso.

Eu morreria de saudades de você, ele diz. Ficaria doente, sinceramente.

No começo. Mas melhoraria depois.

Sentam-se em silêncio, Marianne passando a escova metodicamente pelo cabelo, sentindo os nós e devagar, com paciência, desembaraçando-os. Não faz mais sentido ser impaciente.

Você sabe que eu te amo, diz Connell. Nunca vou sentir isso por ninguém.

Ela assente, o.k. Ele está falando a verdade.

Para falar a verdade, eu não sei o que fazer, ele confessa. Me diz que você quer que eu fique e eu fico.

Ela fecha os olhos. É provável que ele não volte, ela pondera. Ou volte, mas diferente. O que têm agora eles nunca mais poderão ter. Mas para ela a dor da solidão não vai ser nada se comparada à dor que costumava sentir, de não valer nada. Ele lhe trouxe a bondade como uma dádiva, e agora isso é parte dela. Enquanto isso, a vida se abre à frente dele em todas as direções ao mesmo tempo. Fizeram muito bem um ao outro. De verdade, ela pensa, de verdade. As pessoas podem mudar as outras de verdade.

Você devia ir, ela diz. Eu vou estar sempre aqui. Você sabe disso.

Agradecimentos

Obrigada: primeiro a John Patrick McHugh, que estava com este romance bem antes de eu terminar de escrevê-lo, e cujas conversas e orientações contribuíram de modo tão substancial a seu desenvolvimento; a Thomas Morris pelo feedback cuidadoso, minucioso sobre o manuscrito; a David Hartery e Tim MacGabhann por lerem os primeiros rascunhos dos capítulos iniciais do romance e pelos sábios conselhos; a Ken Armstrong, Iarla Mongey e todos os membros do grupo de escritores de Castlebar pelo apoio aos meus escritos desde o início; a Tracy Bohan por fazer praticamente tudo menos escrever o livro; a Mitzi Angel, que fez deste um romance melhor e de mim uma escritora melhor; à família de John; à minha própria família, e principalmente aos meus pais; a Kate Oliver e Aoife Comey, como sempre, pela amizade; e a John, por tudo.

1ª EDIÇÃO [2019] 18 reimpressões

ESTA OBRA FOI COMPOSTA EM ELECTRA PELO ACQUA ESTÚDIO
E IMPRESSA EM OFSETE PELA GRÁFICA BARTIRA SOBRE PAPEL PÓLEN
DA SUZANO S.A. PARA A EDITORA SCHWARCZ EM AGOSTO DE 2024

A marca FSC® é a garantia de que a madeira utilizada na fabricação do papel deste livro provém de florestas que foram gerenciadas de maneira ambientalmente correta, socialmente justa e economicamente viável, além de outras fontes de origem controlada.